Charlotte Wood

Het weekend

Vertaald door
Ireen Niessen

Ambo|Anthos
Amsterdam

De namen, personages en gebeurtenissen in dit boek zijn fictief en elke overeenkomst met werkelijk bestaande personen, gebeurtenissen of locaties berust op toeval.

This project has been assisted by the Australian Government through the Australia Council for the Arts, its arts funding and advisory body.

Eerste druk augustus 2021
Tweede druk september 2021

isbn 978 90 263 5387 1
© 2019 Charlotte Wood
© 2021 Nederlandse vertaling Ambo|Anthos *uitgevers*,
Amsterdam en Ireen Niessen
Oorspronkelijke titel *The weekend*
Oorspronkelijke uitgever Allen & Unwin
Omslagontwerp Studio Jan de Boer
Omslagillustratie © Shutterstock
Foto auteur © Chris Chen

Verspreiding voor België:
Veen Bosch & Keuning uitgevers nv, Antwerpen

Voor Sean en mijn vrienden

Dromen en monsters zijn twee sleutels waarmee we de geheimen van onze eigen aard kunnen ontsluiten.

RALPH WALDO EMERSON

I

Het was niet de eerste keer dat het gebeurde, dit ontwaken in het bleke, vroege ochtendlicht met een stille maar dringende behoefte om naar de kerk te gaan.

Zonder twijfel cognitieve achteruitgang. Schade aan de frontaalkwab, religie, angst voor de dood, het kwam allemaal op hetzelfde neer. Jude maakte zich geen illusies.

Dit verlangen – was het verlangen? Het was mysterieus, een innerlijke drang, een hunkering die kwam en ging, vertrouwd maar toch nog sterk en verrassend als ze haar opwachting maakte. Zoals de artrose die opvlamde aan de basis van haar duim. Het punt was dat dit gevoel niets te maken had met Kerstmis of met wat dan ook in haar wakende leven. Het kwam ergens vanuit de wereld van de slaap, vanuit haar dromende zelf.

In het begin verontrustte het haar als het kwam, maar nu gaf Jude zich eraan over. Ze lag in haar witte bed, twee dagen voor kerst, en stelde zich de koele, donkere ruimte van een kathedraal voor, waar ze alleen kon zijn, verwelkomd door een onzichtbare, fluwelen kracht. Ze stelde zich voor dat ze knielde, haar hoofd op het eeuwenoude hout van de kerkbank voor haar legde en haar ogen sloot. Het was vredig in die rustige ruimte van haar verbeelding.

Krimp van de frontaalkwab, zonder twijfel. Op deze leeftijd onvermijdelijk.

Ze zag de zachte grijze bol van haar brein voor zich en dacht aan lamshersenen op een bord. Ze at vroeger graag hersenen, het was een van de gerechten die ze met Daniel vaak bestelde. Maar de laatste keer dat ze dat had gedaan – drie weke, kleine dingetjes naast elkaar op een rechthoekig bord – walgde ze ervan. Elk hersentje was zo klein dat het op een dessertlepel paste, en in het chique Turkse restaurant waren ze onopgesmukt, zonder vermomming met kruimels of garnering: alleen maar drie kale, gepocheerde klodders op een bedje van groen. Ze at ze wel, natuurlijk, dat was een van haar principes: je weigerde niet wat je kreeg aangeboden. In dit geval zelfs uitgekozen had. Maar bij de eerste hap gaf het ding mee in haar mond, te vettig, als zacht wordende boter; lauw en lichtgrijs, de kleur en smaak van motten of de dood. Op dat moment zag ze met een schok de drie lammetjes voor zich, elk zijn eigen bewuste zelf, met zijn eigen zintuigen, intieme genoegens en pijn. Na dat ene stukje kon ze niet verder en at Daniel de rest op. Ze had 'Ik wil niet dood' willen zeggen.

Uiteraard zei ze dat niet. In plaats daarvan vroeg ze Daniel naar de roman waar hij in bezig was. William Maxwell of William Trevor, die verwarde ze vaak met elkaar. Hij was een goede lezer, Daniel. Een lezer in de ware zin van het woord. Daniel bespotte mannen die geen fictie lazen, wat gold voor bijna alle mannen die hij kende. Ze waren bang voor iets in henzelf, zei hij. Bang om ontmaskerd te worden, om niet te begrijpen – of waarschijnlijker nog het tegenovergestelde: ze zouden zichzelf erdoor gáán begrijpen en daar waren ze als de dood voor. Daniel snoof dan. Ze zeiden dat ze er geen tijd voor hadden, wat helemáál een lachertje was.

Jude trok het laken op tot haar kin. De dag voelde nu al plakkerig; het laken lag koel over haar klamme lichaam.

Wat zou er gebeuren als ze eerdaags op een ochtend niet wakker werd? Als ze 's nachts in haar bed zou doodgaan? Niemand zou het weten. Er zouden dagen verstrijken. Uiteindelijk zou Daniel bellen en geen gehoor krijgen. En dan? Ze hadden het er nooit over gehad: wat te doen als ze zou sterven in haar bed?

De vorige kerst was Sylvie er nog, en deze kerst niet meer – en nu gingen ze het huis in Bittoes opruimen. *Neem maar wat je wilt*, had Gail hun vanuit Dublin laten weten, in een e-mail. *Maak er een vakantie van.* Hoe kon je het opruimen van het huis van je dode vriendin als vakantie beschouwen... Maar het was Kerstmis en Gail voelde zich er schuldig over dat ze terug naar Ierland was gevlogen en het aan hen overliet. Dus. Neem maar wat je wilt.

Jude wilde niets hebben. Ze kon niet voor de anderen spreken.

Sylvie lag inmiddels elf maanden onder de grond.

De herdenking had in het restaurant plaatsgevonden (onherkenbaar vergeleken met vroeger – alles was nu verleden tijd behalve de naam) met heerlijke gerechten en goede champagne; goede speeches ook.

Wendy sprak prachtig, eerlijk, poëtisch. Gail boog stil maar hevig snikkend voorover, met Sylvies arme, verdrietige broer Colin naast haar, die niet in staat was Gail aan te raken en te troosten. Hij was eenentachtig, was terreinknecht geweest bij de golfclub in hun geboorteplaats en daar gebleven lang nadat de rest van de familie er was vertrokken. Hij had nooit kunnen verwerken dat zijn zus lesbisch was.

Uiteindelijk ging Sylvie naar een plek die niemand had verwacht: een ouderwets graf in Mona Vale, naast haar ouders. Hier gingen Jude, Wendy en Adele naartoe met Colin, en Gail, en Andy en Elektra, mensen van vroeger. Ze hadden er op de warme begraafplaats gestaan met een meelevende priester (een priester! voor Sylvie!), en Jude had een handvol aarde gepakt en op de kist gegooid. Vreemd dat ze dat in al die jaren voor het eerst had gedaan of het zelfs maar iemand had zien doen, behalve dan in een film. Ze voelde zich onnozel zoals ze daar op haar hurken met haar gelakte nagels in de droge grond zat te krabbelen, maar toen ze zich weer oprichtte en de aarde op Sylvies kist liet neerdalen was er een zucht van vreselijk verdriet door haar heen gegaan, opwaarts en haar lichaam uit tot in het oorverdovende, glinsterend witte geluid van de cicaden.

Sylvie was dood en voelde geen pijn. Ze hadden afscheid genomen. Er was niets om spijt van te hebben, maar ondertussen lag ze wel in die kist, onder het gewicht van al die aarde, waar haar koude, kleine lichaam wegrotte.

Gail zei dat ze er op het laatst vredig had uitgezien. Maar dat was geen vredigheid; het was de afwezigheid van spierspanning, van leven. Als je dood was leek je jonger, dat was een feit. Jude had nu zes of zeven dode gezichten gezien en die waren allemaal, op het moment dat het leven ze had verlaten, gladgetrokken, zodat ze op hun jongere ik leken. In een paar gevallen zelfs op een baby.

Hoelang deed een lijk erover om te verrotten? Sylvie zou het hebben uitgegild bij zo'n vraag. Wat heb je toch een macabere geest, Jude.

Boven haar draaide de plafondventilator in haar slaapkamer door, traag en tikkend. Haar leven was zo smetteloos en kaal als een bot, kaal als dat witte blad dat door de willoze lucht absoluut zeker en onveranderlijk zijn weg ging. Dat zou een troost moeten zijn. Het was een troost. De kamers van haar appartement waren ontdaan van het verleden. Niemand zou stoffige dozen en kasten vol troep hoeven doorploegen voor Jude.

Ze lag in haar bed en dacht aan kathedralen. En ze dacht aan dieren: ratten onder de plankenvloer; krioelende kakkerlakken achter de gekruiste enkels en bloedende voeten van gipsen Jezusbeelden. Ze dacht aan donkere, boosaardige vogeltjes, aan de gedempte geluidjes van wezens die doodgingen in de gaten tussen stenen en pleisterwerk, tussen plafonds en dakbalken. Ze dacht aan hun kak die uitdroogde en hard werd, en aan wat er gebeurde met hun huid en vacht en organen, die ongewijd rotten in holtes onder het dak.

Ze zou niet naar de kerk gaan, vanzelfsprekend, want ze was geen dwaas en ook geen lafaard.

In plaats daarvan ging ze naar de slager en de groenteboer, en dan nog naar de huishoudwinkel voor de laatste schoonmaakartikelen. En dan zou ze zonder haast over de snelweg naar de kust rijden, en vanmiddag zouden de anderen arriveren.

Het was geen vakantie, hadden de drie vrouwen elkaar gewaarschuwd, maar de waarschuwing gold feitelijk voor Adele, die zich uit de voeten zou maken zodra er gewerkt moest worden. Aan Adele zouden ze niks hebben, maar ze konden haar hier niet buiten houden.

Het was maar voor drie dagen. Twee, in feite, aangezien vandaag grotendeels zou worden opgeslokt door boodschappen, de rit ernaartoe en de aankomst. En op tweede kerstdag zouden de twee anderen weggaan en zou Daniel komen. Ze keek naar het soepel zwevende ventilatorblad. Zo zou zij zich gedragen: ongehaast, kalm door de uren glijdend tot Adele en Wendy vertrokken. Ze zou zich niet druk maken over de gebruikelijke dingen; daar waren ze alle drie te oud voor.

Ze bedacht dat een van hen de volgende kon zijn die het loodje legde. Gek dat dat tot nu toe nog niet in haar was opgekomen. Ze wierp het laken van zich af, dat schoon en wit opbolde.

Maar na het douchen, toen ze haar bed opmaakte, slopen er al wat kleine ergernisjes jegens Wendy binnen. Het was alsof ze een hand in haar broekzak stak en de naad met haar vingers afzocht; er waren altijd wel wat irritante kruimeltjes te vinden. Waarom had Wendy bijvoorbeeld een lift geweigerd en had ze erop gestaan dat ze zelf die kant op zou rijden, in die verschrikkelijke rammelkast van haar? Jude sjorde hard aan het laken om de wrevel te weren die zou komen als ze hem toeliet, over Wendy's geheimzinnige weigering uitleg te geven. Jude stond alom bekend om haar gastvrijheid, niet alleen in de lang vervlogen tijd van het restaurant, maar in het algemeen. De mensen zeiden het over haar, dat was altijd zo geweest.

Ze bewaakte haar gulheid nog zorgvuldiger nu ze allemaal ouder werden en ze zag dat andere vrouwen onnodig huiverig werden met geld, krenterig zelfs. Zoals ze munten uit hun portemonnee plukten en afpingelden in kringloopwinkels. Zoals ze hun hand uitstaken voor twintig cent wisselgeld. Het was weerzinwekkend. Beneden hun waardigheid.

Maar nu ze het laken bij de hoeken keurig instopte – haar uitstulpende tussenwervelschijf dreigde op te spelen en ze bewoog voorzichtig om eromheen te manoeuvreren – overdacht ze de mogelijkheid dat er in de complimenten over haar goedgeefsheid prikjes sarcasme verborgen zaten. 'Zo genereus is het niet als je het steeds weer benoemt,' had haar schoonzus een keer gemompeld, waarop Jude inwendig had gekookt van woede. Gekóókt.

Als ze Daniel hierover vertelde, als ze ging klagen over Wendy en de auto, zou hij zijn hoofd schudden en tegen haar zeggen dat ze te veel tijd tot haar beschikking had.

Ze rukte aan een andere hoek van het laken.

Als Sylvie er nog was, zou Jude haar kunnen bellen om uit te vissen wat er met Wendy aan de hand was, dan zouden ze zich samen ergeren en het erover eens zijn dat het niet uitmaakte, dan zou Jude zich kunnen beheersen wanneer Wendy haar smerige, gedeukte auto op de oprit in Bittoes parkeerde, dan zou ze kalm en hartelijk en zonder wrok zijn. Nu moest ze het helemaal zelf doen.

Dit was iets waar niemand over praatte: hoe kleinzielig de dood je kon maken. Hoe je met je vriendinnen een nieuwe opstelling moest zien te vinden, een herverdeling rond de leegte van de verloren vriendin, omdat je niet meer wist hoe je je tot elkaar moest verhouden.

Met andere vriendenkringen betekende een sterfgeval dat je stilletjes ieder je eigen weg kon gaan. Na de eerste vroege klappen toen je in de veertig of vijftig was – de ongelukken en zelfmoorden en enge ziekten die kinderen tot wees maakten en de grond onder steden lieten schudden – kwam er het onuitgesproken besef, als je in de zeventig was en het verval echt begon, dat het meest recente geval – het nieuws van weer een beroerte, een onverwachte dood, een tumor of alzheimer – niet het laatste zou zijn. Een zekere mate van vervreemding was acceptabel. Binnen de grenzen van de redelijkheid deed je wat je moest doen om jezelf te beschermen. Waartegen? Jude bleef staan en keek naar het platte witte oppervlak van het bed. Tegen al die... emotie. Ze draaide zich om en verliet de kamer.

Het was waar dat de tijd geleidelijk een andere vorm had aangenomen. Hij leek niet meer voorwaarts of achterwaarts te gaan, maar omhoog en omlaag. Het verleden had je doorgroefd, je lichaam, het sijpelde het heden en de toekomst in. De fijne groeven waren duidelijk aanwezig, de streperige lagen van geheugen, van ervaring – maar je was één wezen, het zat allemaal in jou. Als je achter of voor je keek was alles leeg.

Toen ze Daniel had verteld – bittere tranen huilend, rokend – wat Sylvie in het ziekenhuis over Wendy en Adele had gezegd, keek hij haar mild verwijtend aan en zei: 'Maar Judo, natuurlijk doe je dat, omdat je van ze houdt. Omdat ze je dierbaarste vriendinnen zijn.'

Daniel was best sentimenteel eigenlijk. Dat kon merkwaardig aantrekkelijk zijn in een man. Waarom toch, terwijl het in een vrouw zo verfoeilijk was?

Ze ging aan de eettafel zitten om haar koffie op te drinken. Het was zeven uur vierendertig. Als ze om kwart over acht bij de groenteboer kon zijn, vond ze misschien snel een parkeerplek, en dan kon ze meteen even bij de slager en de huishoudwinkel binnenlopen, en om halftien alles ingepakt hebben en op weg zijn. Op zijn laatst om tien uur. Ze reikte naar het notitieblok met het lijstje en trok het naar zich toe.

Mensen zeiden altijd dat de dood vrienden bij elkaar bracht, maar dat was niet waar. De begraafplaats, de stenige grond – zo was het nu. Het bovenste laagje aarde was weggewaaid en had alleen de harde bodem achtergelaten. Ergens was het gênant om te doen alsof ze konden terugkeren naar de mildheid die ooit hun onderlinge verhoudingen had beschermd. Hoewel de drie vrouwen elkaar beter kenden dan hun eigen broers en zussen, had de dood van Sylvie vreemde holtes van afstand tussen hen geopend.

Ze schreef op: *schuursponsjes*.

En in Jude waren er grote oceanen van woede door ontstaan, wat ze schokkend vond. Als er nu andere mensen stierven, vond ze het aanstootgevend om het erover te hebben. Het was Sylvie die was gestorven, om wie gerouwd moest worden. De buren of zussen van anderen waren niet relevant; waarom bleven mensen haar over hen vertellen? Zelfs Daniel! Met haar hand in de zijne vertelde hij haar op een avond dat zijn neef Andrew was overleden, een hartaanval op een boot. Jude had gewacht tot hij ter zake zou komen, totdat ze besefte dat hij medeleven wilde. Van haar. Ze had nog net niet op de vloer gespuugd. Ze had een hand voor haar mond moeten leggen, zo groot was de behoefte om te spugen. Ze had willen schreeuwen. Nou én, Andrew was doodgegaan, ja natuurlijk, wat had Daniel dan verwacht? Iedereen ging dood. Maar Sylvie niet.

Ze keek weer naar het lijstje. Adele had haar op de huid gezeten over de pavlova. Ze wist wel dat het geen vakantie was, maar het is Kérstmis, Jude, het is een tradítie. Adele was altijd zo weekhartig als het om dit soort dingen ging. Maar acteurs waren sentimenteel, in Judes beleving; dat moest ook wel, vermoedde ze. Ze moesten in allerlei dingen kunnen geloven.

Maar door de vochtigheid zou een meringue in elkaar zakken; het zou ellendig warm worden. En ze waren toch allemaal te dik, vooral Wendy. De kerst kon de pot op, ze konden ook fruit en yoghurt eten. Ze zette een streep door *eieren*.

Ze had niet op de vloer gespuugd en ze had haar hand niet uit die van Daniel getrokken, en ze had gezegd dat ze het erg vond, hoewel ze alleen maar vond dat zijn dode neef zich moest schamen omdat hij zich probeerde te verbinden met het lot van Sylvie.

Ze stopte, keek op haar lijstje. Niet zo hard voor de mensen zijn, Jude. Ze voegde weer *eieren* toe.

Jude haatte het als er andere kaarsen werden aangestoken naast het exemplaar dat ze heimelijk beschouwde als dat van Sylvie, in de kathedraal waar ze een paar keer stilletjes naar binnen was gegaan. Soms blies ze de andere kaarsen uit.

Niets van dit alles kon hardop worden gezegd. Ze loog in alle opzichten zoals van haar werd verwacht.

Wendy streek met haar hand over Finns zweterige, smalle rug. 'Stil maar, jongen, stil maar.'

In haar gedeukte rode Honda aan de kant van de snelweg onder de hete blauwe lucht zat ze sussend te mompelen tegen de hond die voor in de auto was geklauterd en nu probeerde zich op haar schoot te wurmen. Ze had amper nog ruimte om zijwaarts te leunen, maar het lukte om aan de hendel te trekken: haar stoel gleed met een ratelend geluid helemaal naar achteren en Finn zeeg zwaar over haar lichaam neer. Het was snikheet in de benauwde auto.

Ze drukte haar hoofd tegen de stoelleuning en bleef luisteren naar het ritmische geklik van de knipperlichten en het ongeruste gejank van de hond. Ze keek uit het raam. Ze zag alleen maar de stroom autospoken in haar zijspiegel opdoemen en dan erlangs spoeden, en de grijs- en groentinten van de berm en de weg. Heel even kringelde ze omhoog, bij zichzelf, Finn en de auto vandaan, en had ze vanuit de lucht zicht op het struikgewas en de weg. Ze zag haar auto, een kleine rode klodder onder de grote rotswand langs de snelweg tussen de stad en de kust. En daarna daalde ze pijlsnel neer en voelde de paniek van de landing, hier in de huidige omstandigheden.

Finn jankte, likte langs zijn lippen en bleef niet rustig liggen maar probeerde zijn grote, ruwharige lijf in de kleine ruimte rond te draaien, waarbij hij weer op Wendy's bovenbenen stond en zijn gewicht verplaatste, zijn nagels hakend in de dunne stof van haar broek. Hij kon geen rondjes lopen in de auto; hij zou steeds onrustiger worden. Ze had gehoopt dat hij de hele weg zou slapen, maar nu hadden ze autopech en was hij bang. En Bittoes was nog een uur rijden, en het was zo drukkend warm dat ze nauwelijks kon ademhalen.

Er zat niets anders op dan te wachten. Ze had het nummer van de pechdienst gevonden en het gebeld. Haar lidmaatschap was weliswaar verlopen maar ze kon gewoon extra betalen, en *godzijdank, godzijdank* bestonden er mobiele telefoons en creditcards. Soms was de moderne wereld een en al miraculeuze zegening.

Haar telefoon was opgeladen. In elk geval half. Ze wees zichzelf op dit fortuinlijke feit uit haar schuldbewuste inwendige chaos. Ze was er niet zo hopeloos aan toe dat ze ook nog een lege telefoonbatterij had.

Maar de adrenaline van een aantal ogenblikken geleden verspreidde zich nog steeds door haar lichaam, de weerklank ervan warm en koud, chemisch als gin of een verdovingsmiddel, vloeiend door haar aderen en haar hele wezen. Ze was vergeten hoe het voelde tot het moment dat het gebeurde. Het zweet dat je uitbrak als een voertuig onder je begon te haperen, als het plotseling de geest gaf wanneer je met honderdvijftien kilometer per uur een heuvel op reed en een rij jakkerende auto's achter je had. Ze was het klamme ongeloof vergeten dat gepaard ging met het gesputter van de auto, en het geluid van de eigen stem die riep *nee nee alsjeblieft, kom op, kleine auto, hou vol*, terwijl je op het gaspedaal trapte en trapte, naar de kant van de weg zwenkte, waardoor de auto's achter je gedwongen werden om onverwacht te remmen en je ronkend met een gevaarlijke slinger in te halen, toeterend, met scheldende bestuurders, waarbij Wendy ondertussen tegen de op zijn stinkende geruite slaapplaats op de achterbank liggende hond 'Rustig maar, Finny, het komt goed!' riep.

Maar hij had zijn groezelige kop al opgetild en was gaan janken, angstig om zich heen kijkend terwijl Wendy met bonkend hart de auto stopzette op de vluchtstrook, zo dicht mogelijk bij de hoge, donkere rotswand.

En nu moesten ze dus wachten. Er was niets waar ze zich druk om hoefde maken. Behalve dan dat Finn alsjeblieft, alsjeblíéft niet in de auto zou plassen.

Het was ontzettend plakkerig weer. En ondanks de heldere lucht werd er voor de komende dagen noodweer verwacht. Wendy verdrong dit naar haar achterhoofd, naar dat moeras vol dingen waar ze niet aan wilde denken.

Finn jankte weer. Ze zou hem de auto uit moeten zien te krijgen voor een plas als de pechdienst er niet snel zou zijn. Maar het meisje aan de telefoon had gezegd dat het minstens anderhalf uur zou duren. Toen Wendy haar misnoegen daarover uitte, zei het meisje – geduldig, alsof Wendy achterlijk was – 'Het loopt tegen Kerstmis, snapt u. Iedereen is onderweg.'

De auto schudde weer toen een vrachtwagen met dubbele aanhanger langsdenderde. Het was dertig graden geweest toen ze van huis gingen, en nu was het waarschijnlijk nog warmer. Het was verschrikkelijk benauwd zonder de airco.

De vochtigheid drong door de kieren van de carrosserie en bedekte Wendy en Finn. Klam, beklemmend.

Hij zou moeten plassen, maar hoe kon ze hem in hemelsnaam uit de auto laten? Aan de bestuurderskant was het onmogelijk met het vakantieverkeer dat langsdaverde; ze had een vluchtig visioen van hun twee door een truck platgereden broze lichamen. Stukjes arm en achterwerk die in het rond stoven. Maar aan de passagierskant lag de loodrechte rotswand, te dichtbij om zichzelf naar buiten te kunnen wurmen, en ze kon hem niet in zijn eentje naar buiten laten gaan.

Ze zette de radio aan. Een gitaardeuntje, The Pretenders die over de kerst zongen. Ze wiegde zachtjes mee en Finn lag nu over haar schoot, zwaar, ondraaglijk warm, maar rustig. Dus bleef ze zitten.

Ooit had ze geweten hoe ze een motorkap moest openen en de dynamo een mep kon geven met een bandenlichter om hem weer op gang te krijgen. Ooit was ze op die manier helemaal van Lithgow naar Dubbo gereden, waarbij ze in het donker uitstapte, de motorkap opendeed en om de vijfenveertig kilometer een klap op het onderdeel gaf. Ze had geen enkele angst gevoeld. Dat was in de tijd van voor de mobiele telefoons. Vrouwen waren toen dapperder.

Technologie en vrouwelijke angst, dat was interessant. Dat kon worden toegevoegd aan het materiaal dat ze al over afhankelijkheid had geschreven. Of in een eerder hoofdstuk. Ergens. Als ze de auto nu uit kon, wilde ze graag nagaan hoe de bandenlichter in haar hand zou aanvoelen. Het gewicht ervan, dat had ze in geen jaren gevoeld. Die dingen werden trouwens gebruikt voor geweldpleging: daar kon ze misschien ook wat mee.

'Toe, Finny, even opzij.'

Ze tilde zijn grote voorpoten op en gaf hem een duw in een poging hem in elk geval naar de passagiersstoel te verplaatsen. Haar been zou onder zijn gewicht gaan slapen en ze had meer lucht nodig. Maar hij kronkelde achteruit, verder haar schoot op, en zette zijn jichtige poten nog harder schrap tegen haar knieën, waarbij zijn nagels wroetten en krasten. Hij begon weer te janken, hoger en angstiger.

Wanneer was dat ook alweer, die tijd dat ze een klap op de dynamo moest geven? Ze rekende terug – aan de hand van haar boeken, de leeftijd van haar kinderen, de banen van Lance – en bedacht dat ze twee- of drieëndertig geweest moest zijn.

Het was de Subaru, met de fietsen van de kinderen achterin. En Claire was nu vierenvijftig. Dus het was heel lang geleden. Hadden auto's tegenwoordig nog wel dynamo's? Wendy kon de auto niet uit, dus ze zou het nooit weten.

Finns kwalijk riekende adem steeg omhoog. Toen hij een puppy was kon ze hem met één arm vasthouden, hem dragen als een wollige, witte lange handschoen. Nu was hij reusachtig, een warm, massief gewicht op haar schoot. Het was hopeloos. Ze wendde haar gezicht af om hem niet te hoeven ruiken en draaide het raam een stukje naar beneden. Ze beklopte hem troostend met stevige, ritmische slagen van haar hand.

Mobiele telefoons gaven je het idee dat redding permanent nabij was. Een onjuist idee, blijkbaar. Dat zou ze in het betreffende hoofdstuk opnemen.

Ze kon Claire niet bellen, want Claire zeurde al jaren aan haar kop dat ze een nieuwe auto moest kopen. En wat kon zij er überhaupt aan doen? Er waren veel dingen aan Claire die Wendy niet goed begreep, maar haar ijskoude, perfecte omgangsvormen waren het schokkendst. Waar leerde iemand die gladde, zakelijke manier van spreken tegen haar eigen moeder? Altijd als Wendy over de telefoon met Claire sprak was het alsof ze een klachtendienst belde; de assertiviteitstraining werd in werking gesteld. Helaas ben ik niet in staat u die service te bieden. Ik stel het volgende voor. Als Wendy op een formulier iemand moest invullen onder 'bij ongeval waarschuwen' noteerde ze Claire, maar nu ze hier zo zat bedacht ze hoe onterecht dat was, want Claire zou misschien niet eens komen als haar moeder, om maar wat te noemen, in bloederige stukken op een weg werd aangetroffen. Ze zou wat telefoontjes plegen en weer aan het werk gaan. Ze zou bloemen sturen voor de uitvaart. Waar was het schuldbesef van de dochter gebleven? De wereld was veranderd. Of simpelweg het familiale plichtsgevoel...

Maar dit was verkeerd, dit was de denktrant van haar eigen moeder. Zelfzuchtig en bekrompen. Wendy had de pest aan conservatisme. Iedereen had nu een hekel aan oude mensen; dat was acceptabel, werd zelfs aangemoedigd, vanwege de afgeloste hypotheek en de gratis genoten opleiding en de verwoesting van de planeet. En Wendy kon er wel in meegaan. Ze verafschuwde nostalgie, het verleden verveelde haar. Bovenal verfoeide ze zelfmedelijden. En ze hádden geluk gehad, en ze hádden verspild. Ze waren er niet in geslaagd de toekomst te beschermen. Aan de andere kant hadden zij en Lance vroeger niets toen ze jong waren. Niets!

De Claires van deze wereld leken dat te vergeten, met hun reizen naar Europa, hun koffiezetapparaten en airconditioning en drie badkamers in elk huis. Bovendien hadden veel mensen, veel vróúwen – Wendy voelde een bevredigende feministische rechtvaardigheidszin in zich opborrelen – geen afbetaalde hypotheken, geen reserves. Adele leefde bijvoorbeeld van de wind.

Godzijdank woonde Adele samen met Liz, dacht Wendy bij zichzelf.

Dus het was waar dat Wendy niets te klagen had. Behalve dan dat ze hier met een oude demente hond in een kapotte auto langs de kant van de weg stond terwijl het drieëndertig graden was.

Aan de telefoon met de pechdienst had ze even geaarzeld maar er toch op zachte, hoopvolle, waardige toon aan toegevoegd: 'Ik ben vijfenzeventig.' Vervolgens had ze zichzelf erom vervloekt toen het meisje op onverstoorbare wijze slechts haar eentonige belofte herhaalde: zo-snel-mogelijk-en-veel-sterkte-en-fijne-kerstdagen.

Het was nu echt heet.

Ze zou Jude kunnen bellen, die misschien nog niet vóór haar op de weg zat en die hier in haar onberispelijke donkere Audi zoevend voor of achter hen zou kunnen stoppen. Maar Jude had iets van een begrafenisondernemer. Ze straalde een soort grimmig genoegen uit als er bij andere mensen dingen misgingen. Bovendien had ze bits gereageerd toen Wendy nee had gezegd tegen een lift. Judes auto kreeg elke zes maanden een servicebeurt, of ze er nou in had gereden of niet. En hoewel hij in de garage stond werd hij om de twee weken gewassen – door professionals. Om de twéé weken! In deze tijd van rampzalige klimaatverandering! Judes verzekerings- en registratiepapieren zaten ongetwijfeld in een speciale map die ze ook nog zou weten te liggen, en ze had waarschijnlijk nog nooit in haar leven gebruikgemaakt van de pechdienst omdat al haar auto's sinds ze een relatie met Daniel had gloednieuw waren, dus nee, háár kon ze niet om hulp vragen.

'We kunnen het haar niet vragen, hè Finny?' zei Wendy, aaiend over Finns kop. 'Niet die ouwe Jude.'

Geen wonder dat Jude nooit moeder was geworden. Dat zou haar gevoel voor orde maar verstoord hebben.

Sylvie zou geholpen hebben. Ze zou geërgerd door de telefoon hebben geschreeuwd – verdómme, die klote-auto, ik heb het je toch gezegd – en daarna zou ze geholpen hebben. Met Sylvie zou het een gedeeld probleem zijn geweest; het zou niet in haar opkomen de gelegenheid aan te grijpen om belerend of verwijtend te doen. Of om te vernederen. Wendy miste haar steeds meer.

Ook had Wendy niet aan Jude verteld dat ze Finn zou meebrengen.

Ze greep onder de stoel naar een plastic flesje water – warm, maar nog voor driekwart vol – en bij haar beweging over hem heen kromp hij ineen en liet een vreemd gekreun horen. Hoe kon Wendy nog steeds zo beducht zijn voor Jude en haar stille afkeuring? Ze probeerde Finn weer opzij te duwen, maar hij schoof geen centimeter op.

Het was vermoeiend om vriendinnen te zijn. Waren ze ooit in staat geweest elkaar de waarheid te vertellen?

Toen begon Finn te trillen.

'Shhhhhh, o, Finny Fin Fin,' zong Wendy zacht, met haar neus in zijn harige, schonkige rug. Hij had nog maar zo weinig vlees op zijn botten.

Met moeite opende ze het flesje en ze nam een slok van het warme, naar plastic smakende water. Het was smerig, muf, maar het was belangrijk om uitdroging te voorkomen. Behoedzaam schonk ze een beetje van het water in de dop, die ze voor Finns bek hield. Zijn grote zachte tong kwam naar buiten en stootte de dop uit haar hand op de vloer. Hij begon erger te trillen. Ze schonk de rest van het water met kleine plasjes tegelijk in haar hand en Finn lebberde en likte het zachtjes op, waarna hij geleidelijk kalmeerde en het trillen wegebde.

Er kwam weer een enorme truck met dubbele aanhanger langs; de auto deinde hevig.

Wendy schrok van de telefoon die ineens begon te piepen en te vibreren onder haar bovenbeen. Finn kwam met een ruk weer omhoog, wat pijn deed aan haar benen. Hij keek Wendy aan en begon luider te janken. Ze duwde zijn kop weg en worstelde om de telefoon tevoorschijn te halen. Het was Adele.

Toen Wendy hallo zei, met een vinger in haar andere oor gedrukt om het lawaai van de snelweg te dempen, begroette Adele haar niet maar viel ze meteen met de deur in huis. 'Waar ben je?'

'O, ik sta langs de weg,' zei Wendy zo opgewekt mogelijk. 'Ik ben even gestopt om te kunnen opnemen.'

'Wat is dat voor geluid?' vroeg Adele.

Wendy klemde de telefoon tussen haar kin en hals en duwde Finns snuit zachtjes dicht terwijl ze hem nog steeds aaide en hem met haar ogen smeekte om stil te zijn.

'Niets,' riep ze, dankbaar dat er weer een grote vrachtwagen langsdenderde. 'Ik hoor hier niet stil te staan,' zei ze.

Adele stond op de trein te wachten. Ze klonk vreemd.

'Te wáchten? Je zei dat jij er het eerst zou zijn, al uren geleden!' zei Wendy. Het maakte niet uit, maar Jude zou er boos om zijn.

'Wat is er aan de hand?'

Adele negeerde de vraag. Want even tussendoor, dacht Wendy dat ze haar wat geld kon lenen? Tot volgende week, niet langer.

Wendy greep Finn zachtjes bij zijn neus. 'Hoeveel?'

Ze voelde een muurtje van wantrouwen in zich omhoogschieten. Adele zei het op luchtige toon, alsof het heel gewoon was haar dit te vragen. Ze was tenslotte actrice. Je wist nooit wanneer ze de waarheid sprak. Waarom vroeg ze het niet aan Liz?

Adele gaf antwoord. 'Vijfhónderd?' riep Wendy uit.

Finn trok zijn neus uit haar greep en kreunde. Aan de andere kant van de telefoon klonk een triomfantelijke Adele. 'Is dat Finn?! O mijn god, weet Jude dat je hem meeneemt?'

Wendy moest meteen een eind zien te breien aan dit gesprek. Ja, ze kon Adele het geld wel lenen, zei ze, maar nu moest ze ophangen.

'Ik zie je daar,' zei Adele monter.

Wendy ging achterover zitten en sloot haar ogen, want er was niets wat ze kon doen. Ze schoof de telefoon weer onder haar benen en Finn begon weer te trappelen, over haar bovenbenen, in een poging kringetjes te lopen. Was ze maar nooit in de auto gestapt. Waarom was ze niet gewoon thuisgebleven?

'Toe, Finnyboy, toe nou,' vleide ze, en al snel ging hij weer zitten, stinkend en zwaar op haar schoot. Ze bleef hem aaien en begon te tellen bij elke inademing zoals de man van de meditatie-app haar had geleerd, waarop ze voelde dat Finn zich ontspande.

Toen het einde nabij was had Sylvie haar verzocht er voor de anderen te zijn, hen niet te verwaarlozen. Wendy was even geïrriteerd geweest, had niet goed begrepen waar het vandaan kwam, maar Sylvie zat al onder de morfine. Ze had gehuild met Sylvies roomzachte hand in de hare, en ze had het beloofd.

Maar hoe zat het dan met Gail, die meteen erna naar Ierland was teruggegaan? Bijna meteen erna. Het huis in Paddington leeggeruimd, in één keer schoongeveegd als een kotsteiltje. Die arme Gail, zeiden de mensen. De liefde van haar leven kwijt. Wendy moest elke keer de andere kant op kijken, haar nagel aandachtig schoon peuteren, om maar niet te hoeven schreeuwen. En ik dan? Ik ben de liefde van míjn leven kwijt.

Eerst Lance, nu Sylvie.

Lance was overleden – *lang geleden*, sprak ze zichzelf streng toe – en nu was Sylvie overleden, en alleen Wendy wist dat Sylvie als een godin was heengegaan. Dat was tenminste wat Wendy bij zichzelf dacht. Het was belachelijk, onuitspreekbaar, maar in Wendy's ogen had Sylvie hen als een godin in een gouden gewaad verlaten, opstijgend, zichzelf afwerpend, haar lichaam, liefde, en angst, haar ziekte en verdriet. En die arme Sylvie had ook Gail moeten afwerpen, dat was het laatste en ergste geweest. Ze had zich heel hard moeten inspannen om Gail achter te laten, alsof ze een enorme kei van haar pad duwde. Arme Gail – want toekijken hoe Sylvie stierf, wist Wendy, was als haar eigen kijken naar Lance, destijds. Als kijken hoe iemand werd geboren: het oerinstinct, de uitputting, het hijgen, de dierlijke krachtsinspanning. Het toekijken, het wensen dat het voorbij is, niet in staat het nog langer te verdragen.

En toen het eindelijk voorbij was die verschrikkelijke nieuwe lawine: hij was er niet meer.

Wendy had dit allemaal willen zeggen bij de herdenkingsdienst, maar het kon uiteraard niet worden uitgesproken. Dus had ze het gehad over hun brieven uit de tijd dat ze elkaar in Oxford hadden ontmoet, en hoe hartelijk Sylvie was, een landgenote, ook uit Australië, hoe intelligent en waardig. En toen had ze eenvoudigweg gezegd dat ze haar zou missen (míssen, cliché als een ansichtkaart; pathetisch, grotesk), waarna ze haar plek achter de microfoon had verlaten. Het was beschaafd en het was niet wat ze geloofde, niet die kracht die nu aldoor in haar zat, de kolom van glinsterend goud die de dode Sylvie was.

En Wendy had haar belofte gedaan. Dus moest ze het strandhuis helpen opruimen en Adele het geld lenen, en zou Jude die verrekte rothond gewoon voor lief moeten nemen.

Ze ademde lang en langzaam uit en voelde dat ze rustig werd. Precies op dat moment voelde ze de vreselijke, onvermijdelijke stroom van de warme plas van de hond die haar schoot en haar broek doorweekte. 'O, Finn.' Ze hield haar adem in terwijl de pis van haar arme beest in de bekleding onder haar trok. De warme ellende ervan vermengde zich met het zout van haar eigen tranen op haar huid en de plakkerige, ondraaglijke hitte van deze onmogelijke dag. Ze aaide de arme Finn, draaide het raam nog wat verder omlaag en begon weer te tellen op het ritme van haar ademhaling.

Ze werd gewekt door een hand die tegen haar schouder duwde. Ze werd met een schok wakker en Finn kefte angstig. Terwijl de man van de pechhulp het portier openrukte, schoof ze de hond eindelijk van zich af, met een hoop gewrik en gedraai waarbij ze iets in haar schouder verrekte en er een pijnflits naar haar schedel schoot.

De hemel zij dank! wilde ze roepen, en vervolgens knielen. In plaats daarvan riep ze 'Hallo!' op hetzelfde moment dat de man zei: 'Jezus christus, ik dacht dat u dood was.'

Maar Wendy was zo opgelucht hem te zien dat ze de auto uit sprong, de warme, gevaarlijke wind in, waardoor hij gedwongen was zich tegen de auto aan te drukken. En het kon haar niet schelen dat hij haar doordrenkte broek zag en dacht dat ze in haar broek had geplast.

2

Jude parkeerde op de oprit op het vlakke gedeelte beneden het huis, waarbij ze ervoor zorgde dat er ruimte overbleef voor Wendy's auto naast die van haar.

Het bleef verrassend, het golfje van vreugde dat ze elke keer weer voelde als ze heuvelafwaarts Bittoes in reed, de verspreid liggende huizen langs de smalle strook land tussen de baai en de zee. Zelfs na al die jaren, terwijl ze het dorp zo goed kende, en ondanks het werk en de irritaties die de komende dagen te verwachten vielen, kreeg ze altijd een vakantiegevoel als ze Bittoes binnenreed.

Een bedrieglijk gevoel, deze keer. Ze stapte uit en keek omhoog naar het huis dat zich boven haar aftekende, hoog op zijn palen, de onbestemde olijfkleur van het houtwerk dat opging in het landschap en de bleke hemel. De houten trap zigzagde van de oprit helemaal naar boven, twee keer onderbroken door een plateautje waar je op adem kon komen voordat je verderging. De grote veranda, die de hele benedenverdieping omgaf, en het kleinere driehoekige balkon voor de grote slaapkamer staken in tegenover elkaar liggende hoeken uit. Zelfs van hieraf kon ze zien dat de deuren ernaartoe gesloten waren en dat de luiken dicht zaten, en dat Adele er dus niet was. Ze had beloofd dat ze de eerste trein zou nemen, maar dat had ze kennelijk niet gedaan. De normale gang van zaken. Jude was geïrriteerd en tegelijkertijd deed het haar ergens ook deugd dat ze Adele zo goed kende.

Langs de steile rechterkant van het perceel liep de roestige rails van het liftje over de helling.

Als je hier op de oprit stond kon je het water niet zien, vanwege de lager gelegen huizen en tuinen, maar je kon het wel horen, lui en ritmisch klotsend tegen de zeewering. In de verte klonk het geronk van een motorboot en andere gemotoriseerde geluiden – bladblazers aan de overkant van de baai, grasmaaiers, een stofzuiger in een huis verderop. Vakantiegangers of de mensen die voor hen werkten bereidden zich voor op de kerst. De vochtige lucht rook naar de baai, ziltig en vissig.

Jude liep met haar bagage en dozen vol boodschappen heen en weer naar het liftje en zette ze op het roestende metalen platform. Ze deed de auto op slot met een druk op het matzwarte ovaaltje in haar hand, en stapte op het platform. Het schommelde door haar gewicht.

Het verhaal ging dat toen Sylvie het huis in de jaren tachtig kocht zelfs de makelaar het liftje niet had opgemerkt, omdat het overwoekerd was door kruipende *lantana*. Sylvie had dan ook maandenlang buiten adem haar spullen over de eindeloze trap op en neer gesleept. Gail had het gevonden. Het werkte nog, maar zij had Sylvie – die was opgegroeid in Melbourne, waar het plat was en je zoiets niet nodig had – moeten leren hoe ze het moest gebruiken. De eerste keer dat Sylvie ermee omhoogging hield ze de reling vast en liet ze tot ze boven was verrukte gilletjes horen (*Kijk nou, een monorail!*) alsof ze op de kermis was.

Jude had een hekel aan het krakende geval, al vanaf het begin, en ze had het zo lang als ze kon vermeden. Maar nu ze rugklachten had was het al een tijdje vrijwel onmogelijk de trap te beklimmen. Ze haakte de ketting achter zich vast – alsof die je zou kunnen redden. Het bedieningspaneel zag eruit als iets in een ruimteschip van een cartoon uit de jaren vijftig; de dikke knop zat los in zijn sleetse rubberen omhulsel. Ze drukte erop en wachtte. Het was altijd weer een schok wanneer het ding na een moment inderdaad bleek te werken en het platform hortend in beweging kwam. Ze voelde dat ze steeg, dat ze langzaam langs de eerste trap omhoog werd getild. Ze draaide zich om naar de bomen en hield zich stevig vast aan de dunne metalen reling zonder omlaag te kijken nu het platform over de steile helling vol struikgewas klom. Desondanks had ze visioenen van het roestige metaal dat het begaf, waardoor ze tegen de rotsen en struiken zou worden geslingerd. Zonder dat iemand het wist.

Achter de bomen glinsterde de baai, maar ze kon niet langer dan een ogenblik kijken en wilde dat de hachelijke klim voorbij zou zijn. Toen dat zo was, kwam het platform met zo'n hevige ruk tot stilstand dat ze bijna haar evenwicht verloor. Ze haakte de ketting los en stapte snel over de spleet op het solide plankier.

De sleutel lag op zijn plek onder het boeddhahoofd in de hoek, naast de grote vijverton. Ze tuurde erin; het water stond laag en zag er vettig uit, maar de planten leefden nog. Zou er in dat water nog een goudvis in leven zijn?

Wie van hen was hier voor het laatst geweest? Zij niet en Adele ook niet – Liz hield niet van Bittoes en had een merkwaardige hekel aan dit huis. Wendy misschien, om aan het boek te werken dat maar niet afkwam? Wendy zou er zeker nooit aan denken om het vijvertje te vullen.

Jude sleepte er de tuinslang van achter het huis naartoe, stak de tuit in de ton en draaide de kraan open. Het smerige water kwam kolkend tot leven. Ze bleef niet staan kijken; ze had geen zin om de uitgedroogde witte buikjes van dode vissen boven te zien komen drijven.

Kon het zijn dat hier niemand was geweest sinds het overlijden van Sylvie?

De vluchtige blik op het troebele water dat in beweging was gekomen, de omhoogkomende kluiten zwart slijk, gaven haar een onbehaaglijk gevoel. Wat belachelijk was. Ze wachtte tot de ton vol was, draaide de kraan dicht en trok aan de tuinslang. Toen die eruit glibberde, bekroop haar een herinnering aan toen ze jaren geleden wakker werd bij een coloscopie. Niet per se onprettig, maar vreemd, de gladde trilling van de slang die haar lichaam verliet, waarna haar bewustzijn zich weer overgaf aan de verdoving.

Ze duwde de sleutel in het slot.

Binnen was het zo warm dat ze naar adem hapte. De woonkamer was een donkere grot en er hing een bedompte geur. Ze liep naar de ramen en trok de gordijnen open, waarbij de zware houten ringen over de roede ratelden. Het zonlicht stroomde de kamer in. Ze moest wrikken aan de grendels, en de glazen deuren, stijf in hun scharnieren, een duw geven voordat ze ze wijd openzette en tegen elke deur een zware houten tuinstoel plaatste om ze op hun plek te houden.

Toen ze zich naar de kamer omdraaide viel haar blik op de brede witte bank die ze Sylvie niet lang voordat ze ziek werd had gegeven. Die was nog steeds mooi. Hij was trouwens niet wit, maar ivoorkleurig. Jude liet zich erop zakken en streek met haar vingers over de stof op de leuning. Er glinsterden spoortjes van zijde door het weefsel, spinnenwebdraadjes in de regen. Ze bleef op de mooie bank rond zitten kijken in de sjofele kamer. Zonde, zoals Sylvies haveloze spullen afbreuk deden aan de elegantie van de bank. De massieve leunstoelen met hun gebarsten bruinleren bekleding, de versleten lak op de houten armleuningen, en de stevige eikenhouten tafel met zijn butsen en krassen. De horizontale grenen lambrisering aan de zuidkant van de kamer leek nu meer oranje dan goudkleurig. Dit huis had een grondige opknapbeurt nodig – te beginnen met een lik witte verf en het weggooien van alle rommel – maar dat maakte niets meer uit, want het was niet meer van Sylvie maar van Gail, en binnenkort zou het van nog weer iemand anders zijn.

Jude stond op. Terwijl ze door het huis liep werd ze overmand door de zware stilte die ze herkende van de paar keer dat ze een kerk was binnengegaan. Het zou kunnen dat zij nu de eerste was die sinds de dood van Sylvie door deze kamers liep.

Wat betekende dat?

Niets, helemaal niets. Behalve een hoop werk, een leeg huis vol rotzooi die moest worden opgeruimd. En Jude was zoals gewoonlijk de enige die was komen opdagen op het tijdstip dat ze had genoemd.

Ze ging aan de slag. Ze trok rolgordijnen op, duwde ramen wagenwijd open en deed alle kromgetrokken glazen deuren in de woonkamer en slaapkamers van het slot. Sommige kozijnen waren uitgezet; je moest altijd hard aan de deuren trekken of ze een zet geven als ze een tijdje niet open waren geweest.

Ze bleef even nadenkend in de woonkamer staan en nam toen haar bagage mee naar de slaapkamer achter, met het raam dat in de schaduw van de nabijgelegen rots lag. Het huis was in een grote ronding van zandsteen gebouwd en het leek alsof het nog vochtiger was geworden nu alles zo lang dicht was geweest. Ze dacht aan de ruime slaapkamer boven, met het prachtige uitzicht. Als Adele als eerste was aangekomen had ze zich daar ongetwijfeld geïnstalleerd, zonder zelfs maar te doen alsof ze hem eerst aan de anderen had willen aanbieden. Adele was doorgaans net een vierjarig kind op een verjaardagsfeestje; ze probeerde zich eerst goed te gedragen, haar behoeften te onderdrukken, maar gaf bijna meteen toe aan het verlangen om te pakken wat ze pakken kon.

Dat was Jude te min.

Met moeite schoof ze het aluminium raam open. De hor was bobbelig; ze hoopte maar dat er geen gaatjes in zaten – de muggen waren hierachter het ergst, in de vochtige lucht – maar ze kon het zonder bril niet goed zien. Ze snoof. De kamer zou snel gelucht zijn. Ze liet de deur open en liep terug naar de woonkamer. De spullen van Sylvie en Gail waren daar, net als altijd. Boeken op de planken, de schalen en kannen en die stoffige geknakte pauwenveer…

Waar waren de anderen in vredesnaam?

Jude voelde een kortstondige golf van nijd opwellen. Natuurlijk was Adele te laat. Maar Wendy ook, meer dan een uur inmiddels! *Ben opgehouden*, stond er in haar berichtje. *Kom rond 1 uur.* Jude begon langzaam in te zien dat Wendy's geheimzinnigheid iets te maken moest hebben met die rottige hond. Ze zou toch zeker wel weten dat hij thuis moest blijven, of in een pension of zo. En je kon tegenwoordig ook een hondenoppas inhuren, scheen het. Ze huiverde bij de gedachte aan iemand die in Wendy's huis in Lewisham zou moeten verblijven. Donker, muf, naar hond stinkend, elk oppervlak getooid met stapels morsig papier of vieze ouwe hondendingen: ronde plastic mandjes, gevlekte kussens, zelfs weerzinwekkende plastic 'hondentrapjes' waarlangs het arme schepsel op de met handdoeken bedekte bank kon komen. Als je de laatste jaren bij Wendy thuis kwam – wat ze zelf vermeed – moest je je adem inhouden tegen de stank.

Ze bleef even staan, streek weer met haar vingers over de rugleuning van de bank (die in prima staat was, ze kon zich niet herinneren waarom ze hem eigenlijk kwijt had gewild) en liep naar de keuken om de boodschappen op het aanrecht te gaan uitpakken. Ze maakte een moeizaam tochtje terug naar de auto, naar beneden en weer naar boven met het liftje. Ze had de minimale benodigdheden meegenomen – koffie, brood, eieren, kwaliteitszout en -olie, gerijpte azijn, melk en wat saladedingen. Een dure scharrelkip. Maar Daniel had, nogal overdreven, een dozijn flessen uitstekende wijn en twee flessen champagne opgestuurd voor hun verblijf.

Ze had ze in verschillende dozen moeten doen, en dan nog waren ze onhandig om van de auto naar het liftje te dragen. Eenmaal boven moest ze bukken en de dozen meesleuren.

Daniel had gezegd dat hij blij was dat zij deze kerst met de anderen zou doorbrengen. Hij vond het geen prettig idee als ze tijdens de feestdagen alleen was. Ze had gelachen. 'Ik ben mijn hele leven al alleen,' had ze zonder rancune opgemerkt.

Het was gewoon de waarheid, de keuze die ze allebei hadden gemaakt.

Ooit had ze zich voorgesteld dat ze misschien één keer met Kerstmis samen konden zijn in Rome; ze had de maan en heldere sterren voor zich gezien, rond middernacht schijnend door de oculus van het Pantheon. Ze waren niet gegaan. Maar soms dacht ze er nog aan.

'Bovendien,' had ze tegen Daniel gezegd, 'is dit geen vakantie.'

Ze was al decennia elk jaar eind december naar dit huis gekomen. Sylvie en Gail gingen altijd naar Gails zus, een oude vrijster, in Victor Harbor, en stelden het huis dan ter beschikking aan Jude en Daniel. Helemaal in het begin, toen hun verhouding nog een reusachtig, spannend geheim was, logeerden zij en Daniel in het boothuis aan de voet van het terrein van Marty Faber – één kamer die rook naar mangrovegrond, en met een klein tweepersoonsbed waarop zij en Daniel tijdens warme, muggenrijke middagen languit bij elkaar lagen terwijl het water van de baai onder de vloerplanken klotste. De geur van muggenspray bracht haar meteen terug naar die dagen, zelfs nu nog. En die van babyolie. Ze bereidden kreeftenstaarten op de hibachigrill in de deuropening, die ze aten met stukken brood en Judes kruidenmayonaise.

Wat waren ze nog jong! Alles wat ze toen nodig had waren een garde en een mes, een koelemmer vol ijs, en zeevruchten en wijn. Ze lieten de aluminium espressopot en het kleine kooktoestelletje achter in het boothuis. Ze had niet gevraagd wat destijds de overeenkomst tussen Marty en Daniel behelsde. Ze had heel veel dingen niet gevraagd gedurende de daaropvolgende zevenendertig jaar. Judes leven hing af van een onvoorwaardelijke acceptatie van vele facetten van Daniels leven. Het boothuis was romantisch geweest maar ook belachelijk heet, en geen enkele hoeveelheid brandende kooltjes kon de muggenzwermen tegenhouden. Verdomme zo groot als vleermuizen, had Daniel gezegd. Dus op een gegeven moment werd het huis van Sylvie – waar ook muggen waren, maar niet zoveel, en een koelkast en fornuis – haar toevluchtsoord voor de kerst.

Het hele gebied was sinds die dagen verschillende keren getransformeerd. De smalle kronkelweggetjes werden nu eerder bereden door BMW's en Lexussen dan de stationwagons en busjes van de surfers indertijd. Dankzij de snelweg was de rit van Sydney hiernaartoe gereduceerd van drie of vier uur naar anderhalf op een goeie dag, en de vastgoedprijzen waren de pan uit gerezen. De kunstenaars en schrijvers, filmmakers en theatertypes die zich hier een schamel vakantiehuis konden veroorloven toen Bittoes nog afgelegen en goedkoop was, zaten nu op rozen. De (zeer) weinigen van hen wier carrière op wonderbaarlijke wijze een hoge vlucht had genomen en die inmiddels beroemd waren, verleenden deze plek een onconventionele elegantie.

Er stonden nog steeds enkele van de originele vakantiehuisjes, maar bijna geen één daarvan was nog in oude staat. De huisjes die wél onveranderd waren gebleven, van een vervaagd botergeel of mintgroen, zaten onder de vochtplekken en spinnenwebben, verborgen in tuinen vol frangipani, insecten en stekelige hibiscus, maar de meeste andere waren smaakvol gerenoveerd en opgeknapt, geverfd in grafiet- en wittinten met rood houtwerk, of diepblauw en groen met turquoise. Maar zelfs die verdwenen. Geleidelijk werden ze allemaal afgebroken en vervangen door grote panden van glas, staal en steen zoals het nieuwe huis van Marty Faber: strakke torens op de ruig begroeide hellingen, doorwrochte constructies, hoger en hoger om uitzicht te bieden over zowel de baai als de zee. De bijbehorende mensen reden in Range Rovers en hadden ingebouwde koffiemachines.

En nu bestond de bevolking van Bittoes uit twee culturen met een gedeelde illusie van eerlijke eenvoud. Stadse bankiers, chirurgen en advocaten die graag deden alsof ze niet om geld gaven flirtten met de serveersters van het met hout betimmerde clubhuis van oud-soldaten en mengden zich onder de vissers die te veel wiet rookten en schuine moppen met een enorme baard tapten. De oude hippieachtige types schudden schamper hun hoofd als ze het hadden over de grondprijzen die omhoog waren geschoten sinds zij hier hun stulp lang geleden hadden gekocht. Ze dachten graag terug aan die goeie ouwe tijd dat ze koelemmers vol ijs wel vier of vijf trappen op sleepten (vóór de glazen liften en aan huis bezorgde boodschappen), of het tijdperk toen je Duskys alleen per boot kon bereiken. Maar ondanks al deze nostalgie was Bittoes een anonieme kortetermijnplek geworden. Het was een dorp met dure weekendhuizen die je kon huren, een bestemming voor een tijdelijk verblijf, een plek waar groepen of stellen samen vakantie vierden tot de vriendschap of het huwelijk – of beide tegelijk – kapotging.

Maar Jude en Daniel hadden het volgehouden. Zij stonden los van dit alles, waren erboven verheven.

Jude verbleef hier in december altijd ongeveer een week in haar eentje, en dan arriveerde Daniel steevast op 3 januari voor hun kostbare jaarlijkse zomerweek.

Helena wist er natuurlijk van – dat kon niet anders, en de kinderen ook – maar op een bepaald moment had iedereen stilzwijgend het bizarre voorwendsel aanvaard dat Daniel elk jaar een bezoek bracht aan zijn oudere nicht Margery, aan wie Helena een hekel had en die ze zesenveertig jaar lang niet had gesproken.

Het huis van Sylvie was de plek waar Jude en Daniel elkaar in dankbaarheid en in alle rust konden ontmoeten, waar ze een week per jaar ongestoord samen konden zijn, waarvandaan ze op een warme dag een heel eind gingen wandelen om de rest van de week daarvan bij te komen terwijl ze elkaar de *New Yorker*, diverse gintonics en romans toeschoven, en dan 's middags sliepen. Het was de plek waar ze samen kookten en aten – eenvoudige maar goede maaltijden – en nieuwe wijnvariëteiten van kleine wijnboeren proefden, de plek waar ze 's avonds op de veranda zaten en door Sylvies antieke telescoop naar de sterren keken. Ze zaten hoog boven het dorp en waren lief voor elkaar. Ze spraken loom over de dingen waar ze beiden om gaven: schoonheid, kunst, boeken, de manier waarop het water in de ochtend werd verlicht. Ze bevonden zich buiten het bereik van de gewone wereld en ze waren gelukkig.

Dit jaar zou alles anders zijn.

Daniel zou komen op tweede kerstdag, wanneer Helena met haar zus naar Europa vertrok. Hij moest op 4 januari weg om ze achterna te vliegen en zich bij hen te voegen. Hij en Jude zouden acht dagen hebben.

In de keuken borg ze de boodschappen verder op. Ze checkte of er water in het oude koffiezetapparaat zat en reikte naar de filterhouder om ook die te controleren – dat ging automatisch na al die jaren dat ze in restaurants had gewerkt. Verbazingwekkend genoeg zat er geen schimmelige koffie in. Ze spoelde hem toch af en zette hem op zijn kop op het dienblad.

Het was eigenlijk maar goed dat zij hier eerst was. Adele zou dit allemaal niet hebben gedaan – de vijverton vullen, de kamers luchten, het gas aansluiten (ze zou niet eens weten hoe, of dát zulke dingen überhaupt moesten gebeuren).

Jude had haar gedachten steeds zorgvuldig weggehouden van het feit dat dit de laatste keer hier zou zijn, voor haar en Daniel. Ze hadden er geen van beiden over gerept. Ze zouden wel een andere plek vinden, ongetwijfeld een betere. Ze konden een huis met een zwembad zoeken, en met een mooiere keuken. Toch zou er iets verloren gaan.

Ze keek rond in Sylvies keuken. Het smoezelige vertrek met zijn afbladderende oranje gelamineerde bankjes, de ronde houten randen glad als zijde na jaren van aanraking, van nonchalant gebruik en veronachtzaming bij afwezigheid, terwijl ze nooit, vermoedde ze, goed waren schoongemaakt.

Ze gaf zich weer over aan een heimelijk idee: als ze Judes appartement verkochten, zou dat vast meer dan genoeg opleveren om een vermolmd oud huis te kopen met een gammele, onpraktische trap en een roestig liftje, dicht bij het natuurreservaat dat geregeld in vlammen opging vanwege de zomerse bosbranden die gek genoeg nooit de schutting aan de achterkant hadden bereikt, maar een paar keer wel bijna.

Maar het verkopen en kopen van onroerend goed was niet haar domein – ze had er geen belangstelling voor; bovendien was het slechts sentimentaliteit. Ze wist dat ze hier niet zou kunnen wonen, niet echt. Wat zou ze er moeten in de miezerige winters? Ze zou zich doodvervelen. En er was geen goede verwarming. Maar dat was het niet alleen – de lange dagen ver van de stad, zonder boekwinkels, zonder lezingen in de bibliotheek, zonder concerten van symfonieorkesten. Ze probeerde zich in te beelden hoe ze hier zou wonen, met haar eigen mooie meubelstukken om zich heen, alles witgeverfd en schoongeschrobd. Maar het enige wat ze zag was de ruige natuur om haar heen, de harde weerspiegeling van het water daarbeneden. Jude maakte zich geen illusies, maar er dreigde iets onaangenaams als ze deze gedachten volgde.

Ze deed de smalle deuren naar de voorraadkast open en constateerde tevreden dat die smerig was. Er zou een lange middag voor nodig zijn om hem schoon te krijgen.

En toen hoorde ze het geronk van de motor van het liftje. Achter het raam zag ze het kleine platform in beweging komen en leeg naar beneden gaan.

Wendy moest zich zowat dubbelvouwen op dat verrekte rotding om Finn stil te houden zodat zijn nagels niet over de metalen rand van het platform zouden schrapen nu het geval omhoogging. Hij liet de hele weg naar boven een angstig, schor gejank horen, en eenmaal boven krabbelde hij onder de ketting door en sprong op het plankier, waar hij wankelend rondliep, nog verdwaasd van angst, terwijl Wendy haar bagage uitlaadde. Ze zou straks nog een keer naar beneden moeten om de rest van Finns spullen op te halen.

'Halloo,' riep ze, en ze droeg haar vochtige koeltas met etenswaren uit de koelkast naar binnen, waar ze hem met een plof op het aanrecht zette.

'Eindelijk!' riep Jude terug, waarbij ze haar stem probeerde te laten klinken alsof ze een grapje maakte.

Wendy keek rond en zag Jude op haar knieën voor de voorraadkast zitten, met een vieze afvalbak naast zich. Alsof dat dringend nodig was gooide ze er nog wat dingen in voordat ze krampachtig en traag overeind kwam. Het was waarschijnlijk niet eerlijk van

Wendy dat ze het gevoel had dat deze omslachtige manier van doen aanstellerij was, bedoeld als straf voor haar te late komst.

Met name de felgele rubberhandschoenen waren bespottelijk, alsof het beetpakken van stoffige potjes specerijen en blikjes kidneybonen gevaarlijk, toxisch werk was. Jude kwam glimlachend naar haar toe, met de stijve vriendelijkheid waaruit bleek dat ze zich nu al ergerde. Toen ze elkaar voldoende waren genaderd om elkaar te omhelzen, deinsde Jude terug.

'O ja, sorry, hondenpis,' zei Wendy, met haar handen zwaaiend door de lucht vlak voor haar. 'De auto stopte ermee. We moesten anderhalf uur wachten voor er iemand kwam om hem te repareren!'

Ze werd nu overweldigd door een enorme vermoeidheid. Het was ook zo warm. Heel even verwachtte ze meelevendheid, het aanbod van een glas water, maar dit was Jude.

'Mijn god,' zei ze. 'Trek maar gauw wat anders aan. En hij moet écht buiten blijven, Wendy.'

Wendy knikte en keek rond in de keuken, naar de spullen van Sylvie – geblutste bussen, een witte theepot met een barst. Ze kreeg een brok in haar keel. 'Het is zo raar. Het ziet er nog precies hetzelfde uit.'

Een ogenblik lang leek het alsof ook Jude deze droefheid zou kunnen voelen. Maar ze gromde alleen maar op een toon die zei *wat had je dan verwacht*, waarop ze zich weer op haar kast richtte; haar belangrijke, onderbroken werk.

Finn liep heen en weer over de veranda terwijl Wendy voor de tweede keer met het liftje omlaag- en weer omhoogging, met het beddengoed van de hond in haar armen. Ze maakte een nestje van het grote geruite kussen en wat handdoeken in de verste hoek, waar wat schaduw was, en bond nog een handdoek over de reling bij wijze van luifel. Maar hij weigerde te gaan liggen of zitten. Hij strompelde alleen maar over de planken. Heen en weer en in rondjes.

Judes afkeuring klonk vanuit het huis in de vorm van het onregelmatige ploffen van blikken voedsel in de plastic afvalbak.

Wendy ging moeizaam aan de tuintafel zitten, buiten adem van de inspanning door alles wat er al was misgegaan, en ze riep Finn vergeefs toe.

Na een poosje kwam Jude tevoorschijn met een zoenoffer: een glas koud water voor Wendy en een halfvergaan rood plastic ijsbakje met water voor Finn. Ze zette het neer aan de rand van de veranda en riep hem met een kille, barse stem: 'Kom dan, stom beest dat je bent.'

Finn bewoog niet en merkte ook de klank van haar stem niet op, maar stond bij de reling in het niets te staren. 'Hij is doof, weet je nog,' zei Wendy. Ze liep naar het bakje, bukte om in Finns gezichtsveld te komen en sprak hem op liefhebbende toon toe. Verbazend genoeg ontwaakte hij uit zijn trance en hobbelde langzaam over de planken naar het bakje, dat hij niet bereikte omdat hij er zo'n dertig centimeter vandaan weer stopte om opnieuw in de verte te gaan staan staren. Wendy moedigde hem zacht neuriënd aan, trok hem aan zijn riem dichter naar zich toe en duwde zijn snuit rustig in de richting van het bakje. 'Water, drink maar,' zei Wendy.

Maar Finn leek bang te zijn voor het bakje en deinsde terug. Hij liep langzaam bij hen vandaan, alsof hij pijn had, leek toen te willen omkeren maar ging stokstijf rechtop zitten, roerloos als steen. Vervolgens kromde zijn lichaam langzaam ineen tot hij op de planken neerzeeg en meteen in slaap viel.

'O, in godsnaam,' zei Jude.

'Waar is Adele?' vroeg Wendy in een poging haar af te leiden.

'Ik heb geen idee,' zei Jude kordaat. Ze wrong met beide handen een doekje uit over de reling. 'Maar ze kan een taxi nemen vanaf het station. Ik heb nu geen tijd om haar op te halen, er is te veel te doen.' Ze ging terug naar binnen en liet de hordeur hard achter zich dichtvallen.

Jude de martelares, Jude de manager. Wendy werd al moe van de gedachte aan de komende dagen. Ze wilde alleen nog maar, net als Finn, gaan liggen om te slapen.

In de woonkamer stuitte ze op de enorme witte bank. Die viel er totaal uit de toon, zag er nog steeds nieuw, weelderig uit. Alleen Jude, met haar steriele appartement vol fraaie, lichte keramiek en designermeubels voor rijke mensen, zou zoiets hebben om weg te geven.

Ongetwijfeld had de bank met Daniel te maken. Het was vast een afdankertje van hem, of hij had Jude een of ander duur vervangend meubelstuk gegeven. Elke keer als je bij haar op bezoek kwam zag de woning er op de een of andere manier anders uit. Het geld van Daniel was een gelijkmatige, royale stroom waarmee nieuwe dingen aanspoelden en oude wegvloeiden. Het leek erop dat Jude daar genoeg aan had.

De bank was beslist prachtig. Je wilde er zo op gaan liggen, jezelf in de zachtheid nestelen en in slaap vallen. Wendy liet zich tussen de plooien zakken en voelde dat haar lichaam zich eindelijk ontspande. Ze keek op en zag vol genegenheid dezelfde kamer als altijd. Sylvies foto's, Sylvies spullen. Het was nog hetzelfde heerlijke, simpele huis. Maar om de smetteloze bank heen oogde het er stoffig en sjofel. Wendy voelde zich namens Sylvie gekrenkt. Het was fout geweest van Jude om haar smaak, haar rijkdom, aan Sylvie op te dringen. Dit huis werd erdoor bezoedeld, nu nog steeds. Het kwam Wendy vreemd voor dat de verhouding met Daniel – waar Jude altijd zo geheimzinnig over had gedaan – na al die jaren beetje bij beetje zichtbaar werd, hier in het huis van Sylvie.

Wendy liet haar vinger over een zijden tierlantijntje op de leuning van de bank glijden. Door de glazen deur zag ze Finn, diep in slaap op de planken aan het uiteinde van de veranda, de poten zijwaarts, de staart slap omlaaghangend. Hij lag zo stil dat hij daar zomaar kon zijn doodgegaan, eindelijk, in de hitte en de halfschaduw. Zijn vacht was bij de ellebogen en schenen afgesleten; ze zag de vlekkerige roze huid erdoorheen. Ze keek naar zijn borst, zijn kop, of er iets bewoog. Uiteindelijk zag ze een trilling bij zijn keel en een heel kleine opbolling van zijn buik. Hij slikte, ademde, leefde nog.

3

Adele had gehoopt dat de meeste mensen in Hornsby zouden uitstappen, maar in plaats daarvan kwam er een stroom nieuwe passagiers de wagon binnen, die koffers door het gangpad meesleepten en winkeltassen over hun schouders droegen. Adele liet haar weekendtas, een geruststellende gewatteerde rode bult, op de zitplaats naast haar staan. Ze kon hem moeilijk op de vloer zetten, daar paste hij niet. En de vloer was plakkerig, zoals vloeren van treinen altijd waren. Ze tuurde onverstoorbaar uit het raam terwijl er mensen langs schuifelden en dan maar ergens anders gingen zitten. Er ploften twee studenten voor haar neer, die op ernstige toon in het Chinees tegen elkaar fluisterden. Ze hadden niet gezien dat dit een stiltecoupé was. Iemand zou ze er snel genoeg om berispen.

De trein kwam in beweging, het perron en de gebouwen voorbij, en de zachtblauwe lucht opende zich. Ergens kwam een vreemde geur vandaan. De lucht in de coupé was benauwd ondanks de – weliswaar zwakke – airconditioning.

Adele had niet bewust voor de stiltecoupé gekozen, maar nu was ze blij met het vredige respect dat onder de passagiers heerste, het deinende wiegelied van de wagon over het spoor. Het was een van de oudere treinen, en het geslinger en geschommel werkte kalmerend na wat er was gebeurd. De reis zou nog zeker een uur duren, en de banken hadden hoge rugleuningen die geschikter waren voor deze langere ritten dan die in de nieuwe voorstedelijke treinen. Ze keek naar het voorbijglijdende olijfkleurige landschap. Naast al het andere was er het schrikbeeld van Judes ongenoegen over haar oponthoud dat de komende uren haar deel zou zijn. Adele kon zich er niet eens toe zetten haar een berichtje te sturen, nog niet.

De studenten waren gestopt met praten en in de herwonnen stilte merkte ze dat zich vaag iets aftekende. Toen ze opkeek zag ze een vrouw in het gangpad staan die heen en weer werd gewiegd door de beweging van de trein en met een koude blik zwijgend naar de tas van Adele keek. Adele klakte verrast, verontschuldigend met haar tong, alsof ze zich nu pas realiseerde dat er in de coupé geen plek meer was en dat haar tas een hele zitplaats in beslag nam. Ze duwde het ding naar de vloer, lichtjes puffend om duidelijk te maken dat het een lastig gehannes was.

Zonder acht op Adele te slaan propte de vrouw haar eigen rechthoekige koffer ernaast, waardoor Adele gedwongen werd haar benen nog dichter tegen de wand te persen. De vrouw was van ongeveer dezelfde leeftijd als Adele, misschien wat ouder, met matbruin, slecht geknipt haar, te kort om mooi te zijn maar niet kort genoeg om een statement te maken. Ze rommelde in de handtas op haar schoot en haalde een zilverkleurig transistorradiootje tevoorschijn met een enkel oortje dat ze in haar oor stopte. Een transistor! Adele snoof ongemerkt: wílde deze vrouw dat iedereen zag hoe oud ze was? Ze leunde meer naar het raam toe en liet haar arm op de vensterbank rusten.

Een moment later wierp ze nog een blik opzij. Verbaasd besefte ze dat de vrouw, ondanks het grijs dat door haar vervagende kleurspoeling heen schemerde, weleens jonger zou kunnen zijn dan zijzelf; misschien zelfs pas een jaar of vijfenzestig. Het was eenvoudig haar te bestuderen, want ze had zich over een bundel met sudoku's gebogen en was zich niet bewust van Adeles kritische inspectie.

Ze had een bril met een metalen montuur halverwege op haar neus en hield een rode fineliner tussen haar vingers. Sudoku's en transistors, goeie god. En toen Adele vooroverboog om haar eigen handtas te pakken, ontwaarde ze vleeskleurige kousen rond de dunne enkels. Een flodderbroek met bloempatroon, donkerblauwe oudemensensandalen.

De pantykousen maakten Adele een tikje misselijk.

De stank bleef hangen in de coupé. Het was een verschaalde lucht die deed denken aan oude patat, met daaroverheen een zoetere, kunstmatige geur, als van Amerikaanse donuts. Maar daarbij kwam – en nu sterker – iets onplezierig antiseptisch, alsof iemand in de buurt had overgegeven en iemand anders het braaksel had opgeruimd. Door de geur van het ontsmettingsmiddel heen rook ze iets zurigs. Er was altijd iemand die de boel moest opruimen, dat wist Adele beter dan wie ook.

Ze had de eerste twee treinen naar Bittoes gemist, was blijven zitten op het perron van Central Station. Ze kon niet gaan, ze kon Jude en Wendy niet onder ogen komen. Tegen de tijd dat ze zich realiseerde dat ze geen keus had – waar moest ze anders heen met de kerst? – had ze nog een uur moeten wachten op de volgende trein.

De vrouw krabbelde in haar sudokubundel. Na een tijdje bukte ze moeizaam om haar sandalen los te gespen, waarna Adele hoorde dat ze aan haar enkel krabde met de teen van haar andere voet.

Ze stelde zich voor hoe ze dit aan Sylvie zou vertellen, hoe ze er samen om zouden ginnegappen. *Pantykous*: het woord alleen al. Kras, kras, deden de nylons.

Thuis grijnsde Sylvie haar toe vanaf het uitvaartboekje aan Adeles kant van het bed, haar licht spottende, geamuseerde ogen recht vooruit kijkend. De blauwe doek met stippen zwierig om haar hoofd gebonden. Liz zou nooit ronduit zeggen dat zij het maar melodramatisch en macaber vond, dat het zo lang na de begrafenis nog op het nachtkastje lag. Maar Adele wilde Sylvies gezicht gewoon zien. Het was best gek dat je amper foto's had van degenen die je het dierbaarst waren. Sylvie zou stomverbaasd zijn geweest als Adele haar op de foto had willen zetten, al was het maar met haar telefoon. Waaróm? Dat zou ze hebben gezegd. Ze had geen idee wat Instagram was.

Adele pakte haar telefoon en dwong haar gedachten aan Sylvie naar de achtergrond, zoals ze zichzelf had aangeleerd, voordat het diepe, pijnlijke gemis de kop opstak. Het besef dat ze Liz eveneens naar de achtergrond moest dwingen drong nu ook stukje bij beetje tot haar door.

Ze keek op Twitter en toen op Instagram. @adele_antoni-actress had nu zevenhonderdvierendertig volgers. Was dat meer of minder dan eerder? Er waren drie nieuwe reacties. *OMG ik vind je geweldig* met vijf boeket-emoji's erachter. *Hoi, ik maak animaties en ik zou het op prijs stellen als je mijn Instagrampagina bezoekt. En mijn cartoons...* En verder: *Zo cute!!! Wég van je rimpeltjes!* met drie lipstickkusjes.

Weg van je rimpeltjes. Ze vermoedde dat ze dat commentaar niet als ongepast kon rapporteren. Het beeld bevroor; ze had geen bereik meer. Ze klapte het telefoonhoesje dicht.

De sudokuvrouw liet een diepe, zachte boer. Adele draaide zich van haar af om haar walging te tonen, maar de vrouw ging alleen maar stoïcijns door met haar puzzel. Adele ademde hoorbaar uit, sloot even haar ogen en trok haar wenkbrauwen op in de hoop dat de vrouw haar *god-zal-me-bewaren*-uitdrukking zou opmerken.

Het was haar allemaal te veel. De stank, de vrouw, de slechte buien van Jude die nog komen zouden, Liz, alle dingen waar ze nu over moest nadenken. Zoals wat er nog op haar bankrekening stond, iets wat ze straks zou checken.

Maar over twee dagen was het kerst, dat was een troost. Wanneer Adele aan Kerstmis dacht deed ze dat met plezier, als een kind. Zo was het altijd al geweest. Mensen sloegen tegenwoordig de ogen ten hemel als het over kerst ging, spraken er geringschattend over. Ze werden al moe bij de gedachte; ze klaagden over consumentisme en de aantasting van het milieu – al dat plastic, al die kerstslingers waar de vissen in stikten. Ze keurden de overdaad af, al dat afval was verschrikkelijk. Wie wilde er in hemelsnaam cadeautjes, op deze leeftijd? (Adele wel!) Het was misschien kinderlijk om je op Kerstmis te verheugen, maar ze kon het niet helpen. Ze associeerde kerst met mooi, dik pakpapier, met de geur van dennennaalden. Met feestelijke, glinsterende dingen: kersen, kerstballen, geleipudding. Wat was daar mis mee?

De trein gleed over de rails. Nu en dan liet iemands telefoon – niet die van haar – een luide ping of pong horen, waardoor mensen geïrriteerd opkeken.

Een echte kerst was haar dit jaar niet gegund. Ze gingen naar Bittoes om te wérken, had Jude haar steeds weer ten overvloede verteld.

Maar Jude zou vast wel haar pavlova maken. Die maakte ze elk jaar voor de lunch op de dag voor kerst, voordat ze allemaal hun eigen weg gingen. Judes meringue was als knisperende sneeuw en ze schepte de slagroom er schandalig hoog op, met frambozen en geweekte pruimen, en de laatste jaren had ze er sterretjes van granaatappelpitten aan toegevoegd. De pavlova was essentieel. Een traditie.

Neem maar wat je wilt, had Gail gezegd.

Adele voelde zich hier heel even door aangemoedigd; misschien was er wel een verrassing, een klein geschenk voor haar van Sylvie vanuit het hiernamaals, al zou Sylvie zelf niet hebben geweten dat ze het achterliet. Jude zou verrukkelijk eten bereiden, ondanks zichzelf, in elk geval de pavlova. Wendy zou chaotisch en buiten adem zijn, want ze leek steeds dikker te worden, en Adele zou met haar mee kunnen leven. In feite zou ze zich een paar dagen behoorlijk rijk kunnen voelen, languit op een ligstoel, haar blote voeten wegzakkend in Sylvies dikke tapijten, met niets om geld aan uit te hoeven geven. Ze zou de slagroom van haar vingers likken.

Vorig jaar had Jude in kwarten gesneden vijgen over de weelderige rode massa op de meringue verdeeld. Dat was een week na Adeles eerste kus met Liz geweest, en ze had haar vriendinnen er nog niet over verteld. Maar de vijgen die er zo schaamteloos open bij lagen hadden een nieuw verlangen in haar losgemaakt toen ze er eentje in haar mond stopte.

Het had geen zin daar nu aan te denken. Dit jaar geen lunch en geen Kerstmis. En daarna... Ze knipperde met haar ogen om de tranen terug te dringen die zouden komen als ze ze toeliet.

Die vage geur van braaksel was er weer, verdwaalde slierten onaangename lucht. Er was altijd iemand die de boel moest opruimen. Maar wat als je niet wist waar je moest beginnen?

De trein raasde nu in volle vaart voort, de landelijke periferie van de stad zoefde voorbij in een eentonig waas: streperige blauwe lucht, borstelige bomen en struikgewas. Ze zag vogels uit bomen opfladderen als de trein passeerde. De takken zwaaiden, wiebelden, en opnieuw duwde Adele het moment van vanochtend met Liz naar de achtergrond. Ze wist niet eens, realiseerde ze zich, wát ze nu moest beginnen.

Ze liet haar schouders zakken en bewoog ze naar achteren; ze trok haar navel richting haar ruggengraat. Liet de onzichtbare draad aan haar kruin haar hoofd optillen om de wervels van elkaar te scheiden. Heel veel vrouwen zakten ineen, zaten krom. Dat was prima als je twintig was, en mager als een lat, als je jezelf overal overheen kon draperen, als een slaperige, onzekere en inschikkelijke blik je mooi stond. Maar nu, nee. Veel van haar vriendinnen zagen er nu eerder uit als een schildpad, de kin vooruit, het hoofd laag. Erger nog, ze kregen een bochel, of een 'weduwebult'. Wat een afschuwelijk woord. Ze wierp nog een stiekeme blik opzij naar de vrouw. Tevreden stelde ze het onmiskenbare begin van een bochel vast.

Adele kende trouwens bijna geen weduwen, alleen Wendy maar, wat best wonderlijk was op hun leeftijd. Scheiding telde niet, zelfs niet als je ex-echtgenoot al lang dood was (die arme Ray met zijn hartaanval, maar hij was een klootzak geweest, dus...). En Judes situatie, tja, hoe zou je zoiets noemen? 'Maîtresse' klonk jong.

Adele ging kaarsrecht zitten en maakte haar nek lang, waarbij ze rondkeek in de coupé. Ze liet haar zachte glimlach vallen op een man en vrouw een paar rijen achter haar. De vrouw liet haar man op haar telefoon kijken. *Zie je?* Maar hij keek Adele recht aan.

Agressief, had ze het gevoel. Reusachtig, vierkantig hoofd, kaal als een gladde steen. Er zat een grote pleister op zijn neus geplakt, die ook nog deels zijn rechterwang besloeg. Daardoor zag hij er vijandig uit, gewelddadig zelfs.

Adele draaide zich weer om en wilde dat ze niet had geglimlacht.

Misschien had hij alleen maar een stukje huidkanker laten wegsnijden en was hij niet gewelddadig. Maar zijn starende ogen waren koud. Terwijl zij alleen maar vriendelijk was tegenover haar medereizigers. Vlak voor kerst! Ze had nu schoon genoeg van de stiltecoupé; een beetje babbelen over de feestdagen zou vrolijker zijn. Ze hoopte dat ze allemaal op het volgende station zouden uitstappen – de gewelddadige man, de vrouw met de pantykousen. Er zat niemand van Adeles soort mensen in de coupé, waarschijnlijk zelfs niet in de hele trein. Nou ja, *c'est la vie*. Niets nieuws onder de zon. Ze deed haar ogen dicht, nam haar pilateshouding weer aan en concentreerde zich op het verzachten van haar gezicht, haar keel.

Adele was haar hele leven al achtervolgd door vijandigheid, bedacht ze lankmoedig. Ze was altijd een buitenbeetje geweest – dat gold voor alle artiesten. Haar onvergeeflijke daad was dat ze in het theater was gebleven terwijl andere mensen echte banen zochten. Zij had in haar leven álle aspecten van zichzelf geleefd, terwijl normale mensen doorleefden op het smalste, meest beperkte pad van ervaringen. Ze kenden zichzelf helemaal niet. Zíj maakte kunst in plaats van geld te verdienen; en dat was, net als een ineengezakte houding, prima wanneer je jong was. De armoede van een artiest was op je dertigste romantisch. Pas na je vijftigste begonnen mensen je erom te minachten.

Ze had de afgelopen nacht over Jimmy gedroomd. Dat gebeurde soms, zelfs nu nog. Ze kon zich de droom verder niet herinneren. Waarschijnlijk was ze gewoon zijn grote zus geweest en had ze zijn hand vastgehouden.

Toen ze jong was en in het theater begon, verleende Jimmy's

criminaliteit – zijn geweld – haar een soort glamour; vooral mannen leken ervan gecharmeerd. Vooral Ray. Maar op bezoek gaan in de gevangenis was anders dan de mensen dachten. Feitelijk was er niets interessants aan de gevangenis, dat was meteen duidelijk. Na een paar jaar ging ze niet meer; ze kon de geesteloosheid daar niet langer verdragen. En toen overleed Jimmy en dat was niet dramatisch, lymfeklierkanker op zijn achtenveertigste, en ze voelde zich niet schuldig, zelfs niet toen ze zijn trieste collectie bezittingen kwam ophalen: een plastic horloge, zijn doktersrecepten, een paar stinkende sneakers – spullen die ze allemaal in de vuilnisbak gooide. Ze hadden geen uitvaart georganiseerd, maar ze had nu en dan nog wel zo'n droom.

Ze pakte haar telefoon nu er weer bereik was, en tikte nog eens op de bankapp. Het Airbnb-geld kon er op zijn vroegst pas na de kerstdagen zijn, dat wist ze echt wel. Maar ze kon het niet laten toch even te checken, voor het geval het vroeg zou komen. Dat zou een welkome verrassing zijn, als het vroeg kwam. Of misschien zou er een andere onverwachte meevaller zijn. Heel af en toe gebeurde dat nog. Misschien dat ze *Boronia Street* nog eens uitzonden in Slovenië of een vergelijkbaar welwillend land, laat op de avond, met vreemde stemmen nagesynchroniseerd.

Terwijl het rondje op haar telefoonschermpje langzaam draaide – *u wordt ingelogd* – viel haar blik op haar nieuwe sandalen en de fraaie felroze lak die op haar teennagels glom. Ze keek weer rond en zag bevestigd dat alle tinten in deze coupé, misschien wel in de hele trein, gedempt en mat waren, behalve haar eigen kleurrijke gestalte. Als je de coupé binnenkwam – als je een normale persoon was, niet zo iemand als Pantykous – zou je opfleuren van de kleurige aanblik van Adele Antoniades met haar pasgeverfde, warmblonde haar in de vertrouwde stijlvolle knot, de karmijnrode linnen blouse die elegant over haar (eerlijk is eerlijk, nog steeds prachtige) borsten viel, haar lippen roze en glanzend.

Het bereik viel weg, de bankapp bevroor weer. Adele keek naar haar voeten en rekte haar tenen. Ze bewonderde de kraaltjes en kleine witte schelpjes die in het leer van de sandaal waren genaaid, ze bewonderde haar gebruinde voeten onder de witte capribroek. De sandalen had ze in de uitverkoop gekocht; ze waren van het type dat je deed denken aan Bali, aan gepoetste stenen vloeren in dure tropische hotels. Ze had de nagelstudio betaald met de inhoud van de aardewerken pot op het aanrecht – daarin had ze achtenzestig dollar aangetroffen, in munten! Ze had hem op een theedoek op de tafel geleegd toen Liz de deur uit was. Niet dat het Liz iets zou kunnen schelen. Adele kon niet precies zeggen waarom ze niet gezien had willen worden bij het legen van de pot met kleingeld. De rits van haar stoffen portemonnee had amper dicht gekund toen ze hem om de bobbelige inhoud heen sloot.

Eindelijk werkte de app. Het geld was er nog niet. Er was geen meevaller.

Wél zoemde de telefoon met een berichtje van Jude: *Waar BEN je??*

Het ouderdomspensioen – alweer zo'n vreselijk woord – van deze maand was al op. Een pijnlijke drang om te huilen rees in haar omhoog en ze haalde zo hoorbaar adem om de tranen tegen te houden dat zelfs Pantykous vluchtig opzijkeek. Ze trok een zakdoekje uit haar mouw, glimlachte en schudde haar hoofd om te doen alsof ze bijna had moeten niezen.

De vrouw richtte haar aandacht weer op haar puzzel, ze was niet geïnteresseerd in Adele.

Ze zou Jude of Wendy niet over het gesprekje met Liz kunnen vertellen, want ze voelde een onverklaarbare schaamte. Adele had zich er dom door gevoeld en in zekere zin onrein. Wat Liz had gezegd, op behoedzame toon, was dat ze moesten praten wanneer Adele terugkwam. Adele, die met een glimlach en haar rode reistas had staan wachten op de Uber-chauffeur die Liz had besteld om haar naar het station te brengen, was een ogenblik lang verbluft geweest. Even had ze geen idee gehad waar Liz het over had, maar in een flits wist ze dat het iets te maken had met Milly's plots zeer aanwezige stilte in het belendende vertrek – ze wist dat dit moment besproken was, gepland. Geoefend zelfs: de dochter die de moeder coachte.

Terugkomen was het woord dat Liz had gebruikt. Niet *thuiskomen*. En meteen had Adele geweten dat ze Liz' huis onmiddellijk moest verlaten en dat ze nooit terug zou kunnen keren. Ze had stompzinnig staan glimlachen naar Liz, die haar blik niet beantwoordde. Daarna was Liz met haar naar de Uber gelopen, had ze op het portier geklopt met een vreemde uitdrukking op haar gezicht – opluchting, trots? – en gezegd: 'Fijne kerstdagen, Del.' Ze gaven elkaar geen kus. Vervolgens was Adele middels Liz' creditcard naar het treinstation vervoerd en daar afgeleverd, waar ze verdwaasd op een bankje was gaan zitten, een paar treinen had gemist en had geprobeerd te begrijpen wat er was gebeurd.

Ze zag nu erg op tegen de komende dagen met Jude en Wendy – samen in Sylvies halfvergane oude huis dat schoongemaakt moest worden. Ze zouden geen Kerstmis vieren, het Airbnb-geld was nog niet binnen en ze wist niet wat ze nu moest beginnen, maar wel dat het een puinhoop was en dat ze er weer alleen voor stond.

Ze staarde uit het raam en voelde hoe de bekende angst door de lange grijze gangpaden van de trein naar haar toe sloop. Ze had ze nu twee of drie keer in nieuwsprogramma's op tv gezien. Het was een onderwerp, *een groeiende epidemie*, de dakloosheid van oudere vrouwen. Ze had gekeken naar die dwaze, berustende zielen die zichzelf op de nationale televisie te kijk zetten. Met hun beschaamde glimlachjes tegenover verslaggevers terwijl ze probeerden uit te leggen – hopeloos ontoereikend – hoe het zover had kunnen komen. Met hun goedkope kleren en lipstick voor de camera, plukkend aan hun nagels, wanhopig glimlachend en met een merkwaardige trots de journalist meetronend naar kampeerplekken waar ze douchten, en naar toiletruimtes in warenhuizen waar ze zich opmaakten. Vrouwen die ooit veilig waren geweest, en bemind, maar die hun financiën hadden verwaarloosd, die zich er niet mee bezig hadden gehouden. Die hoopten dat hun situatie op de een of andere manier zou verbeteren. Eerst logeerden ze bij vriendinnen, bij hun kinderen, maar dan gebeurden er dingen en ging het van kwaad tot erger. En nu woonden ze in hun auto, ongewenst in de lelijke buitenwijken.

Adele had niet eens een auto.

Maar ze had zichzelf. Ze wilde het uitschreeuwen, in de coupé gaan staan en een waanzinnige speech houden: *Ik heb gaven, talenten!* De vrouw naast haar had ongetwijfeld een auto. Pantykousen, een transistorradiootje, een auto en behalve haar fraaie stenen rijtjeswoning in de stad waarschijnlijk nog een huis als investering. Vermoedelijk heel wat pensioen opgebouwd en grote sommen geld weggezet met rente. Er stroomde een akelig helder inzicht door Adele heen: ze had haar leven lang gewacht tot voor haar het tij zou keren terwijl andere mensen – mensen die niets gaven om kunst of literatuur, die waarschijnlijk nog nooit een toneelstuk van Shakespeare hadden gezien – uiteindelijk als winnaar uit de strijd kwamen. Zij brachten hun oude dag niet slapend in de auto door, deden niet alsof ze elke avond een picknick in het park hielden.

Alsjeblieft, zeg.

Dat was de stem van Sylvie. En toen zag ze weer haar nieuwe sandalen, de kraaltjes en schelpjes, haar glanzende teennagels. Ze was nog niet op dat punt beland. De anderen zouden haar helpen, in elk geval voor nu. En dan zou zich wel weer een oplossing aandienen. Zo was het altijd gegaan. Angst was brandstof; iedere actrice wist dat. Ze ging rechtop zitten, met haar schouders naar achteren, en de trein gleed een open ruimte in. De oogverblindende zilveren pracht van de Hawkesbury River onder haar bood een spiegel voor de helderblauwe lucht erboven.

Wendy maakte haar bed op – Jude had verordonneerd dat ze hun eigen beddengoed moesten meenemen, aangezien er geen tijd zou zijn om de was te doen – en ging erop zitten in de klamme lucht. Ze hadden de kamer boven allebei vrijgehouden voor Adele. Ze wist niet waarom, behalve dat ze het altijd zo deden. Op de een of andere manier was er in de loop der tijd een onuitgesproken consensus ontstaan dat zij – Jude, Sylvie en Wendy – de volwassenen waren en Adele het kind. Nu ze erover nadacht wist Wendy niet goed wanneer of hoe dit idee tot stand was gekomen. Toen ze elkaar leerden kennen, in de dertig waren ze destijds, was Adele een sterke persoonlijkheid geweest; ze betoverde hele zalen vanaf het podium. Ze schitterde op krantenpagina's en werd op straat stralend toegelachen door onbekenden. Ze kwam op televisie (alleen kwaliteitsdrama), speelde belangrijke rollen in serieuze films van grootheden als Bruce Beresford en Fred Schepisi. Maar ze leefde vooral op het toneel, ze was artiest. Haar gezicht stond op theaterposters in bushokjes.

Maar nu... tja, Wendy kon niet zeggen wanneer het precies was veranderd, maar ze wist wel dat, als zij de mooie slaapkamer nam en Adele déze kamer kreeg, met zijn bescheiden afmetingen en schimmelgeur, er gekwetste blikken en veelzeggende, lijdzame stiltes zouden volgen. Daar kwam bij dat Adele aan de telefoon al vreemd had geklonken, en Wendy had al haar hele leven het land aan dramatische toestanden.

Ze vond dit trouwens best een prettige kamer, met het krakende metalen bedframe, ondanks het licht benauwde gevoel dat al in haar luchtwegen ontstond. Het bed was vertrouwd en zacht. Ze had er tijdens vakanties en weekends in het verleden vaak op gelegen met Sylvie, allebei steunend op een elleboog, pratend over hun leven als Lance aan het vissen was of boodschappen deed met Gail. Dan lagen ze te proesten van het lachen of van verontwaardiging, of waren ze loom van plezierige verveling. Of Wendy zat met gekruiste benen op de vloer met een mok thee of een glas gin terwijl Sylvie languit op het bed lag te klagen over Gail of haar werk, of dat ze te dik was. Soms deelden ze een joint, die ze aan elkaar doorgaven en waarvan ze de as in hun hand opvingen. Wendy kon zich de laatste keer niet heugen dat ze met gekruiste benen op de vloer had kunnen zitten én zelfstandig overeind kon komen. Of dat ze een joint had gerookt! Wat zalig zou dat zijn, maar haar longen krompen al ineen bij de gedachte.

Waar was Finn? Plotseling was ze alert: als hij binnenkwam, zou Jude furieus zijn. Ze tuurde naar buiten, maar daar was hij niet. Hij lag niet te slapen in zijn bed en was ook niet naar de zijkant van het huis gelopen. Ze ging weer naar binnen en liep snel en stilletjes door de lege kamers.

De wc, natuurlijk. Daar zat hij bewegingloos, zijn kop tussen de muur en de achterzijde van de toiletpot. Als hij zich eenmaal in zo'n situatie had gemanoeuvreerd, kon hij zijn weg terug niet meer vinden; achterwaarts bewegen lukte hem niet meer. Hij wachtte dan geduldig tot zij hem kwam zoeken.

'Kom, lieverd,' fluisterde ze nu, en ze trok aan zijn halsband. Hij schokte toen ze hem aanraakte en slipte even met zijn poten over de vloer. Maar zij ging op de gesloten wc-bril zitten en draaide hem voorzichtig om, duwend en trekkend, tot hij aan haar voeten zat. Ze bleven even rustig in de donkere, betegelde ruimte zitten. Jude was godzijdank nog hoorbaar aan het scharrelen en rammelen in de keuken. Wendy herinnerde zich ineens iets vreemds. Vele jaren geleden, toen ze in de vijftig was, zat ze op de wc en dacht ze tijdens het plassen: *ik ruik net als mijn oma*. Het was onthutsend geweest dat die geur er ineens was, dat ze hem herkende, dat het om haar eigen lichaam ging, dat het te maken had met ouder worden. Ze was snel doorgegaan met plassen, had haar handen gewassen en zich naar buiten gehaast, en ze had er nooit meer aan gedacht tot op dit moment.

Finn zat op de oneffen, bruin betegelde vloer, zijn vlekkerige buik zwol en kromp bij elke oppervlakkige ademhaling. Hij was verzonken in zijn eigen wazige wereld.

'Kom, Finny,' fluisterde ze, hoewel ze wist dat hij haar niet kon horen, en hij hobbelde door de vertrekken achter haar aan. Samen vonden ze zachtjes hun weg naar de buitenlucht en het licht, de bomen en de hemel.

De taxi zwenkte door de haarspeldbochten over de ruige hellingen naar Bittoes. Adele snoof de zilte lucht op en draaide zich om op de achterbank zodat ze door de deuropening van het cadeauwinkeltje op de hoek kon kijken toen ze het passeerden.

In zo'n galerieachtig zaakje zou ze best kunnen werken. De dure buitenwijken waren vergeven van dergelijke chique boetiekjes, met smaakvolle, moderne sieraden over stukken hout gedrapeerd, met zwierige sjaals in natuurkleuren. En keramiek, glanzend aan de binnenkant en mat aan de buitenkant. Misschien wat gympen in zwart en taupe, en een paar enorme kussens op de vloer.

Mooie tuinhandschoenen, dat soort dingen.

Er waren vast en zeker veel zaken waar Adele Antoniades welkom zou zijn als verkoopster. Daar zou ze dan een praatje maken met klanten – ze was charmant, had een bekend gezicht! – en een trekpleister zijn. O, dank u, zou ze mompelen terwijl ze een paar zijden sokken in kwistige lagen vloeipapier verpakte. Heel bescheiden. O nee, ik heb me een tijdje met andere projecten beziggehouden. Ze zou iets ondernemersachtigs suggereren, iets vrouwelijks, iets innovatiefs. In de wellnessbranche misschien... Ze zag zichzelf al – ingetogen make-up, haar in een strakke knot – achter een gewelfde houten toonbank staan, waar ze op een elegante manier druk in de weer was. Ze hadden zelfs geen kassa's in zulke zaakjes, wat extra aangenaam was. Alleen maar subtiele laden onder het tafelblad waarin grote witte vellen papier en een paar pennen lagen, en waar je de verkochte items op een kwitantieblok met doorslag noteerde. Ze zou zwart dragen, heel simpel – of nee, antraciet. Met een stijlvol detail op de mouw en in een model waarin haar figuur mooi uitkwam, want dat mocht er nog steeds zijn. Dat zeiden de mensen vaak tegen Adele. Je hebt een goed figuur. Waarmee ze prachtige borsten bedoelden. Voor haar leeftijd.

Een flintertje onrust weefde zich door Adeles visioen: ze zou ook een betaalapparaat moeten bedienen. Maar hoe moeilijk kon dat zijn? Ze dacht aan het gezicht van het meisje in de viswinkel vorige week, dat tegen haar mompelde dat ze het knopje maar één keer hoefde in te drukken, met daarna de minachtende zucht alsof Adele niet vlak voor haar neus stond, alsof ze haar niet kon zien en horen. Maar je kon gewoon op *cancel* drukken en opnieuw beginnen. Hoe dan ook kon ze beter met technologie omgaan dan de meeste mensen. Beter dan Jude en Wendy in elk geval.

'Aan het einde van deze straat alstublieft,' zei ze op warme toon tegen de chauffeur, en ze boog naar voren. Even bleef ze zo zitten, maar hij had duidelijk geen idee wie ze was. Ze leunde weer achterover op de achterbank. Het was schrijnend geweest om erachter te komen, al een tijdje geleden, dat de naam Adele Antoniades alleen bij een bepaalde generatie nog een belletje deed rinkelen. Zelfs sommige vrienden van Liz hadden nog nooit van haar gehoord, en die waren in de vijftig. En Milly, die had neutraal gekeken toen haar moeder – nu al vele maanden geleden, wat op zichzelf al wrang was – tegenover haar opschepte over Adeles bekendheid. Geweldig, had ze op vlakke toon gezegd. Milly's valse kreng van een vriendin Anastacia zou binnenkort afstuderen aan de toneelschool. Toen ze met hen alle drie in een restaurant aan tafel zat had Adele gewacht tot Anastacia haar om advies zou vragen, maar die meid schoof alleen maar pad thai in haar idioot grote mond (Anastacia had te horen gekregen, wist Milly te vertellen, dat haar mond preciés leek op die van Jessica Chastain) en had met die raspende stem van haar zitten wauwelen over agenten en talentscouts en verhuizen naar LA.

Adele suste zichzelf door in gedachten terug te keren naar het cadeauwinkeltje. Het geritsel van vloeipapier, het zachte geklik van gladde houten kleerhangers. De werktijden zouden flexibel moeten zijn, want ze zou in het nieuwe jaar zeker wat inspreekklussen krijgen, wellicht ook een tv-reclame. Dat was heel goed mogelijk. Vorige week had ze tegen Lorraine gezegd dat ze, hoewel het een beledigende suggestie was geweest, misschien bereid zou zijn Confitex Lacy – incontinentieondergoed – te overwegen als ze nog steeds vijfendertig boden – er keek toch niemand rond dat tijdstip televisie, had ze bedacht – en alleen als ze niet op het billboard kwam te staan. Maar Lorraine had geantwoord dat het niet meer hoefde; ze had daarvoor een andere cliënt naar voren geschoven, want ze hadden een jonger iemand gewild. Bij voorkeur van een eind in de veertig.

De taxi reed weg en liet haar met haar bagage achter in de berm bij het huis van Sylvie. Achter zich hoorde ze een baby huilen, maar toen ze omkeek zag ze dat het een eenzame meeuw was; de warme bries woelde door zijn verenkleed. Hij stond op het gras naar haar te krijsen. Ze keek ernaar en dacht: jíj bent pas van slag.

4

In de deuropening van het washok, haar onderarmen met de felgekleurde rubberhandschoenen voor haar tengere lijf geklemd, stond Jude vol weerzin naar Finn te staren.

Toen Wendy om het huis heen achter Jude aan was gelopen, was hij wankelend overeind gekomen om hen sjokkend te volgen. Nu ijsbeerde hij traag en houterig heen en weer, alsof hij voortdurend over een onzichtbare hindernis stapte.

'Ik ga later wel met hem uit,' zei Wendy luchtig. 'Dan is hij daarna te moe om nog rond te lopen.'

Maar ze keek treurig omlaag naar haar lieve ouwe jongen en wist dat dat niet waar was. Zijn verwarde kop leek tegenwoordig alleen nog maar geprikkeld te worden door de behoefte om te blijven bewegen, ondanks zijn vermoeidheid, ondanks alles. Zijn nagels waren te lang; ze had ze moeten knippen, maar hij raakte zo van streek toen ze dat probeerde, dat ze het had opgegeven. Ze herinnerde zich hoe de assistente van de dierenarts – Sharnelle? Janelle? – met haar sigarettenadem vermanende woorden had gesproken toen ze Finn op kundige wijze vasthield en hij roerloos op haar schoot lag terwijl zij het voordeed: *U moet een speciale vijl gebruiken; het gaat vooral om de voorste nagels.* Maar Wendy had het geprobeerd; ze kon niet eens bij hem in de buurt komen met een nagelvijl! Als ze een poging deed om zijn poot vast te grijpen, begon hij panisch te janken. Zo reageerden de kinderen vroeger ook als ze hun nagels wilde knippen of zelfs maar hun haar wilde borstelen. Ze hield te veel van ze om ze pijn te doen. Ze deed zulke dingen dus maar niet; ze beten hun nagels zelf wel af als ze te lang werden. En wat maakten een paar klitten in het fijne haar van een kind nou uit? Uiteindelijk – na te veel luizenbehandelingen – vatte Lance dan de koe bij de hoorns en nam hij ze mee naar de kapper. Zij had het niet kunnen verdragen, het gekrijs en gekronkel. Lance was degene die zulke dingen altijd had gedaan. Godzijdank.

Ze liet Finn heen en weer stappen en hield zijn nagels met een schuldige blik in de gaten. Ze dacht dat het wel ging. Het gestrompel kwam door de artrose, niet door de nagels, en als hij echt pijn had zou hij helemaal niet kunnen lopen, redeneerde ze. Het lichaam zorgde voor zichzelf, was Wendy's overtuiging. Dus liet ze hem heen en weer sjokken – want wat moest ze anders? Het ging maar door: thuis stopte hij er alleen 's nachts mee, als hij op Wendy's bed in slaap viel en haar langzame, gelijkmatige ademhaling naast zich voelde. Maar dat kon hier in geen geval gebeuren; Jude zou erop toezien dat hij buiten bleef.

Misschien zou ze bij hem in de hondenmand moeten gaan slapen, buiten op de veranda.

Ze kon hem wat valium geven. Maar de pillen bij hem naar binnen krijgen was een beproeving waar ze nu niet aan moest denken, niet met Jude erbij, die haar wees op alles wat hun in het schemerige washok te doen stond.

Van de voorkant van het huis hoorden ze het liftje ratelend in beweging komen.

Omhoogkijkend naar het huis van Sylvie scheen het Adele nu verwonderlijk toe dat het leegstond, dat er niemand woonde. Het liftje deed er een eeuwigheid over. Ze zou het alleen deze ene keer gebruiken, om haar bagage boven te brengen. Daarna zou ze de trap nemen – om fit te blijven.

Er kwam weer een flard uit een droom van de afgelopen nacht

in haar op, zo vluchtig dat ze er niet bij kon. Een gevoel van verfijning, van luxe, maar ook van dreiging.

Eindelijk arriveerde het platform. Ze stapte erop, haakte de dunne ketting vast en begon aan haar klim. Nu ze langzaam omhoog rolde zag ze het water door de bomen glinsteren en maakte haar hart een sprongetje: daar lag de baai, die zijn zilverkleurige tentakels uitstak naar de inhammen en rond de krommingen van het *bushland* liet glijden. Ze voelde dat ze leefde, hier op haar kleine podium dat door de bladeren en de takken omhoog bewoog in de zilte, licht naar menthol geurende lucht terwijl de cicaden steeds luider klonken.

Haar beste vriendinnen zouden er zijn om haar te begroeten. Een paar dagen lang zou ze wellicht het gesprek met Liz kunnen vergeten, zou ze zichzelf kunnen toevertrouwen aan dit toevluchtsoord, aan haar vriendinnen.

Eenmaal boven stapte ze van het platform, riep hallo en liep naar de rand van de veranda, waar ze haar armen over de reling spreidde en naar voren leunde. Vanaf hier kon je bijna de hele baai overzien. Op deze hoogte waren dingen weer mogelijk, dienden zich nieuwe vergezichten aan. Ze pakte haar reistas en nam hem mee het huis in.

Er was niemand die haar begroette. Ze waren niet in de keuken, niet in de woonkamer en ook niet in de slaapkamers beneden. Adele stak haar hoofd om beide deuren. Maar terug in de keuken hoorde ze gedempte stemmen. Ze waren achter het huis, in het washok.

'Hoi! Ik ben er!' riep ze tegen de muur.

Ze wachtte tot ze terug zouden roepen, tot ze met open armen haastig zouden komen aanlopen om haar welkom te heten, maar ze hoorde alleen wat geschuifel en vervolgens twee vermoeid klinkende stemmen die haar lieten weten dat ze was opgemerkt en dat ze er zo aan zouden komen. Ze slaakten geen kreten van blijdschap; ze snelden niet het huis in. Het optimisme dat zojuist buiten in haar was opgeborreld ebde weg. Ze wist dat ze zich, als ze haar gezicht nu zagen, klaar om in tranen uit te barsten, niet zou kunnen beheersen en hun huilend zou vertellen over Liz.

'Doe rustig aan,' riep ze tegen de muur terwijl ze zich de keuken uit haastte. 'Ik breng mijn spullen alvast naar mijn kamer.' En ze stommelde terneergeslagen met haar reistas de trap op.

Korte tijd later, nadat ze een paar van Liz' luxueuze katoenen lakens had uitgepakt en het bed had opgemaakt, lag Adele met blote voeten languit onder de ratelende airco naar het plafond te staren en begon ze weer te rekenen. Met Wendy's bescheiden lening zou ze de week wel doorkomen. Het Airbnb-geld zou na tweede kerstdag op haar rekening staan. Daarna volgde een gat waar Adele niet in durfde te stappen. Het was een ander vertrek, waarvan de deur gesloten zou blijven.

Ze dacht aan Liz, aan de zachte warmte van haar lichaam aan de andere kant van het bed. Er welden tranen op in haar keel, maar ze slikte ze weg. Ook die deur moest dicht blijven.

Ze stond op en opende de deuren naar het kale driehoekige balkon, zodat de warmte de door de airco gekoelde kamer in kon stromen. Plotseling wilde ze de vochtigheid op haar huid, wilde ze ín de wereld zijn, niet erbuiten. Ze bleef even in de deuropening staan en stak voorzichtig een voet uit; de houten planken voelden heet aan. Ze kroop weer naar het midden van het grote witte bed en staarde naar buiten, naar het zilver-met-groene uitzicht.

Als je heel rijk was, werd je eigenaar van de natuur. Je werd erdoor omgeven, en al waren ze in wezen niemands bezit, toch kon je door rijk te zijn heersen over de baaien en de kusten; zelfs de straten kon je naar believen claimen of afwijzen. Je kon van bovenaf ongestoord met een genereuze blik naar beneden kijken, naar alle saaie, lelijke zaken... de onbetaalde rekeningen, de bladblazers, de vrouwen die grote zakken linnengoed van deur naar deur sleepten, die in legging, T-shirt en honkbalpet over de opritten van vakantiehuizen schommelden met emmers in hun handen en een stofzuigerslang over hun schouder.

Er kwam een vluchtige, onlogische gedachte in haar op: als je rijk was, hoefde je niet dood te gaan.

Het kwam Adele oneerlijk voor dat ze nooit rijk was geweest, niet echt. Dat was nóg een zijspoor van teleurstelling dat ze naar behoefte kon volgen. Als actrice was je in het bezit van een permanent lot in een grootse wereldwijde loterij. Dat was een van de dingen die je voortdreven: het mogelijke uitzicht op plotselinge roem, op weelde die over je zou neerdalen. Ze had het vaak genoeg zien gebeuren. En het gebeurde ook op latere leeftijd (kijk maar naar Angela Beaumont!). Waarom zou het Adele, met al haar talenten, niet ten deel vallen?

Ze draaide zich op haar zij. Ze wilde niet oud worden. Ze wilde niet doodgaan en op een hoog metalen bed worden opgebaard in een ziekenhuiskamer achter een gordijn, zij dood aan de ene kant en haar vriendinnen, levend, bang, aan de andere. Adele ging rechtop zitten, ze wilde deze plek het liefst ontvluchten. Ze had zich verplicht gevoeld te komen; er was geen keus geweest. Maar er was ook geen Sylvie, wat onbestaanbaar was.

Als je in de dertig was werd je het heftigst verliefd, had Adele achteraf ontdekt. Niet op een man of een vrouw, maar op je vriendenkring. Geliefden kwamen en gingen in die tijd (of werden weggestuurd, zoals Ray toen ze erachter kwamen dat hij haar met een riem had geslagen; die arme Lance was doodsbang geweest, maar hij had Ray toch zijn eigen voordeur uitgebonjourd, hem gezegd dat hij zijn spullen moest pakken en kon oprotten, en het bloed was pas uit zijn gezicht weggetrokken toen ze de deur hadden vergrendeld, de auto met brullende motor hadden horen wegrijden en ze zwijgend op de bank zaten). Nee, het waren niet de geliefden maar de vrienden en vriendinnen – die moedige, fantastische mensen – die je de liefde verklaarde met etentjes en cadeautjes en weekendjes weg. Wat was het lang geleden. Veertig jaar! Maar het was alsof je door water keek: sommige dingen werden uitvergroot, hun kleuren intenser. Het was een levendige, fleurige tijd geweest waarin ze hun beste zelf in elkaar herkenden. Ze troffen elkaar in de Waterside, waar Jude de tafel in de hoek voor hen reserveerde en speciale kleine hapjes en glazen champagne hun kant op liet brengen. Adele kwam vaak laat binnen vanuit het theater, nog geschminkt, en dan juichten ze en spreidden ze hun armen om haar in hun kring te verwelkomen. Lance en Wendy, Sylvie en Gail, allemaal rokend en lachend, luid en joviaal. Jude kwam er later op de avond bij zitten; dan wenkte ze een ober, die meteen meer champagne kwam brengen.

Jude had destijds ongetwijfeld al een verhouding met Daniel, want ze verdeelde haar aandacht tussen de bar, waar hij zat, en hun tafel. Ze hield zich altijd een beetje afzijdig, ook toen al. Niet dat het hun toen opviel; ze waren alleen maar weg van Judes zwierige allure. Hoe waren ze eigenlijk een vriendengroep geworden? Wendy kende Sylvie van Oxford, en het restaurant van Jude lag vlak bij het theater... Adele wist niet meer hoe het precies was gegaan – had ze Sylvie ontmoet op een van Judes beroemde feestjes? – maar een voor een waren ze in elkaars stroming meegevoerd en verliefd geworden en gebleven.

Maar de stroming was langzaam in kracht afgenomen. En nu dobberden ze maar wat rond.

Adele, Wendy en Jude pasten niet meer goed bij elkaar, zo zonder Sylvie. Ze waren met zijn vieren geweest, er was symmetrie geweest. Als ze op vakantie gingen namen ze twee hotelkamers met twee bedden in elke kamer. Er waren vier plaatsen aan tafel geweest, twee aan elke kant. Nu was er een akelig, onnatuurlijk gat ontstaan.

Ze liet zich weer achterover op het bed vallen. Wat ze nu het liefst wilde was naar huis gaan en eten, en nog eens eten, en heel dik worden.

Maar waar was haar huis nu?

Even zag ze zichzelf als oudere vrouw van de wereld – oké, ze hoorde Judes correctie al, inderdaad, óúde vrouw, ze was al oud – hier wel wonen, op de bovenverdieping van Sylvies huis. Er zou dan iemand zijn, een gretige, jonge persoon, een actrice misschien, die naar haar toe zou komen voor advies, want Adele had beslist de nodige dingen te vertellen, over acteren, over het leven. En deze jonge actrice zou haar dan haar maaltijden brengen. Ze at niet veel, dat had ze nooit gedaan, maar er waren dingen die ze kon delen over het leven in de toneelwereld waar niemand haar ooit naar had gevraagd. De interviews die ze had kunnen geven, de lange tijdschriftartikelen, de televisiespecials… *Inside the Actors Studio with Adele Antoniades.* Ze had belangrijke dingen te zeggen over het vak, over eerlijkheid, over drijfveren, over precisie. Soms stak de frustratie dat niemand haar ernaar vroeg Adele zozeer dat ze het inwendig voelde branden. Alsof ze met een gloeiendhete pook werd doorboord. Ze was genoodzaakt geweest om grotendeels te stoppen met televisiekijken vanwege de ijdelheid en lafheid die van het scherm dropen. Daar walgde ze van.

Ze kon hier op de bovenverdieping wonen en haar bescheiden maaltijden afnemen, die ze via het liftje boven kon laten komen. Ze zou op de veranda zitten en over het water ver beneden haar uitkijken. Ze zou haar haar opsteken om de windstille hitte het hoofd te bieden – die had iets te maken met de ligging van het huis tussen de bomen en struiken – en de muggen zouden meedogenloos zijn, maar ze zou antimuggenspiralen hebben, of elektrische insectenvallen; van de spiralen werd ze benauwd. Ze kon haar yoga-oefeningen op de veranda doen. En in het weekend zouden er mensen komen die Aperol en Franse kazen meenamen, maar dat ging allemaal niet gebeuren, want over twee weken zou het huis te koop worden gezet, en Gail had weliswaar 'neem maar wat je wilt' gezegd, maar daarmee had ze niet het huis zelf bedoeld.

Ze draaide zich om en pakte haar telefoon. Ze checkte haar bankrekening weer, hoewel ze wist dat er niets veranderd zou zijn.

Er was niets veranderd.

Ze checkte haar mailbox om te kijken of er bericht van Lorraine was, maar er was geen nieuw mailtje, alleen het automatische antwoord wegens afwezigheid in de zomervakantie.

Ze zou het Jude en Wendy vertellen, van Liz. Later: na Kerstmis, op enig moment, of nooit.

Maar in de trein had ze de stem van Sylvie gehoord, die haar kracht gaf.

Sylvie bezocht haar in haar dromen, en soms ook heel duidelijk in Adeles bewuste brein, zoals vandaag. Dan hoorde ze alleen maar haar stem die Adeles naam uitsprak of soms zelfs iets irrelevants of betekenisloos zei. Zoals 'aspirine'. Of 'haast je'. In het begin had het haar beangstigd, maar nu was het prettig. Het was niet te zeggen wanneer het gebeurde. Maar Adele wist dat Sylvie, waar ze ook was, om haar gaf.

En Jude wachtte beneden, die had alles onder controle. En Wendy was er ook, en Wendy's meegaande aard zou helpen om warmte te brengen in de kamers die gekoeld werden door Judes onbuigzame, kritische geest.

En wat zou Adeles eigen bijdrage zijn?

Bij tijd en wijle voelde ze dat ze op het punt stond iets heel belangrijks te ontdekken – over het leven, over de leeftijd na de jeugd en de liefde, over deze geweldige geheime fase in een mensenleven. Maar ze had het nog niet ontsluierd, hoewel het leek te bloeien in haar dromende leven, als een ondergrondse rivier van een rijke, heldere betekenis die onder haar dagen door stroomde. Ze was er nu van overtuigd dat het niet alleen het brein was dat tot rust kwam, maar een heel leven dat werd geleid...

Liz gaf Adele 's nachts weleens een por om haar te laten ophouden met snurken. Wat merkwaardig dat dit – het snurken – slechts een klein schandvlekje was geworden terwijl het ooit zo schokkend was geweest om zoiets over jezelf te ontdekken. Snurken was iets voor mannen en dikke oude vrouwen.

Meestal als Adele zich kwetsbaar of beschaamd voelde putte ze kracht uit het moment dat iedere acteur of actrice kende: het moment op het podium dat helemaal van jou was, waarop je in het pikkedonker wachtte voordat de schijnwerpers aan gingen, de grootste privacy die een mens kon hebben. De angst verdween, werd vervangen door adrenaline, en je was klaar voor de start, vanuit de duisternis. Oppermachtig, want je was onzichtbaar. Je hield de hele ademloze zaal in je ban, een en al perspectief en ingehouden kracht, en het gevoel was seksueel, bouwde zich op – tot je helemaal gereed was om het te bevrijden, in te zetten, los te laten. Op dat moment van geladen, zuivere potentie, was alles, iedereen, van jou.

Dit, zo leek het, zou haar worden afgenomen. Ze had al een jaar geen acteerwerk meer, niet in de toneelwereld en niet voor televisie – zelfs geen stervende matriarch in een ziekenhuisbed, zelfs geen figurantenrol. Haar ongeloof hierover stak en verscheurde haar. Was een woeste kracht die in haar woedde. Ze moest ervan huilen, hier in het huis van Sylvie.

Jude zag Adeles handtas op het aanrecht in de keuken staan en luisterde. Er klonk geen geluid van beweging in het huis, ook niet van boven. Het zou net wat voor Adele zijn om te gaan liggen, in slaap te vallen zelfs, Goudlokje in haar 'precies goede bed'. Jude richtte haar aandacht weer op de voorraadkast, waar ze wat blikken met perziken uit haalde die zo oud waren dat de etiketten waren verschrompeld, en ze gooide ze in de afvalbak.

Ze had al een grote zwarte zak rotzooi naar beneden gebracht, een uitdaging voor het liftje, maar ze had geredeneerd dat als het platform Wendy en Finn tegelijk kon dragen, het haar en een zak vol keukenafval zéker kon hebben. Tijdens het afdalen had ze naar de lucht gekeken, waar hier en daar een streperige wolk tegen het hete blauw afstak. Ze had de zak tegen het stenen muurtje van de oprit gezet en hem daar achtergelaten. Dat voelde goed: schot in de zaak.

Nu tastte ze naar het achterste gedeelte van de plank en trok ze nog een bijna lege pot Vegemite uit de kast. Vegemite bleef eeuwig goed, toch? Maar er waren al drie potten van. Plóf, in de afvalbak.

De slaapkamerkwestie kon haar helemaal niet schelen – ze maakte zich niet druk over zulke trivialiteiten – maar er vormde zich toch een vleugje verachting: hoe kón het dat Adele in al die jaren geen greintje terughoudendheid of zelfdiscipline had ontwikkeld? Het was de actrice in haar, vermoedde Jude. Het waren allemaal kinderen, ook de mannen, voor zover zij kon nagaan. Ze begreep de aantrekkingskracht voor jonge mensen, de bevrijding die ermee gepaard ging. Maar wat betekende het als je oud werd? Wat bleef er over als je op tweeënzeventigjarige leeftijd nog steeds een kind was?

Adele had een moeder gehad die haar in de watten legde, wat waarschijnlijk de oorzaak was. Sylvie trouwens ook, terwijl Jude en Wendy allebei juist een vreselijke moeder hadden gehad. Dat was een van de dingen die ze in de loop der jaren met elkaar hadden gedeeld, met de nodige vrolijkheid. Denk je dat dát erg is? En dan keken ze grijnzend naar Sylvie en Adele, die oprecht geschokt waren, die ach en wee riepen, die niet konden lachen om de emotionele misdrijven waarvan ze nooit hadden geweten dat een moeder die kon plegen. Maar ze kenden ook niet de kracht die je kreeg als je een vreselijke moeder had gehad, vertrouwden Jude en Wendy elkaar toe. Je leerde voor jezelf op te komen, om áán te pakken.

Ze bukte, tuurde de voorraadkast in en constateerde tevreden dat er alweer een donkere plank leeg was.

Toen Adele wakker werd had ze het heel warm en voelde ze zich verdoofd. Ze stond op en stapte naar buiten, waar ze op het balkon bleef staan. Van beneden kwam Wendy's hoge, sussende stem. Verrék, het was waar: ze had de hond meegenomen. Adele leunde voorover om Finn te kunnen zien, dat dwaze, bevende beest dat verkrampt op de warmste hoek van de veranda stond. Wendy stond er ook, haar ogen tot spleetjes geknepen tegen het verblindende zonlicht. Waarom zochten ze geen plek in de schaduw op! In Chinese heropvoedingskampen dwongen ze mensen om urenlang in de zon te staan. Adele riep bijna naar beneden om dit te zeggen, maar iets neerslachtigs in Wendy's houding hield haar tegen. Ze stond er met haar handen slap langs haar lijf in haar voddige witte T-shirt en vaalbruine Indiase wikkelrok. Adele hield van Wendy, maar waarom kleedde ze zich toch als een dwaze oude hippie? Het was niet stijlvol. Ze zag er belachelijk uit. Waarom deed ze niets aan haar uiterlijk? Adele maakte zich zorgen om haar, zoals ze zichzelf te kijk zette. Haar woeste grijze haar, haar vormeloze T-shirts met logo's en activistische slogans, de rafelige, uitgelubberde boorden die de aandacht vestigden op de slaphangende huid onder haar kin.

Vandaag had ze bruine leren teenslippers aan haar lange voeten. Adele had die slippers weleens van dichtbij gezien: de gebarsten zolen die de zware vorm van Wendy's grote, mannelijke voeten hadden aangenomen. Van de zwarte teenplekken werd Adele op een ondefinieerbare manier een beetje misselijk. Hoe bestond het dat Wendy niet begreep dat op hun leeftijd niets belangrijker was dan er op zijn minst uit te zien alsof je bij je volle verstand was? Soms zou ze Wendy het liefst bij haar schouders grijpen en tegen haar schreeuwen: *Je bent oud, niemand wil dit zien!*

Ze wist dat de anderen haar oppervlakkig vonden, en ze wist dat ze gelijk hadden, dat haar frivoliteit haar leven in zeker opzicht had geschaad. Ze had niet geprobeerd om haar intellect te ontwikkelen zoals de rest. Zelfs Jude, die in het restaurant eigenlijk tamelijk ongeschoold werk had gedaan (Adele ademde uit en stelde zich even voor dat ze het lef zou hebben om zoiets te zeggen – maar nee, nooit) en die al die jaren slechts een maîtresse was geweest (nog een uitademing...), zelfs Jude had kennis over de complexe dingen van deze wereld. De internationale politiek en de kunst. Geschiedenis en de namen van kleinere steden in landen als Jordanië en Noorwegen. Hoe was dat zo gekomen in het leven van een veredelde serveerster die veertig jaar geleden verliefd was geworden op een rijke, getrouwde klant? En wat Wendy betreft, nou ja, denken was haar werk.

Adele benijdde ze om hun logische brein, hun koele verstand. Dat ze zich had moeten neerleggen bij het totale gebrek daaraan in haar eigen karakter was heel pijnlijk geweest. Maar tegelijkertijd wist ze dat zij andere, mindere maar toch nog waardevolle dingen te bieden had. Zij had intuïtie, ze had menselijkheid – en schoonheid. Wat was daar mis mee in zulke lelijke tijden? Wat was er verkeerd aan om wellevend mee te willen doen in de wereld, beschaafd en aantrekkelijk? De wereld werd erdoor verbeterd, verrijkt, als er zelfs maar een klein stukje schoonheid werd gecreëerd. Waarom moesten vrouwen überhaupt zo zijn als mannen: competitief, overheersend, altijd maar op voet van oorlog.

Vaak – en dat was verreweg het ergste aan Wendy – kon je zelfs zien hoe ontstellend asymmetrisch haar boezem was. Wendy leek werkelijk niet op te merken dat het mensen afschrikte, dat ze, wanneer het kwartje viel en ze begrepen dat Wendy maar één borst had, probeerden niet te kijken. Soms, dacht Adele, zat er een bepaalde trots in de manier waarop ze dat liet zien, waardoor je het idee kreeg dat je ijdel was als je je eigen borsten mooi vond. Het was een aanval: opzettelijk en agressief. Adele hoopte vurig dat Wendy de prothese zou dragen als ze gingen zwemmen.

Finn maakte een vreemde indruk, zoals hij daar op de hoek van de veranda stond, zijn snuit dicht bij de reling en volledig bewegingloos recht voor zich uit starend. Wat was die arme hond inmiddels oud – broodmager ondanks zijn gezwollen buik, en verstoken van enige levenslust. Al een tijdje geleden had Wendy het advies gekregen hem te laten inslapen, maar ze kon zichzelf er niet toe zetten. Arme Wendy. Adele zag iets kwetsbaars in haar vriendin. Een grote vermoeidheid, iets in de kromming van haar schouders. Adele wilde naar haar roepen, maar nu verscheen Jude ook op de veranda, waarop Wendy verstijfde.

Ze zou ze van elkaar verlossen.

Ze leunde over de reling en riep op montere toon: 'Hoi meiden!'

De twee vrouwen richtten hun gezicht omhoog, naar de zon, naar Adele. Op hetzelfde moment brachten ze allebei een hand naar hun voorhoofd om hun ogen af te schermen, een gebaar dat Adele honderden, duizenden keren had gezien in de loop van tientallen jaren vriendschap. Ze herinnerde zich hoe ze lang geleden waren, twee levendige, mooie meiden vol wilskracht. Haar liefde voor hen was niet uit te leggen. Bijna lichamelijk. Ze was zich ervan bewust dat ze nu een vloek verbrak, hen alle drie bevrijdde.

'Eindelijk,' zei Jude.

'Ik zie dat je de beste kamer in gebruik hebt genomen,' riep Wendy.

'Ik kom naar beneden,' riep Adele terug vanaf haar podium. Ze voelde zich al een stuk beter. Het zou goed komen; ze hadden haar nodig, Jude en Wendy. Ze zou hen tegen elkaar beschermen.

Ze snelde lichtvoetig de trap af.

'Ik heb een lijstje gemaakt,' zei Jude met een vel papier in haar hand. Zij en Wendy waren al begonnen, deelde ze nadrukkelijk mee, dus kon Adele beginnen met de slaapkamer boven, 'aangezien je je daar toch al hebt geïnstalleerd'.

Adele stond op het punt te protesteren – ze had de kamer niet zelf uitgekozen, die hadden ze haar gegéven! – maar toen hield ze zich stil, want in die slaapkamer stonden alleen een kledingkast en ladekast om leeg te ruimen; geen al te zware opgave.

Wendy ging het washok uitmesten, wat logisch was, zei Jude, omdat Finn haar daar vanaf de veranda kon zien, zodat hij hun hopelijk niet al te veel tot last zou zijn. Wendy en Adele wisselden een blik. Ze durfden hun ogen niet ten hemel te slaan, hoewel Jude dat niet eens zou hebben opgemerkt bij het lezen van haar lijst.

Jude zelf zou in de keuken blijven omdat, zei ze onzelfzuchtig, dat vertrek de meeste tijd zou kosten. Met haar handen op haar heupen keek ze om zich heen in haar koninkrijk. 'Het is in elk geval het smerigst.'

Ze draaide zich om naar het aanrecht om de opgevouwen vuilniszakken te verdelen. Adele voelde dat Wendy zich eraan stoorde dat Jude hun orders gaf, maar zijzelf haalde er haar schouders over op. Het was toch nooit anders geweest?

'Ik heb mijn spullen nog niet eens uitgepakt,' mopperde Wendy, en ze liep naar haar koeltas, die nog op het aanrecht stond.

Jude slaakte een bijna maar niet helemaal onhoorbare zucht en liep demonstratief naar de andere kant van het aanrechtblok alsof Wendy al te veel gedoe veroorzaakte, te veel ruimte in beslag nam.

Dit is het huis van Sylvie, niet van jou, wilde Wendy snauwen. Jude had haar sinds haar aankomst al lopen commanderen, haar meegetrokken naar het muffe washok terwijl ze haar koffer nog niet eens had uitgepakt. Ze wist dat het door Finn kwam. Ze had Jude kwaad gemaakt door hem mee te nemen, maar alles maakte Jude kwaad, haar afkeer straalde door het vertrek – om zoiets onbeduidends als boodschappen! Het was te voelen vanaf de andere kant van het oranje aanrecht, waar Jude met haar gezicht naar het vuile raam stond en net deed alsof ze naar Adele luisterde. Die ging maar door over Audrey Pierotti's zus, die een oog had verloren door een melanoom.

'Ze moet een kunstoog op maat laten maken!' griezelde Adele.

Maar Wendy voelde Judes schuinse blik door haar schouderbladen priemen, door de onderkant van haar schedel, terwijl ze de uit haar eigen koelkast afkomstige pakken en potjes uit de koeltas haalde. Thuis had het bevrijdend en spontaan gevoeld, dat ze niet plande wat ze meenam, maar nu zag ze in dat het een slecht idee was geweest. Onder Judes koude kritische blik zag ze wat een partijtje ongeregeld het was, hoe alleen al de aanwezigheid van haar inferieure levensmiddelen de komende dagen op de een of andere manier al had bedorven.

Het was waar dat ze sommige dingen thuis had moeten laten. Ze had in de haast geen tijd gehad om een lijstje te maken, maar ze zag nu dat de oude sojasaus waarschijnlijk thuis had kunnen blijven. Net als de plastic zak met nog wat slabladeren, verlept en een beetje nattig onderin – die duwde ze snel terug in de koeltas. Maar kijk, er waren ook heerlijke dingen bij: ham van de Italiaanse delicatessenzaak, en lekkere baba ganoush, niet die van de supermarkt maar van Sultan's Garden, waar Jude was geweest en waarover ze had gezegd dat het een gewéldig tentje was. Wendy wist nog dat Jude de baba ganoush in het bijzonder had geprezen. En kijk, hier had ze die achterlijk dure yoghurt, nog ongeopend – wat een opluchting. En een halve granaatappel! De plastic verpakking was een beetje vochtig, maar als je het gevlekte oppervlak wegsneed zouden daaronder de karmozijnrode kraaltjes liggen, geknipt voor die luxe salades die iedereen tegenwoordig maakte. Wendy zelf had geen idee wat ze met de granaatappel moest doen. Claire had hem een paar weken geleden in haar koelkast achtergelaten.

Maar kijk – ha! 'Een kerstcake! Homemade!'

Wendy hield de in aluminiumfolie gewikkelde baksteenvorm met beide handen omhoog om hem te laten zien. 'Die heeft Tessa Nassif voor ons gemaakt. Nou ja, voor mij. Laten we er een plakje van nemen met een kop thee erbij.'

'O nee,' riep Adele. 'Judes cake is de allerbeste. Laten we die aansnijden. Waar is-ie?'

Wendy keek op en zag dat Jude zich gevleid voelde.

Adele wist altijd al hoe ze anderen moest behagen, maar het was verbazingwekkend te zien dat Jude zo met het compliment ingenomen was. Wendy draaide zich van hen af. Rot toch op allebei, dacht ze woest, en ze liet de zilverkleurige baksteen vanaf enige hoogte weer in haar tas vallen. Met een beschuldigende plof.

Maar ze schaamde zich meteen: haar moeder had altijd met bitterheid over 'complimentjes' gesproken. Als je een compliment in ontvangst nam, iets aardigs geloofde wat een ander tegen je zei, wond diegene jou om zijn vinger of draaide diegene je een rad voor ogen. Het had Lance tien jaar gekost om die nonsens uit Wendy's systeem te krijgen, ten gunste van de liefde. Ze miste hem nu ineens weer, met het aanzwellende verlangen dat nog steeds weleens vanuit haar buik op kwam zetten, zo heftig en bedroefd dat het uit haar borst leek te kunnen barsten. Als Lance er nog was, zou het ondenkbaar zijn dat ze zich zo'n stomme opmerking zou aantrekken, over cáke nota bene.

Tot haar afgrijzen welden er tranen op in haar ogen, en ze verliet de keuken om te kijken hoe het met Finn ging.

Adele trok een gezicht, maar Jude liep simpelweg naar de koeltas en nam het uitpakken van Wendy's levensmiddelen over. Ze haalde het allegaartje aan etenswaren tevoorschijn, veegde potjes af en sorteerde ze, wikkelde schone vershoudfolie om de granaatappel en een stuk kaas. Daarna zette ze alles met aandacht voor in de koelkast om Wendy te laten zien dat haar bijdragen gezien werden en belangrijk waren. Ze pakte de baksteencake, trok er wat van de kleverige folie af en begon er een paar plakken af te snijden om naast die van haar te serveren, maar ze zagen er zo onsmakelijk uit – bleek en droog – dat de situatie er alleen nog maar erger door kon worden, dus ze pakte ze snel weer in.

Wendy wist helemaal niets van voedsel. Als iemand haar vertelde dat dit de beste cake ooit was, volgens moeders eigen recept, geloofde ze dat omdat het werd gezegd. Het oordeel van haar eigen ogen en mond, van haar eigen zintuigen reuk, smaak en zicht, hadden haar, als het om voedsel ging, nooit ene moer geïnteresseerd. Dat was geen kritiek, het was gewoon de waarheid. Niemand zat daarmee – Jude verwachtte net zomin van Wendy dat ze iets gaf om voedsel als dat Wendy van een ander verwachtte dat die haar geliefde Voltaire zou citeren. Het zou verwarrend zijn, een overtreding, als zich plotseling zo'n transformatie voordeed. Waarom was Wendy er nu in vredesnaam ontdaan over?

Het huis was vreemd zonder Sylvie, dáárom. Door haar afwezigheid waren ze uit het lood geslagen; daarom had Wendy zich beledigd gevoeld. Jude werd de akelige kramp ervan gewaar achter haar borstbeen. Ze voelden zich alle drie verloren. Ze moest aardiger zijn, had Daniel tegen haar gezegd. Ze zou later vandaag met hem praten en hij zou het haar opnieuw zeggen, en dan zou het beter gaan.

Adele, zich nergens van bewust aan de andere kant van het aanrechtblok, was inmiddels bezig haar tenen aan te raken, waarbij ze zwierig vooroverboog naar de gevlekte vloerplanken van de keuken, om vervolgens met sierlijk zwaaiende armen omhoog te bewegen. Met haar handen in een biddend gebaar op borsthoogte vroeg ze: 'Denk jij dat je nog steeds moet knipperen als je een glazen oog hebt?'

Toen Wendy terugkwam was Adele weg, en iets aan de manier waarop Jude bij het aanrecht stond vertelde haar dat het niet haar bedoeling was geweest om haar te kwetsen met die cakekwestie. Ze hadden elkaar altijd wel begrepen, Jude en zij.

Maar Adele was níet weg. Ze zwiepte omhoog vanaf de vloer achter het aanrechtblok en dook meteen weer omlaag, demonstratief haar handpalmen tegen de vloer drukkend, haar beroemde borsten tegen haar knieën geperst, haar pronte kontje vol in het zicht. Als een baviaan. Serieus, ze deed dus nog steeds zulke dingen. Stiekem vond ze het indrukwekkend dat Adele, zo klein en met die boezem, zo ontzettend soepel was dat ze zich in wonderbaarlijke houdingen kon manoeuvreren waartoe Wendy zelfs als kind niet in staat was geweest. Maar het vertoon waarmee het gepaard ging, dat pronken als een bejaard elfje, was gênant. Wendy kwam in de verleiding er iets van te zeggen.

'Ik heb trouwens voor vanavond een tafel bij de bistro gereserveerd,' klonk Adeles nasale, gedempte stem ondersteboven, ergens uit de richting van haar knieën. Wendy nam Judes gepijnigde uitdrukking waar – en toen hop! Daar verscheen Adeles rode gezicht weer, opgetogen glimlachend, terwijl haar omgekeerde toef hoogblond haar langzaam weer inzakte.

'Het is *Locals' Night*. Dat wordt leuk.'

Het zou helemaal niet leuk worden, maar Adele zou haar zin krijgen. En nu was het weer goed tussen Jude en Wendy, en het maakte niet uit van Tessa's cake, die tenslotte droog en eigenlijk niet te eten was, dat wist Wendy best. Lance gaf een kneepje in haar schouder en zei in haar oor: 'Zie je wel? Kop op, meid.'

Adele zag dat het weer goed was tussen Jude en Wendy. Ze liet haar hoofd en armen weer voorovervallen, waarbij ze het voelde rekken in haar bovenbenen, pijnlijk en bevredigend. Ze bleef beneden hangen, vechtend tegen de zweem van eenzaamheid die haar op momenten als deze overviel. Zij houden ook van jou, redeneerde ze, en ze zette haar handpalmen tegen de vloer. Heus.

Maar liefde was niet hetzelfde als respect.

5

Jude dompelde de ene glazen pot na de andere onder in kokendheet zeepsop en zette ze vervolgens omgekeerd op het afdruiprek. Ze kon goed tegen het hete water; in de decennia in het restaurant had ze vingers als van asbest ontwikkeld. Finn verscheen op de veranda, in de ban van de bomen. Of kijkend naar de lucht, stokstijf stil. Hij stond daar maar vermoeid te staan, starend in de verte. Waarom ging het beest niet zitten of liggen?

Jude ging zelf wel zitten, aan de ronde eettafel bij de deur; door het hete water was ze een beetje licht in het hoofd geworden. Het kon niet zo zijn dat hij haar had horen bewegen – hij was hartstikke doof nu – maar buiten ging Finn ook zitten, net als zij. En daarna draaide hij op vreemde, houterige wijze om zijn as, waarbij hij alleen zijn voorpoten gebruikte, tot hij recht tegenover haar lag en door het glas naar haar gezicht staarde. Kon hij haar zien? Ze legde haar armen gekruist op de tafel en liet haar hoofd erop rusten, met haar blik op de zijne gericht, maar er was geen glimp van herkenning, of zelfs maar iets van beweging in zijn ogen. Zijn staart lag er plat en slap bij. Er zat niets tussen hen in dan een glaswand, en ze bestudeerde zijn kop. De donkere vlekken van zijn treurige ogen glansden van het vocht, twee modderpoeltjes in de sneeuw. Zijn snuit was ook al morsig en zijn ooit crèmekleurige vacht vlekkerig en bruin. Zijn bek hing open, zijn zwarte rubberachtige tandvlees was gerimpeld. Dit gebeurde er met dieren, en met mensen: hij was een en al gebrek en aftakeling, een en al verval. Het was deerniswekkend. Er zat kwijl achter zijn lange gele tanden.

Hij veranderde traag van houding en met een verbijsterend geduld staarde hij door het raam in het niets. Toen zag Jude het gezicht van Sylvie in zijn kop verschijnen en kwam haar droevige spookadem uit zijn bek, condens achterlatend op het glas.

Ze ging rechtop in haar stoel zitten.

'Finn! Finny!' Wendy's hoge stem klonk vanuit het washok over de veranda, maar de hond bleef met Sylvies verwijtende, ongelukkige blik naar Jude liggen kijken. Er was een plek tussen leven en dood, zoals tussen waken en slapen, en op een dag zou ook Jude die plek kennen. Dit werd haar duidelijk uit Sylvies kalm starende dierengezicht.

Ten slotte krabbelde de hond overeind, draaide zich weg van Jude en sjokte schommelend weg.

Het washok was een klein, bedompt vertrek achter de keuken, dat alleen bereikbaar was via de veranda. Wendy was er natuurlijk voor straf naartoe verbannen, dit hok vol spinnenwebben.

Ze tuurde naar binnen. Ze zag de dubbele betonnen gootsteen, de enorme, oude bovenlader die lawaaiig over de vloer schoof als hij in werking werd gesteld, en een hoge witte linnenkast waarvan de deuren niet goed sloten. De spaanplaten vertoonden kleine blaasjes, die hier en daar door de melamine barstten.

Het was te verwachten dat ze boete moest doen. Maar waarom herinnerde Jude zich niet dat Sylvie, wier huis ze nu opruimden, degene was die Finn aan Wendy had gegeven? Sylvie zou hem niet naar buiten hebben verdreven, dingen als een hondenplasje konden haar niet schelen. Wendy wist dat Judes grootste zorg was dat Finn bij die belachelijke bank van haar vandaan zou blijven – die Sylvie alleen maar had aangenomen omdat ze erop had gestaan. Judes vrijgevigheid mocht je nu eenmaal niet afwijzen. En als ze je iets had gegeven bleef ze je maandenlang vragen hoe het ermee ging. Hoe gaat het met de bank? Gebruik je die appelboor die ik je heb gegeven? Hij is scherp hè! IF YOU LOVE SOMETHING SET IT FREE, was vroeger te lezen op stickers op auto's, maar Jude hield haar geliefde spullen zelfs nog gevangen nadat ze ze aan je had opgedrongen. Die sjaal is van zijde hoor, dus ben je er voorzichtig mee als je hem wast?

Wendy voelde zich beter nu ze zichzelf deze kleine oprisping van wrevel had toegestaan. Het had geen zin om deze dingen uit te spreken, zelfs niet om ze te denken. Jude was gewoon Jude.

De deur van het washok kwam uit op een smal plankier dat langs de zandstenen rotswand achter het huis liep. De takken van de Angophorabomen kronkelden erboven. Deze openluchtgang bood plaats aan de doorbuigende, uittrekbare waslijn en een gammele hoge houten kast. Wendy opende de deur en trof doorzakkende planken aan met verfblikken met druipers aan de zijkant en scheve deksels, roestende spuitbussen WD-40 en insecticide, verfrollers die vastgeplakt waren aan hun bakjes, stoffige kartonnen dozen met god weet wat voor inhoud. Ze sloeg de deur gauw dicht en hoopte dat Jude het bestaan van de kast niet zou opmerken. Daar moesten de nieuwe eigenaars zich maar mee redden.

Ze riep Finn – uit de macht der gewoonte. Telkens weer bedacht ze pas nadat ze had geroepen dat hij haar niet meer kon horen. Ze zou hem moeten halen om hem hier in de beschaduwde hoek onder de waslijn te installeren, waar hij haar kon zien. Verbazend genoeg kwam hij op dat moment de hoek om. Maar toen hij eenmaal was gaan zitten begon hij weer te trillen. Ze hurkte bij hem neer, aaide en suste hem, maar iets aan de smalle ruimte, of misschien aan de droge eucalyptusbladeren die langs de rotswand dwarrelden als er een briesje opstak, maakte hem bang. Hij keek voortdurend om zich heen, alsof hij de grillige vlucht van een onzichtbare vlieg volgde, likte te vaak langs zijn lippen, drukte zich tegen Wendy's benen aan en probeerde op haar voeten te gaan zitten toen ze aanstalten maakte bij hem weg te lopen.

Nou, het washok mocht hij tenminste in. Ze zette een paar

stappen en wenkte hem fluisterend. Hij strompelde achter haar aan, maar stopte in de deuropening en staarde naar het schemerdonker.

Wat ging er door hem heen? Wendy keek naar zijn onschuldige, angstige, lodderige ogen. Hij kon niet in zijn eentje de grens van licht naar donker oversteken.

Ze dacht aan Sylvie, het moment van de dood. Was ze bang geweest?

'Ik weet het, lieverd,' zei ze troostend, en ze pakte zijn voorpoten om hem het hok in te trekken, zijn nagels over de vloer schrapend, tot hij veilig over de drempel was. Daar zakte hij door zijn jichtige heupen en viel in slaap.

Ze deed een stap achteruit en bekeek de planken in de linnenkast en de kastjes boven de gootsteen. Het was meteen duidelijk dat het washok een makkelijke klus was: gewoon alles wegmikken. Ze trok een paar rubberhandschoenen aan, pakte de vuilniszak, maakte er een nest van op de grond en liet er dingen in vallen. Halfvolle verpakkingen keihard geworden wasmiddel, bussen insectenspray, kaarsstompjes en door kakkerlakken aangevreten luciferdoosjes. De rafelige strand- en badhanddoeken hield ze apart – die kon ze gebruiken voor Finn. Maar met al het andere maakte ze korte metten: plastic doordrukverpakkingen met schroeven, een kapotte gasaansteker. Een rookmelder die nog in de verpakking zat, zo oud dat het etiket niet meer leesbaar was – ze glimlachte; zo was Sylvie. Alles ging de zak in, net als een plastic mand met groezelige potjes vitaminen en een fles shampoo. Waarom stónden deze dingen hier eigenlijk?

Het was bevrijdend niet te hoeven nadenken over de waarde van al deze spullen. Ze vond een soort portemonnee van zwart canvas, die zo stijf dicht zat met klittenband dat ze hem niet open kreeg. Er zat iets zwaars in, Joost mocht weten wat. Ze liet hem in de vuilniszak vallen.

Finn lag met zijn zwarte snuit op de koele betonvloer te rusten. Het was zeventien jaar geleden dat Sylvie met twee kartonnen dozen bij Wendy voor de deur had gestaan. Het voelde als vorige week, maar ook als een eeuwigheid geleden. Het enige wat Wendy zich van die tijd nog herinnerde was dat ze maandenlang elke dag dezelfde oude grijze trainingsbroek van Lance had gedragen, en als het koud werd zijn kaki tuintrui erboven.

Ze vond een keukentrap, die stevig was, al zat hij onder de spinnenwebben en het vuil. Misschien zou ze die mee naar huis nemen. Als ze erop stond kon ze bijna alles op de hoogste plank boven de gootsteen zien. Het was allemaal bedekt met een zwarte laag stof en muizenkeutels.

Uit de ene doos had Sylvie de kleine, witte, verwonderde puppy gehaald. Ze had niet geprobeerd Wendy over te halen met hem te spelen of hem leuk te vinden. Ze had het beestje op de grond gezet en de andere doos geleegd: een zak hondenbrokjes, twee kommen en een hondenmand. Het was een zakelijk geschenk, alsof Wendy ermee had ingestemd, alsof het normaal of grootmoedig was om je rouwende vriendin, die zichzelf amper nog kon aankleden, met zoiets op te schepen. Wendy had met verdoofde desinteresse op de bank gezeten – ze had niet de energie gehad om boos te worden op Sylvie, hoewel er een koude klont woede in haar buik lag.

'Kruising van een labrador en een poedel, geloof het of niet,' had Sylvie gezegd. 'Een designerbastaard.' Wendy had niets gezegd. Het lelijke hondje huppelde in en uit haar gezichtsveld terwijl Sylvie de vaat deed en soep opwarmde op het fornuis, Wendy's bed verschoonde en een was draaide. Ze bewoog zich zwijgend door het huis van Wendy en Lance, vegend, poetsend en stofzuigend. Ze hing de was aan de lijn. Ze dekte de tafel voor twee, trok een stoel naar achteren en wees ernaar. Wendy ging erop zitten. Ze aten in stilte terwijl het hondje rond hun voeten liep te snuffelen. Toen Sylvie die dag het huis verliet legde ze een rode leren riem in Wendy's hand en zei ze: 'Over twee weken moet je dagelijks twee keer met hem uitgaan als dat lukt, maar minstens één keer.'

En nu was Sylvie er niet meer.

Ze trof een plastic fles wasverzachter aan met een etiket dat zomaar uit de jaren tachtig kon stammen. Ze liet hem vallen en hij maakte een scheurend geluid toen hij niet in de vuilniszak belandde maar op het beton viel.

Wendy's kinderen hadden met hun eigen verdriet te kampen gehad. Jamie was binnen enkele dagen teruggegaan naar Londen, of was het destijds Stuttgart? En Claire was – toen ook al – Claire. Ze had tegen haar moeder gezegd dat ze therapie moest gaan volgen, had het telefoonnummer van een psychotherapeut achtergelaten en was teruggegaan naar huis, naar Bondi. De mensen zeiden dat het maar goed was dat ze Claire had, maar ze wisten er niets van. Wendy was alleen.

Bovenop stond een roestvrijstalen vispan – zo'n lange smalle om een forel in te pocheren. Onder het stof. Wendy kon zich niet herinneren dat Sylvie ooit een vis had gepocheerd. Ze haalde het deksel eraf en hield zich met één hand vast aan de plank terwijl ze de pan aan de andere hand liet bungelen en in de richting van de vuilniszak liet vallen. Ze wilde niet dat-ie zou stuiteren en die arme Finn zou laten schrikken, maar deze keer mikte ze goed: de pan landde met een plof op het kussen van plastic en rommel. Het deksel volgde met slechts een klein geluidje.

De pan zou eigenlijk niet moeten worden weggegooid, hij was nog prima bruikbaar. Hij moest op zijn minst naar de kringloopwinkel.

Het leven van puppy Finn was losgebarsten, het stroomde wild alle kanten op, terwijl zij, solidair met Lance, het leven liet. Het was een vreemde opluchting geweest dat haar dood Finn niets uitmaakte. Zijn buikje zwol vervaarlijk op als hij had gegeten en op zijn rug in slaap viel, met zijn poten alle kanten op. Hij had geen enkel idee hoe kwetsbaar, hoe klein hij was. Hij was een en al lijfje, zintuigen, gretigheid. Hij blafte op een toonhoogte die haar hoofd doorboorde. Hij maakte alles stuk – kauwde op haar mooiste schoenen, trok plukken kapok uit de voorkant van Lance' bank, werkte een half manuscript naar binnen en poepte op de andere helft. Hij moest worden uitgelaten en gevoerd. Hij bracht haar langzaam terug – grotendeels, het deel dat nog te redden was – naar de wereld van de levenden. Het was een cliché en ze hield van hem.

Ze wist niet of ze Sylvie ooit had bedankt.

Ze niesde.

Maar dit was allemaal verleden tijd. En in de regel vond Wendy het verleden doodsaai. Hoe dan ook had Sylvie het gewoon geweten; ze waren te close voor bedankjes. Finn was net zo goed van Sylvie als van haar geweest. Dus waarom moest iedereen de regels van Jude volgen? Ze rukte geïrriteerd aan een plakkerige kluwen van oranje en gele verlengsnoeren die achter op de plank bleef steken. En met de snoeren kwam een lading muizen- en kakkerlakuitwerpselen naar beneden, plus – te laat om op te vangen, hoewel ze een poging deed en bijna haar evenwicht verloor – een zware glazen kan van een blender, die langs de rand van de betonnen gootsteen schampte en in dikke, kromme scherven op de vloer viel. Wendy gaf een gil; het plastic onderstel van de kan stuiterde vlak langs Finns kop en hij werd uit zijn slaap gerukt, doodsbang.

'Rustig maar, rustig maar!' riep ze hem toe – godzijdank waren de stukken glas een eindje bij hem vandaan terechtgekomen – maar het was al te laat en hij hees zich met zijn opgezette romp omhoog; zijn lijf schakelde het ritueel in voordat hij echt wakker was en zette zijn vermoeide, jichtige loopje in gang, rond en rond in de kleine donkere ruimte.

Hij zou nog in het glas trappen! 'Opzij, Finny!' riep ze terwijl ze van de keukentrap klom.

Eenmaal op de grond greep ze de trap vast om in balans te blijven en boog ze voorover om de glasscherven op te pakken. Ze was een beetje duizelig – het was hierbinnen zo benauwd. Ze ging even op de middelste tree zitten, haar billen in het frame geperst, en liet haar handen op haar bovenbenen rusten. Ze zweette en hijgde een beetje. Ze was geschrokken door het kapotvallen van het glas, het gewicht van het ding dat langs haar hoofd was gesuisd. Ook die arme Finn was zich rot geschrokken, maar het zou wel goed komen met hem. En zij moest alleen maar even op adem komen. Ze voelde de muizenlucht haar geopende mond binnengaan.

Jude stapte de keukendeur uit en riep over de veranda: 'Gaat het wel daar?' Er kwam geen antwoord. Het was ergerlijk, wat er ook te pletter was gevallen – Wendy was echt hopeloos!

De golven van haar gevoelens voelden op sommige dagen schrikbarend chemisch, hormonaal, wat natuurlijk onmogelijk was: dat gedoe was al decennia geleden afgelopen. Ze bleef staan op het plankier en luisterde of ze Wendy hoorde reageren, maar ze hoorde alleen maar het elektriserende gesjirp van cicaden. Ze moest dus gaan kijken in het washok. Ze liep in de richting van de achterkant van het huis, maar na een paar stappen merkte ze dat ze niet verder kon.

Sylvies gezicht had haar aangekeken via de snuit van Finn.

'Wendy? Gaat het goed daar?'

Het was haar eigen stem die riep, maar hij kwam vanuit haar jeugd, van ver weg. Ze herinnerde zich het moment. Dertien was ze toen ze onder narcose werd gebracht voor het verwijderen van haar amandelen, toen ze weggleed, langzaam weggleed naar een ruisend wit niemandsland. Ze greep zich vast aan de houten reling, die heet aanvoelde onder haar hand.

Adele lag op haar bed – hét bed; ze wist dat het niet van haar was – en keek de kamer rond om te beslissen waar ze zou beginnen. Er was het grenen kastje met vier laden, en er waren de twee ingebouwde kledingkasten, daar zag ze best tegenop. Ze ging ervan uit dat het kastje verkocht zou kunnen worden en dat ze er wat geld voor zouden kunnen krijgen. Dat Gail er wat geld voor zou kunnen krijgen.

Ze nam de tijd voor een ogenblik van zelfmedelijden, liggend op haar rug met haar ellebogen boven haar hoofd. Zij, de vriendinnen van Sylvie, waren hier aan het werk, ruimden haar huis leeg, en Gail zou ervan profiteren. Die zat in Dublin te wachten tot het geld binnenkwam. Die zat daar in haar Ierse veenmoeras haar ponden of shillings te tellen, of hoe het Ierse geld ook mocht heten.

Maar Gail woonde in een luxe, nieuw appartement met uitzicht op de Liffey, en in Ierland betaalde je met euro's, en er was daar geen moeras en het was racistisch om zulke dingen te denken. Jude maakte beneden in de keuken demonstratieve geluiden. Ze trok laden open en schoof ze met een klap weer dicht, en ze smeet met de kastdeurtjes. Jude wist van aanpakken. Dat was bewonderenswaardig. Heus.

Wanneer Adele mensen vertelde over Judes verhouding met Daniel, konden die niet geloven dat zij en Wendy hem in veertig jaar nog nooit hadden ontmoet. Maar Jude sprak zijn naam tegenover hen niet eens uit, zelfs nu niet, en dat had ze nooit gedaan. Het was alsof ze altijd op twee niveaus tegelijkertijd bestond: het leven hier bij hen, en het andere, haar leven dat ze leidde met – zonder – Daniel. Adele vond dit niet moeilijk te begrijpen. Je had je ogenschijnlijke leven, dat je leidde in de wereld van alledag, en je had je andere, echte, innerlijke leven – je verbeeldingswereld, waar de belangrijke inzichten ontstonden, waar het echte leven plaatsvond. Jude leidde het leven van een actrice.

Nu ze er zo over nadacht kon ze zich niet herinneren wanneer ze voor het eerst over Daniels bestaan hadden gehoord. Wie had het hun verteld? Beslist niet Jude zelf. Het was bizar dat ze er na veertig jaar nog niet met haar over konden praten, maar het was zo. Adele en Wendy spraken er echter wel heel vaak samen over; het bleef een interessant onderwerp. Was Jude niet eenzaam? Kennelijk niet. Wat voor feministe liet zich op deze manier onderhouden? Jude was een waardige vrouw, ze leek zich nooit aan iemand te onderwerpen. Toch had ze haar leven vergooid aan een man die geheim moest blijven, die zijn beste zelf aan zijn gezin schonk en haar slechts gaf wat er overbleef, zeiden ze. Maar wie bepaalde hoe een vergooid leven eruitzag? Adele en Wendy hadden daar geen antwoord op, want Judes relatie had hun beider huwelijken en hun twee echtgenoten overleefd. En hoe zat het met al hun andere vriendinnen? Susie O'Shane, Stacy Milgate en Amanda van Heusen met hun stekeltjeshaar en buttons in de jaren zeventig, die *Dead men don't rape!* door luidsprekers riepen, hun vuist uit solidariteit in de lucht gestoken?

Nu had Stacy longemfyseem en was ze het sloofje van haar gehandicapte, niet langer overspelige man, en was Mandy permanent uitgeput door het grootmoederen over het tienerkroost van haar geweldige zoon de advocaat.

En nu leek Adeles relatie met Liz – die zo echt en solide had gevoeld – vergeleken met Judes affaire zo onwerkelijk als een droom. Ze werd opnieuw door schaamte overspoeld. Ze kon het ze niet vertellen, nog niet. Ze kon niet goed zeggen waarom niet, behalve dan dat ze de ergernis in hen zou waarnemen, de vermoeide blik in hun ogen, de zweem van vrees dat ze hun – opnieuw – om hulp zou vragen. Om geld, om onderdak. Ze zou Wendy spoedig moeten herinneren aan de toegezegde lening. Ze werd beroerd bij het idee dat ze ernaar zou moeten vragen, maar Wendy – die nooit verlegen zat om geld, aangezien het haar in de schoot werd geworpen dankzij haar werk, het beroemde boek dat nog altijd op de boekenlijsten van universiteiten wereldwijd stond, haar pensioen en de slimme investeringen van Lance – zou er zelf niet meer aan denken.

Een voorzichtige suggestie dreigde Adeles gedachtewereld binnen te zweven: dat zij – niet wettelijk natuurlijk, maar moreel gezien – recht zou hebben op een of andere regeling, als Liz' feitelijke partner. Maar zodra dit idee zich had gevormd wist ze dat het verachtelijk was. Ze drukte een kussen tegen haar borst en moest haar ogen stijf dichtknijpen om niet te gaan huilen.

Er zou wel iets gebeuren, er zou zich een oplossing aandienen. Ze sleepte zich uit het bed en trok alle kastdeuren open: een, twee, drie. Neem maar wat je wilt.

De kasten zaten vol – een garderobe met wat items die aan feloranje gehaakte kleerhangers hingen, en planken erboven en eronder, propvol met saaie dingen waar Adele subiet moe van werd. Stoffige koffertjes, rugzakken met in de war geraakte riemen. De greep van een paraplu stak naar buiten en er stond een gebarsten voet van een lamp (zonder kap) waar een vuil snoer aan bungelde. Er lag een stapeltje Franse studieboeken met daarnaast de bijbehorende cd's. Een geruite deken, wat stofzuigerzakken van een duur type. En dat was nog maar het spul dat ze in één oogopslag kon zien. Er was hier niets wat ze wilde. Adele begon mismoedig de spullen tevoorschijn te trekken, op de vloer.

Er klonk gekletter van ergens beneden in het huis. Mooi zo, dacht ze. Ze wilde zelf ook iets kapotsmijten. Misschien zou ze dat nog doen ook. Misschien wel die grote elektrische ventilator oude stijl, gemaakt van metaal, niet van plastic. Maar voor zoiets kon je geld krijgen in een retrozaak in Newtown of Redfern. Ze hield het ding even vast, waarbij ze de bladen, die onder een laag stof zaten, van zich afhield, en droeg het naar de veranda, waar ze aan de rand bleef staan en zich voorstelde hoe ze het weg zou slingeren, op de trap te pletter zou laten vallen, waardoor het rottende hout dan zou versplinteren. Ze zette het ding neer bij de deur en liep weer naar binnen.

Ze haalde een wirwar van schimmelig ogende schoenen tevoorschijn – afgetrapte tennisschoenen, een zwarte rubberen sandaal met afgrijselijke canvas riempjes in regenboogkleuren (die was van Gail, want Sylvie zou nooit voor die smakeloze hippielook gaan) en een paar best leuke camelkleurige schoenen met open neus en hoge hak. Maar pas toen Adele haar linkervoet erin wilde steken, voelde ze een vreemde bobbel en zag ze Sylvies harde zwarte steunzolen. Alleen al de aanblik van steunzolen, met hun oneffenheden en randjes, wekte weerzin bij Adele. Ze pakte de leuke schoenen tussen duim en wijsvinger vast en gooide ze in een vuilniszak. Ze keek naar haar eigen mooie voeten en prees zich gelukkig; de gedachte aan geld deed dat weer teniet. Ze raapte de overige schoenen bijeen en gooide ze allemaal in de zak.

Adele had de afgelopen maanden met Liz veel over zichzelf geleerd. Bijvoorbeeld dat ze zich schuldig had gemaakt aan een verbazingwekkend gevoel van morele trots omdat ze zo weinig bezat. Toen ze Liz voor het eerst had meegenomen naar haar kleine flatje (haar appartemént; niemand zei tegenwoordig nog 'flatje', had Liz haar verteld) en Liz een blik op Adeles bescheiden bezittingen had geworpen, had ze geglimlacht en gezegd: 'Je woont nog als een student aan de toneelschool.' Ze doelde op de sarong die de bank bedekte, de Cézanne-poster aan de muur. Adele had er verheugd op gereageerd, want het was iets waar ze altijd trots op was geweest: dat ze sober leefde, ook al verlangde ze heimelijk naar rijkdom. Maar toen zag ze dat Liz, die een generatie jonger was dan zij en overal een diagnose voor had, het niet als compliment had bedoeld. Zij noemde Adele een feministe van de tweede golf en vond haar grappig ouderwets en naïef. Haar eigen ruime huis stond vol behaaglijke banken en kopjes van Wedgwood en fijngeweven lakens, vijfhonderd draden per inch.

Voordat ze Liz ontmoette had Adele nog nooit gehoord van draaddichtheid. Hoe was dat mogelijk? Nou, het was gewoon zo. Op een keer, niet lang voordat Liz haar uitnodigde om in Walker Street te komen wonen, had ze vriendelijk (was het wel vriendelijk?) opgemerkt dat gehavend meubilair en servies waar scherfjes vanaf waren iemand niet moreel superieur maakte ten opzichte van anderen. En Adele was er snel achter gekomen hoe heerlijk vijfhonderddraadse lakens waren – in zulke dingen zat hem het verschil tussen een minnaar en een minnares, had ze ontdekt –, net als Riedel-wijnglazen en hoogpolige tapijten van zuivere wol met zijde erdoor.

Het idee te moeten terugkeren naar de dunne sarong op de bank en haar donkere keukentje met het kleine raam joeg haar nu angst aan. En waarvan zou ze de hypotheek moeten betalen zonder de Airbnb-inkomsten? Ze wendde zich weer tot haar mantra: er zou iets gebeuren, er zou zich iets voordoen, zo was het altijd gegaan.

De kleren aan de hangers waren aan de beurt. Een lichtblauwe katoenen blouse met gaten onder de oksels: weg ermee. Ze smeet het ding met hanger en al richting de vuilniszak, die inmiddels een berg was geworden. Een groene regenjas waar iemand misschien nog wat aan zou kunnen hebben, maar toch een deprimerend geval. Ze zou genadeloos zijn: ze trok de jas van de hanger en gooide hem op de hoop. En hier nog iets van Gail, een flodderig *tie-dye*-geval (weg ermee), en een of ander lang gewaad, maar wacht, toen ze de stof daarvan door haar handen voelde gaan herinnerde ze het zich weer. Het was Sylvies lichtturquoise jurk; simpel, chic. Ze hield hem omhoog op de hanger. De vierkante hals was breed en laag uitgesneden. De taille met koord zorgde voor een zekere Griekse elegantie. Op het verkeerde lichaam zou deze jurk eruitzien als een vormeloze zak met een touw om het middel, maar hij had van Sylvie een betoverende verschijning gemaakt.

Ze draaide zich om naar de spiegel, hield de stof tegen zich aan en zag dat de kleur in het zachte licht mooi bij haar teint stond. Adele was ontroerd door het geschenk dat hier was opgedoken, alleen voor haar. Ze drukte de koele stof tegen haar gezicht en snoof de geur van Sylvie op. Voor het eerst bedacht ze dat ze nu niet langer Liz' kombucha hoefde te drinken of hoefde te luisteren naar Milly's uitdagende, eigenwijze jonge stem. Het idee dat ze de weelde zou achterlaten die nooit van haar was geweest, die toebehoorde aan andere mensen en die ze ergens ook verkeerd vond, gaf haar plotseling een vrij en zuiver en jeugdig gevoel. Ze legde de jurk op het bed, pakte de stapel Franstalige cd's en liet ze, *au revoir*, in de vuilniszak kletteren.

Ze had een begin gemaakt. Sylvies kamer scheen haar nieuw toe, vol mogelijkheden. Morgen was het kerstavond. Er was een kentering denkbaar, dat wist Adele. Dat voelde ze gewoon.

Wendy's hart bonkte te snel. De bedompte atmosfeer in het washok maakte haar duizelig. Finn strompelde in kringetjes door de muffe lucht, schommelend en doorzakkend om zijn pijnlijke voorpoot te ontzien. Hij zou hier eindeloos mee doorgaan. Het washok leek heel klein, de schemer duidde op onheil.

Ze stak een voet uit en veegde de glasscherven bijeen met de voorkant van haar schoen. Vervolgens boog ze met opperste inspanning voorover, de pijn in haar schouder negerend, en pakte de dikke glazen scherven, een-twee-drie-vier, voorzichtig om de kantjes niet door de rubberhandschoenen te laten snijden. Ze kwam een stukje overeind en liet ze in de vuilniszak vallen, zich bewust van haar ademhaling.

Ze had alleen maar wat frisse lucht nodig.

Ze trok de zweterige handschoenen uit en keilde ze in de richting van de vuilniszak, die ze misten, waarna ze op de vloer landden. Niet erg. Ze ging rechtop staan en greep in dezelfde beweging de gele plastic trekband van de zak vast. Ze sleepte de zak achter zich aan – die was nu verrassend zwaar – tot ze over de drempel was, waarna ze hijgend op de veranda stond, met haar handen op haar heupen. De hemel was nog heet en glanzend blauw.

Finn keek naar haar op en sjokte verder, rond en nog eens rond, gevangen in het schemerige washok en zijn onstuitbare, treurige droom. 'O, Finn,' fluisterde ze in zichzelf, want ze wist dat ze hem niet kon bereiken, dat zelfs zijn vermogen haar te herkennen steeds verder vervaagde.

En toen – zonder aanwijsbare reden – ontwaakte hij uit zijn trance. Hij stopte met rondjes lopen en hobbelde weg uit de schaduw. Hij zag Wendy en liep langzaam over het plankier naar haar toe, zwaaiend met zijn sjofele, pluizige staart, en begon haar been te likken.

Jude draaide zich opgelucht om toen ze hoorde dat achter haar de koelkast werd geopend, maar het was Adele maar, die liep te zuchten vanwege de hitte en op zoek was naar ijsblokjes voor haar grapefruitsap.

Wendy was nog steeds niet terug uit het washok.

Wat ze met alle zakken vol spullen moest doen, wilde Adele weten.

'Je bent toch niet al klaar?' Jude probeerde de stugheid uit haar stem te houden. Ze had nog maar twee van de planken in de voorraadkast gedaan; het kon niet zo zijn dat Adele de complete garderobe en de laden in die korte tijd al had uitgezocht. Adele keek verbouwereerd naar alle potten en flessen op het aanrecht.

'Gooien we niet gewoon alles weg?'

Jude had de flessen en pakken bekeken op uiterste houdbaarheidsdatum, de potten schoongeveegd en ze netjes geordend. Adele nam een paar flinke slokken en voegde er met een lach in haar stem aan toe: 'Ik bedoel, we gaan toch geen van drieën al deze troep mee naar huis slepen?'

Jude voelde zich klemgezet, want dat was precies wat ze van plan was met de dingen die nog niet over de houdbaarheidsdatum waren. De bouillonblokjes en ansjovis, de blikken linzen die nog prima eetbaar waren, het zou zonde zijn als ze ze weggooide. Ze had ze tussen hen drieën willen verdelen. Adeles geamuseerdheid was ergerlijk.

Jude wist dat Wendy niet dood in het washok kon liggen, wachtend tot ze gevonden werd, hoewel er geen geluid vandaan was gekomen sinds het geklatter. Ze schaamde zich te erg om Adele te vragen even te gaan kijken, want dan zou ze moeten uitleggen waarom ze dat zelf niet had gedaan. En natuurlijk was het belachelijk om zo paniekerig te doen: het ging prima met Wendy, ze had in haar klunzigheid alleen maar wat laten vallen. De vraag waarom Judes eigen geest meteen zo melodramatisch reageerde was alarmerender.

Beangstigender dan dit alles was de vraag waarom ze Sylvie in Finns dierensnuit had gezien.

Vier maanden geleden was Ann Burton in haar badkamer uitgegleden en had ze een dag lang met een gebroken ruggengraat op de natte tegels gelegen voordat iemand vermoedde dat er weleens iets mis kon zijn. Ze was bijna overleden in het ziekenhuis. Ze zat nog steeds in het revalidatiecentrum en zou daar nog maanden blijven.

Jude voelde het zweet langs haar haargrens uitbreken en maakte aanstalten om de keuken te verlaten en te gaan kijken. Ze kon toch niet anders?

Maar ze kon het ook weer niet. Wat moest ze zeggen als ze de hoek om zou komen en Wendy gezond en wel zou aantreffen? En wat zou ze doen als er iets aan de hand was, iets verschrikkelijks?

Adele droop met haar glas af naar de woonkamer. Jude volgde haar terwijl ze met een theedoek een pot schoonveegde. Ze zou er op de een of andere manier voor zorgen dat Adele ging kijken.

'Laten we gaan zwemmen,' zei Adele.

Jude werd vervuld van woede: ze wilde schreeuwen dat het geen vakantie was, geen vakantie, geen vakantie, en hoe moest het dan met Wendy's bloed dat over de vloer van het washok vloeide?!

'Grote god, wat is het wárm!' piepte Wendy, die binnen kwam klossen. Haar gezicht was knalrood.

Jude slaakte een lange, schaapachtige zucht. Wendy lag niet ergens met een fatale hoofdwond. Ze had geen hartaanval gehad, ze had haar rug niet gebroken, maar ze zag er wel heel moe uit – en heel vies terwijl ze naar de bank liep.

'Kijk uit!' gilde Jude bijna. Ze zei het luider dan ze had bedoeld – dat kwam door de golf van opluchting – en Wendy en Adele keken haar allebei koeltjes aan. Maar Wendy zat onder het stof en vuil, en daar stond de onberispelijke bank, en Finn stond ook nog eens naast haar.

'Wég met hem!' hoorde ze zichzelf brullen.

Wendy rechtte haar rug, haar pluizige haar in de war. 'In gódsnaam, Jude. Kun je niet...'

Adele onderbrak haar botweg: 'Je been bloedt, Wen.'

Ze keken allemaal omlaag naar een lange snee in de huid van Wendy's kuit, en het helderrode bloed dat rond haar enkel naar beneden sijpelde.

Finn boog zich ernaartoe en likte behulpzaam.

Het was behoorlijk afstotelijk, Wendy's been op haar schoot terwijl Jude omlaag tuurde en ontsmettingsmiddel, verbandgaas en hechtpleisters aanbracht. Er stond een antieke geopende EHBO-doos op de tafel.

'Je zou vochtinbrengende crème moeten gebruiken, Wendy,' zei Adele somber. Ze walgde van de nabije aanblik van Wendy's ruwe oude huid, met de enkele fijne haartjes, de ouderdomsvlekken en moedervlekjes. Maar ze móést wel naar het been kijken, want ze wilde van zo dichtbij Wendy's voet in de leren teenslippers al helemáál niet zien. Ze besloot meer aandacht aan haar eigen huid te gaan besteden.

Wendy ging rechtop zitten, met haar grote hoofd omhoog, om naar Finn aan de andere kant van de hordeur te roepen. 'Stil maar, lieverd, het komt goed.' Hij liep natuurlijk weer te ijsberen. Adele en Jude hadden hem met een hoop geroep en geduw van Wendy's gewonde been weggeleid, waardoor hij volgens Wendy zenuwachtig was geworden, en nu schommelde hij traag en uitgeblust heen en weer over het plankier.

Adele dacht aan Finns vieze tong die Wendy's bloed had afgelikt. 'Ik hoop maar dat je geen ringworm krijgt,' zei ze.

Wendy snauwde dat je alleen ringworm kreeg als je hond was geïnfecteerd en je gezicht likte, en dat Finn in uitstékende gezondheid verkeerde.

Adele en Jude keken elkaar boven het been aan.

Wendy was van slag. Ze had zich gesneden aan de scherven van de kan die door de vuilniszak staken toen ze die achter zich aan sleurde, maar ze had niet gevoeld dat het glas haar huid schampte. Dát feit, niet de wond, had haar van haar stuk gebracht.

Dat begreep Adele. Het was het schrikbeeld dat hun allemaal boven het hoofd hing. Ze had nooit haar observaties van Sylvie uitgesproken. Zoals ze in een café haar hand in een kop thee doopte, heel snel, een of twee keer, en daarna met haar handen tegen elkaar wreef. Het was zo snel gegaan dat Adele niet zeker wist of het echt was gebeurd, en de anderen leken het niet te hebben opgemerkt. Bovendien, wat was er mis mee? Wat had ze moeten zeggen? En een andere keer – niet lang voordat het nieuws tot hen kwam – waren ze samen in de schouwburg geweest, in de toiletruimte. Toen ze tegelijkertijd de deur van hun hokje open hadden gedaan, na het doorspoelen, had ze gezien dat Sylvie vooroverboog, haar hand in het schone spoelwater van de wc-pot stak en daarna het water van haar vingers schudde. Opnieuw gebeurde het zo snel dat het bijna onmerkbaar voorbijging. En naderhand had Sylvie zich zo volkomen normaal gedragen dat Adele dacht dat ze het zich verbeeld moest hebben.

En nu had Wendy niet gevoeld dat er een glasscherf in haar huid sneed.

De heimelijke moeilijkheid was dat Wendy simpelweg oud was, op een andere manier dan Adele – en zelfs Jude. Natuurlijk waren ze allemaal van dezelfde leeftijd, althans ongeveer, maar ook toen ze nog jong waren had Wendy altijd een veel oudere indruk gemaakt. Nu ze naar buiten staarde, naar de hond, de betutteling door haar vriendinnen negerend, bestudeerde Adele haar gezicht met een zekere verwondering omdat het zo was uitgezakt.

Vroeger was Wendy heel mooi geweest, op die imposante manier die mannen – en vrouwen – angst aanjoeg. Het was vreemd om nu aan haar te denken, aan die andere, machtige, jonge Wendy: doctor in de letteren aan Oxford, aan haar scheiding op jeugdige leeftijd, aan het schandelijke alleenstaandemoederschap voordat Lance in haar leven kwam, aan de internationaal befaamde boeken, getypt op de beroemde massieve zwarte typemachine die te zien was op al haar foto's in de krant. Met haar grote bril en haar intellectuele ernst, rokend als Susan Sontag en ondertussen haar vernietigende beschouwingen schrijvend, draaide ze haar grote, edele hoofd in jouw richting om je te boeien of je met één blik het zwijgen op te leggen. In die tijd maakte haar onverschilligheid over haar uiterlijk haar sexy. En dan was er nog de onmiskenbare schoonheid van Lance, die zo overweldigend was dat Wendy er automatisch in mee werd genomen, zodat ook zij prachtig werd.

Dat die knappe, hoffelijke Lance voor Wendy koos en niet voor iemand die hem in zijn eigen uiterlijk en klasse evenaarde, verleende hem integriteit en gaf haar een bijzondere aantrekkingskracht. Mensen – interviewers, filmmakers – spraken over Wendy als iemand met een felle, vlammende allure.

Maar nu ze hier in de keuken zat, met een rij pleisters over de lange snee op haar sproetige been, leek ze te zijn gekrompen en waren de vlakken van haar krachtige jukbeenderen op de een of andere manier gekanteld, naar binnen en naar beneden, zodat het Adele toescheen dat ze, onmogelijk maar zeker, heel erg op Patrick White begon te lijken.

Wendy lag in haar slaapkamer, waar ze naartoe was gestuurd om te rusten. Aan de ene kant was ze beledigd vanwege de betuttelende manier waarop Jude en Adele haar hadden verzorgd (en om hun nare geschreeuw naar Finn!), waarbij ze haar hadden gecommandeerd en tegelijkertijd ongewoon – verdacht – zachtmoedig waren geweest. Aan de andere kant was ze er blij om, want ze had de tijd en de ruimte nodig om ongestoord over haar werk na te denken. Buiten op de veranda had ze, nadat de kan te pletter was gevallen, wat inzichten gehad, en die moest ze overpeinzen voordat ze in rook zouden opgaan.

Ze had Finn, met medeweten van Adele, vanaf de veranda de slaapkamer in gesmokkeld, en ook hij lag nu te rusten, neergeploft op de bruin met witte fluweelzachte hondenmand. Hij keek naar haar vanuit zijn gestreepte nest en zij keek naar hem. Ze zou het aan de onrust in zijn blik kunnen zien als hij moest plassen; als ze hem in de gaten hield zou ze hem op tijd naar buiten kunnen bonjouren.

Wat Wendy te binnen was geschoten toen ze voor het washok zat, buiten adem in de klamme lucht en met het geluid van de cicaden, nog een beetje van streek van het kapot gekletterde glas, was dat er overal... energieën – verkeerde woord, een globale benadering, maar het moest nu even volstaan – om haar heen golfden.

De angophorastammen kromden en kronkelden, bewegend, gebarend. De aarde gaf boodschappen af. De energieën waren aanwezig in de lucht, in de schok van de klap, in de botsende vlagen van de gloeiendhete wind en het schaduwlicht – en deze ritmes, deze boodschappen, waren op de een of andere manier verbonden met de grondslag van haar thema. Ze kon het inleidende hoofdstuk in deze richting sturen. Het kon – ja toch? – het geheel in een kader plaatsen.

Het was prettig om te liggen, moest ze toegeven. Haar been, door Adele op een paar kussens omhoog gelegd, klopte aangenaam.

Ze voelde een flits van verontrusting door zich heen gaan omdat ze plotseling niet zeker wist hoe ze 'bloed' moest spellen. Ze ging het in gedachten na, legde de letters een voor een neer, en wist zeker dat ze juist waren. Maar er leek iets te ontbreken. Bij het typen zou het woord er correct uit komen, daar zou het spiergeheugen wel voor zorgen. Haar vingers deden het werk van haar brein. Maar dit soort dingen begonnen haar dwars te zitten. Ze merkte dat ze woorden soms fout spelde, heel simpele woorden. Soms typte ze 'thius' in plaats van 'thuis'.

De woorden van die lamstraal van drie jaar geleden keerden terug, verraderlijk.

Wendy Steegmuller is nu begin zeventig. Voor een bekend intellectueel is dit een gevaarlijke leeftijd.

Ze herinnerde zich de ochtend dat ze dit las, op weg naar haar universiteitsgebouw. Ze was gestopt met lezen, had de krant laten zakken en zonder hem echt te zien naar Marshall gestaard, de vriendelijke schoonmaker uit Tonga die met zijn zwabber over de mozaïektegels van de Moorehead-portiek veegde.

Als bewonderaar van het eerste uur wil ik als geen andere recensent dat dit boek een succes wordt. Echter.

Ze had de betreffende lamstraal daarna één keer gezien, terwijl hij over de toonbank in de boekwinkel heen schreeuwde. '*Strategikon* van Mauricius!' had hij geroepen, zich niet bewust van zijn te luide stem, zijn belachelijk golvende haar. De jonge man achter de toonbank tikte met een wezenloze blik de titel in op zijn toetsenbord en schudde spijtig zijn hoofd. Alsof hij iets vanzelfsprekends zei voegde de lamstraal eraan toe: 'Dat is een Byzantijns militair hándboek!'

Natuurlijk hadden ze het niet; ze hadden het nergens. Wendy had genoten van de blik van verstandhouding die ze met de jonge man had uitgewisseld, hun opgetrokken wenkbrauwen en ironische glimlach nadat de lamstraal was vertrokken. En ze had nog meer genoegen geschept in de gedachte dat zij wél een exemplaar van het *Strategikon* bezat, dat veilig en wel thuis in Lance' werkkamer lag. Om nooit uitgeleend te worden.

Hier in het bed werd ze overvallen door een grote vermoeidheid. Soms werd ze verrast en ontmoedigd door de inspanning die het vergde om haar eigen lichaam door de ruimte te verplaatsen. Op dagen als deze leek het alsof haar lijf een doordrenkt donzen dekbed was dat ze achter zich aan moest slepen; ze verlangde ernaar het af te schudden, om moeiteloos de uren die voor haar lagen in te springen. Haar geest had lichtheid nodig, vlugheid, als een werkdag goed wilde verlopen. Ze kon zich niet laten belemmeren door de schaamteloze ontoereikendheid van het lichaam.

Haar been deed echt pijn.

Ze pakte haar notitieblok en terwijl ze dat deed viel haar iets in: het boek zou een mozaïek worden – niet lineair, maar ook niet ongeordend. Een soort mandala! Dat zou die lamstraal leren. Radicaal, compleet anders dan wat ze tot nu toe had gedaan – dat zou nu haar koers worden. Een gevoel van opwinding stroomde door haar heen. Voltaire had tot het einde toe doorgewerkt. En wat dacht je van Churchill? En Picasso had in zijn laatste vier jaren als een bezetene geschilderd, meer dan in alle andere vier jaren achtereen van zijn leven. Wendy had nog decénnia voor zich.

Ze voelde het opborrelen, het bruisen van een belangwekkende ontdekking. Was ze maar thuis in haar kantoor in plaats van hier, was het maar niet zo verrekte heet – maar er sudderde iets goeds, de dissonant van nieuwe provocaties die toch harmonisch en verrassend was, fraai geïntoneerd à la Yo-Yo Ma. Hier was Wendy Steegmuller, met dezelfde heldere intelligentie die de enige belangrijke conversaties in dit land (en erbuiten! *Het onderaardse koninkrijk* was enthousiast omarmd in New York en San Francisco, in Boston, in Parijs en Oxford!) in decennia had vormgegeven, en ze zou zich niet laten tegenhouden doordat ze zich had gesneden en het niet had gevoeld, of doordat die trieste speldenprikken van de lamstraal haar soms 's nachts achtervolgden, of doordat haar dochter van middelbare leeftijd een gedroogd stukje kaas op een rasp in een la had aangetroffen.

Er kwam een nieuw golfje van bitterheid jegens Claire in haar op.

Het was soms behoorlijk lastig om geen commentaar te hebben op de triviale dingen die Claires leven leken te beheersen. Was dit echt haar eigen dochter, met haar pietluttige boeken over de magie van het opruimen, haar milieuvriendelijke schoonmaakhandschoenen, haar tuttige gouden sieraden? Waar had Claire geleerd zo kleingeestig te zijn? Ooit glansrijk afgestudeerd aan de universiteit en moest je haar nu zien, leuterend over kookboeken en bákspullen, behept met dat banale kapitalistische taalgebruik, terwijl ze met de lippen op elkaar geklemd Wendy's keukenladen doorzocht, op zoek naar iets om haar een schaamtegevoel mee te bezorgen. Wendy wist dat Claire dacht dat haar zwijgen over de rasp voortkwam uit schaamte. Ze zou nooit begrijpen dat haar moeder op dat moment slechts medelijden met haar voelde.

Finn tilde zijn kop op, zette er een vraagteken bij. Oké dan: niet alleen medelijden, ook woede. Hoe kón ze. Na alles wat ik… De woorden die Wendy nooit uitsprak.

Wendy was inderdaad verder op de tijdlijn van haar leven dan ze misschien zou willen. Dat was duidelijk, maar ze bespeurde ook meer en meer, in plaats van urgentie, een soort sponzige leemte die haar maande het rustiger aan te doen. Bij tijd en wijle was dit gevoel zo groot, zwol het van binnenuit op, dat het haar niet lukte te werken. Waar was het gonzende schuldgevoel, die onderstroom onder al haar bezigheden die niet werkgerelateerd waren? Waar was de waakzaamheid die haar voor luiheid behoedde, de drang tot presteren die haar voortstuwde, door haar eigen weerstand heen?

Er zat geen enkele logica in. Ze had als een razende gewerkt toen ze in de twintig, in de dertig was, toen de tijd zich nog in grote oceanen voor haar uitstrekte.

Als ze wilde kon ze in gedachten zo naar die periode terugkeren. De tijd na haar eerste – onbetekenende – huwelijk, vóór Lance, toen Claire nog een baby was. Ze kon zich verwonderen over de manier waarop ze zich door het afmattende alleenstaandemoederschap heen had geslagen, in dat ellendige kleine rijtjeshuis in Redfern. In die tijd viel ze zelf in slaap zodra ze de baby om zeven uur naar bed had gebracht, werd ze om elf uur wakker van de wekker en zat ze tot vier uur in de ochtend aan de keukentafel te werken voordat ze nog twee uurtjes slaap pakte. Hoe had ze de huur betaald? Met redactiewerk? Vreemd dat ze het zich niet herinnerde – maar het verveelde haar om terug te kijken. Slechts de toekomst deed ertoe.

Ze had nergens spijt van. Wat had ze er na de tweede geboorte versteld van gestaan, met Lance om haar te helpen, hoe gemakkelijk het met z'n tweeën was! Lance die de fles gaf, Lance die de stuurs zwijgende kleine Claire uit een hoek in de kamer optilde en liefdevol in zijn armen nam alsof ze zijn eigen kind was.

En de kinderen hadden ondanks hun schamele omstandigheden gefloreerd, wat Claire er ook van vond. Ongeacht wat er later met Jamie was gebeurd, in die mysterieuze, kortstondige periode. De kinderen maakten deel uit van het werk, en het werk maakte deel uit van haar moederschap; dat was het idee achter alles wat ze deed, het onverbrekelijke verband tussen de intellectuele, emotionele en lichamelijke arbeid van vrouwen. Je kon het zien als last of als zegen, maar het doel was integratie, niet overwinning.

Wendy betwijfelde of Claire of Jamie ooit een van die twee

vroege boeken had gelezen die waren geschreven in de aanwezigheid van hun wriemelende, krijsende, slapende, huilende, spugende lichaampjes. Het was achteraf verbazingwekkend hoe haar eigen lichaam het had uitgehouden. Wat een robuust, betrouwbaar werkpaard was het geweest. Ze was er trots op, dat dierbare verloren kind, haar eigen sterke lichaam uit het verleden. Bovendien was ze trots op haar brein uit die tijd: krachtig, origineel, overtuigend. Maar – en dit was interessant – er was ook sprake geweest van hysterie. Die eerste werken kwamen haar nu best heftig, aandachttrekkerig voor. Haar intellect had zich in de loop der jaren verdiept, wat een opluchting was. Daarom zou dit nieuwe boek wat te betekenen hebben. Het was urgent – en toch moest ze er traag mee vorderen, niet overhaast. Er ging een geluksgevoel door haar heen, omdat haar instincten er nog waren.

Maar Claire, haar eigen vlees en bloed, zag het niet. Alles wat Claire zag wanneer ze zich in Wendy's atmosfeer begaf – heel zelden en verbitterd – was onvolkomenheid. Wendy keek omlaag naar haar verbonden, gestrekte been. Het zag er vreemd uit, alsof het aan iemand anders toebehoorde; aan het uiteinde stak een gezwollen oude voet zijwaarts.

Claire kwam haar huis binnen zonder te kloppen en liep met gedecideerde passen rond om koffiekopjes en kranten op te pakken, die ze met professionele efficiëntie in de vaatwasser of bij het oud papier deponeerde. Ze inspecteerde Wendy's koelkast, haar servies, zelfs haar wasmand. Het ergste, het allerergste, was hoe ze de lucht in Wendy's huis opsnoof en haar neusgaten optrok, waarna ze dan deed alsof ze dat niet had gedaan. Vervolgens stapte ze dan rond om ramen open te zetten.

Hoe dúrf je, wilde Wendy snauwen.

Twee dagen geleden had Claire met een taxerende, onbewogen blik naar Finn staan kijken, en verklaard: 'Het is tijd om hem in te laten slapen, mam. Hij is een wrak, heeft geen idee wat hij moet. Hij weet niet eens dat je er bent.'

Het lef. Wendy antwoordde kalm dat hij dat natuurlijk wél

wist, en ze riep hem, maar de arme Finn kon niet reageren, verlamd door de ijzige ogen van Claire. Ze riep hem nog eens en moedigde hem stilletjes aan, *kom dan, lieverd*, maar Finn stond met zijn snuit naar de muur gericht. En begon toen in kringetjes rond te draaien. Al die spanning had hem nerveus gemaakt, maar dat viel niet uit te leggen aan Claire, die zich met een triomfantelijke, quasidroevige glimlach tot haar moeder wendde.

'Mam,' – haar stem verraderlijk zacht – 'hij poept overal; hij kan amper lopen. Hij is zich nergens meer van bewust en angstig. Je houdt hem alleen in leven voor jezelf. Dat is wreed.' En terwijl ze zich omdraaide om haar enorme stijve leren handtas te pakken, liet ze langzaam haar smadelijke blik door Wendy's huis gaan. Ze liet hem even rusten op de spinnenwebben, de gehavende plinten, het bord met opgedroogde eidooier, de manden en handdoeken voor de hond, en nog een stapel aan de rand opkrullende kranten.

'Je zult een aantal besluiten moeten nemen, mam,' zei ze. Een parkeerwachter die een waarschuwing geeft. En ze vertrok zonder afscheid te nemen via de donkere gang van Wendy's huis. Claire kon doodvallen. Net als Jamie, die zelfs nooit de moeite nam om contact op te nemen, of bijna nooit. Wendy was zelf verbaasd over de scherpte van deze gevoelens jegens haar eigen kinderen. Ze hield van ze, had haar jeugd, haar leven aan hen gewijd! Maar nu was het een kwestie van overleven.

Ze trok haar kussens omhoog en liet een lange, diepe zucht ontsnappen om haar hoofd te bevrijden van Claires bevoogdende stem en het onuitgesproken vervolg van haar zin – *voordat iemand anders ze voor je zal moeten nemen*. Om haar hoofd te bevrijden van hen allebei, van hun bespottelijke verwijten. Wat had ze wel niet allemaal voor hen gedaan? Ze verjoeg Jamies smalende grapjes dat ze al haar geld wel aan de hond zou nalaten. Welk geld? Wat een belediging.

Ze sloot haar ogen en keerde terug naar het perspectief dat ze buiten op de veranda had gevoeld, het opwellen en bloeien van ideeën. Het was nog te vroeg voor een theorie, of zelfs een samenhangende metafoor, over die ritmische, golvende energieën. Maar ze herkende het vonkje dat erin zat. Er was werk aan de winkel, radicaal onderzoek te verrichten. En zij was de onderzoeker. Ze had haar besluit genomen, ze ging aan het wérk.

Finn tilde zijn kop op en gaapte vriendelijk naar haar. Ze hoorde zijn kaak klikken. De tijd om in te slapen was nog niet gekomen. Zij zouden zegevieren.

6

Het strand was maar twintig minuten lopen, maar Jude en Wendy weigerden allebei resoluut. 'Ik ga die helling niet bij eenendertig graden op sjokken,' zei Jude gedecideerd. Wendy had slechts naar haar been gewezen.

Maar het zou góéd voor jullie zijn, wilde Adele opwerpen. Voor jullie allebei, denkend aan Judes broze, verdrogende botten en Wendy's kortademigheid. Als jullie maar eens wat vaker een helling op liepen, wilde ze zeggen.

'We gaan met de auto,' zei Jude, waarmee ze het pleit beslechtte.

Wendy vroeg ze te wachten omdat ze Finns riem nog moest pakken.

'Laat hem gewoon hier, bind hem vast!' zei Adele. 'Hij zal er nauwelijks iets van merken.'

'Dat kan niet, dan gaat hij janken,' zei Wendy. 'En dan komt hij later niet meer tot rust, het gaat altijd veel slechter als hij gestrest is.'

'O, in godsnaam,' zei Jude.

Wendy draaide zich knorrig naar haar toe. 'Dat is zo ongeveer de twintigste keer dat je dat vandaag hebt gezegd.'

Ze keken alle drie door het glas naar de hond, die op de veranda stond, met zijn kop en romp half onder de tuintafel. Na een dutje op de handdoeken was hij weer aan het staren geslagen, en nu stond hij daar al een halfuur roerloos te staan.

Je kon er wel gek van worden als je naar hem keek. Adele herinnerde zich filmopnamen van catatone schizofrenen die in hun vaalgrijze kleren volkomen beweging- en geestloos zaten te wezen. Maar ze konden wel een bal vangen. Als je een sinaasappel naar Finn gooide, zou die gewoon van zijn lijf op de grond ploffen en wegrollen.

'Hij kan er niets aan doen, hij is er niet helemaal bij.' Wendy keek gekwetst, alsof ze Adele had horen denken. Er viel een stilte waarin niemand vroeg: *En wie had daar wél wat aan kunnen doen?*

Toen ze de straat bereikten – nadat Jude Adele voorzichtig de trap af was gevolgd en tevergeefs had getracht om Adeles zelfverzekerde tred te kopiëren, terwijl Wendy en Finn met het liftje gingen, de hond krabbend en jankend – leidde Wendy hen mee naar haar auto.

'Finn kan wel achterin,' zei ze. 'Maak je geen zorgen,' voegde ze er kregelig aan toe toen ze hun aarzeling zag. 'Ik heb de boel schoongemaakt.'

Adele en Jude wisselden een blik.

'Ach...' zei Adele. Het zou maar voor een paar minuten zijn.

Maar Jude wist van geen wijken. 'Luister, Wendy,' zei ze kordaat, 'het spijt me, maar je bent een gevaar achter het stuur. Het is te riskant. We zien je daar wel.'

Wendy's mond viel open. Finn had zich laten zakken en lag nu aan haar voeten, met zijn kop op zijn voorpoten. Na al het staan en ijsberen van vanochtend leek hij nu in slaap te vallen.

Wat Jude had gezegd was waar, al minstens tien jaar. Als Wendy reed, kletste ze zonder ophouden en keek ze continu om zich heen in plaats van naar de weg. Ze leek zich amper te kunnen concentreren of vooruit te kunnen denken, want ze zwenkte veelvuldig op het laatst mogelijke moment naar de andere baan. Haar voet verhoogde en verlaagde de druk op het gaspedaal volledig willekeurig, waardoor de auto zonder reden of waarschuwing vooraf voorwaarts schoot of juist vertraagde of schokte. Meestal gaven ze de staat van Wendy's auto als reden op, die vies was, vol met de rommel van haar leven: plastic tasjes, hondenmanden, met haren bedekte handdoeken en dekens, handboeken, parkeertickets van de universiteit, rottende appels. Adele regelde hun afspraken zo vaak ze kon in de stad, op plekken waar je onmogelijk kon parkeren, om er zeker van te zijn dat ze allemaal de trein of een taxi moesten nemen.

Wendy staarde de beide vrouwen vol ongeloof aan. 'Ik heb nog nooit een ongeluk gehad!' protesteerde ze. Ze rukte aan de riem, zodat Finn wakker werd, trok hem naar de Honda en opende het portier aan de passagierskant.

Maar Jude stond al bij haar glanzende zwarte auto.

'Sorry, Wen,' zei Adele mild.

Het was te laat voor vriendelijkheid. Wendy negeerde Adele en boog stijfjes voorover om met een kreuntje de hond op te tillen. Ze trapte het portier verder open en liet hem op de stoel zakken, waarna ze het portier dichtsmeet en naar de bestuurderskant liep. Ze keek hun kant niet meer op. Waren haar ogen rood? Het was moeilijk te zeggen of ze huilde.

Jude stapte in haar eigen bloedhete auto en boog naar voren om haar schoenen te verwisselen. Vanaf de passagiersstoel vielen Adeles ogen op Judes blote voeten – wit met eeltknobbels en harde grijze nagelstompjes aan haar tenen. Deze aanblik leek Jude plotseling onwaarschijnlijk kwetsbaar te maken.

Adele hield haar hand op bij de airco-opening en er stroomde meteen koude lucht overheen. Judes auto – wat het ook voor een was, in elk geval was hij duur – was echt heel fijn, de taupe leren stoelen voelden koel aan tegen je rug.

Er was een tijd geweest dat ze er vrij zeker van waren dat Jude anorexia had. Vele jaren geleden, toen ze de restaurants nog runde, werd ze steeds dunner. Van theatermensen die tot laat in de avond in de brasserie vertoefden hoorde Adele het gerucht dat Jude verslaafd was aan heroïne, een belachelijk idee, dat wist ze gewoon. Maar er was beslist iets mis. Ze kletste met een vreemde opgewektheid, altijd met een wodka-tonic in haar hand, hield haar armen en borst bedekt, en zelfs op de heetste dagen droeg ze zijden sjaals om haar hals. Adele haalde Sylvie over om haar erover aan te spreken, maar die keerde helemaal ontdaan terug met de mededeling dat ze niets wijzer was geworden en dat Jude haar de deur had gewezen. Daarna hadden Sylvie en Jude een jaar of twee niet meer met elkaar gesproken. Maar op zeker moment leek Jude te herstellen, tevoorschijn te komen uit haar fragiele trance. Haar lichaam voelde niet meer zo breekbaar aan als je haar kuste om haar te begroeten, en langzaam maar zeker kregen Sylvie en Gail weer toegang tot haar kringetje.

Was dit allemaal gebeurd voordat ze Daniel had leren kennen, of erna? Adele had er al decennia niet meer aan gedacht.

Nu reed Jude haar wagen in één enkele soepele, veilige beweging achteruit de oprit af. De auto leek gewatteerd met een dikke isolerende geldlaag, de motor zoemde zacht terwijl ze rustig de weg op zoefden.

'O god, daar is ze,' mompelde Jude naar de achteruitkijkspiegel terwijl ze over de weg voortgleden naar het strand. 'Niet kijken,' gebood ze, en Adele, die aanstalten had gemaakt zich om te draaien, gehoorzaamde.

Maar aangekomen op de parkeerplaats bij het strand bleven ze wachten op Wendy, die ze onderweg kwijt waren geraakt. Misschien zou ze niet komen, misschien was ze ergens anders naartoe gereden.

'Je had niet zo bot hoeven zijn,' zei Adele.

Maar Jude snoof alleen maar. 'Het werd tijd dat ze het te horen kreeg. Wie weet wordt ze nu wat voorzichtiger.' Ze richtte haar blik weer op de uitgestrekte blauwe oceaan.

Adele keek naar Jude zoals ze daar stond, lang en met rechte rug, een chique oudere vrouw op het strand. Ze droeg een fraaie breedgerande strohoed en een grote zwarte zonnebril, de pijpen van haar zwarte linnen broek waren losjes opgerold en het witkatoenen shirt viel flatteus over haar smalle heupen. Zelfs haar voeten zagen er niet meer akelig uit, maar elegant in haar zwarte Birkenstocks. De broosheid die Adele in de auto had gezien was verdwenen; Jude had alles weer onder controle.

Wees voorzichtig, wilde Adele zeggen. Het was gevaarlijk om de waarheid te vertellen.

'O, kom mee,' zei Jude, met een gebaar naar het strand. 'Ze zal ons wel vinden.'

Wat was Adele relaxed als het om haar lichaam ging, dacht Jude bij zichzelf. Een ander zou misschien niet 'relaxed' zeggen, maar eerder spreken van een vertekend zelfbeeld. Ze liep nu vooruit over het zand, schreed langs alle stelletjes en gezinnen, onaangedaan door de kinderen die om haar heen dartelden, klaar om met hun bodyboard de golven in te stormen. Adele droeg alleen haar badpak en een strak om haar heupen gebonden sarong waarvan de stof af en toe open vloog om het namaakbruin op haar korte, sproetige benen te onthullen. Haar borsten hingen laag in het pak, de lage rode halslijn liet te veel van haar craquelé decolleté zien, haar huid puilde boven de sarong uit en haar badpakbandjes drukten in haar mollige rug.

Het woord dat Judes moeder zou hebben gebruikt voor Adeles manier van kleden was 'ordinair'. Het was zelfs het woord dat ze hád gebruikt, hoewel Marlene dol was geweest op Adele, die haar vriendelijker bejegende dan Jude ooit had gekund. Elke keer als Adele afscheid van haar nam na een bezoek aan het verpleeghuis – nadat Marlene haar een kus had gegeven, haar *darling* had genoemd en overdreven beleefd had bedankt – wachtte ze tot Adele uit haar gezichtsveld was verdwenen voordat ze meesmuilend zei: 'Ze denkt echt dat ze daar nog steeds mee wegkomt, hè?' Jude was er zeker van dat Adele Marlenes stekelige opmerkingen vaak genoeg had gehoord. Maar ze zei nooit iets over Marlene wat niet complimenteus was. Op de een of andere manier beschikte Adele over een onuitputtelijke bron van vriendelijkheid voor mensen die Jude onuitstaanbaar vond.

Ze had heimelijk bewondering voor dit vermogen van Adele, zoals je iemands bedrevenheid kon bewonderen op een gebied dat je zelf niet zo nodig wenste te beheersen. Zoals breien of salsadansen. Wendy had haar ooit gevraagd of het pijn deed dat Marlene zo aardig was voor Adele en zich tegenover Jude zo naar gedroeg. De vraag had haar verrast. Het enige wat ze voelde als Marlene haar blik van haar afwendde om Adele stralend aan te kijken, was opluchting.

Nu moest ze haar sandalen uittrekken om in het zand te kunnen lopen en dreigde haar hoed steeds af te waaien. Ondanks de bries was het nog ondraaglijk warm, te vochtig om door het zand te ploegen. Ze zou willen dat Adele stopte met lopen en aan het water zou gaan zitten. Ze moesten sowieso niet te ver gaan – ze moesten zeker weten dat Wendy hen zou kunnen vinden.

Ze draaide zich om en zag Wendy eindelijk over het strand sjouwen, een heel eind achter hen. Ze trok de arme manke hond mee, die zijn laatste restje kracht gebruikte om zijwaarts aan de riem te rukken, steeds weer bang voor het schuim dat op de lage, rollende golven naar hem toe kwam glijden. Het zou aangenamer voor hem zijn als hij verder van het water kon lopen, maar de riem was te kort en Wendy bleef vastberaden op het harde natte zand. Het was haar heup, wist Jude, waardoor ze de ongelijkmatigheid van het zachte zand niet kon verdragen, en zelfs op het vlakke gedeelte wiegde ze heen en weer met haar grote, losse lichaam.

Jude schudde de herinnering van Marlene die haar aanstaarde, geparkeerd in het lelijke oudroze van de ligstoel (waarom werden verpleeg- en ziekenhuizen altijd ingericht met die afschuwelijke kleuren?) van zich af. Toen het einde nabij was, tikte Marlene alleen nog maar op de tafel als Jude haar naar de eetkamer reed, haar handen tot klauwen verkrampt. Tegen die tijd wist ze niet meer waar eten voor bedoeld was en herkende ze Jude niet. Ze wist niet meer wat een dochter was, of een lepel, maar haar wrede lichaam hield het vol, ging voort. Soms hield ze haar wankele schildpaddenhoofd schuin en wist ze met schorre stem schokkend heldere beledigingen uit te brengen. 'Ben je nog steeds met die oude Jood?' zei ze op een keer terwijl ze op niets zat te kauwen en naar Judes knokige borst staarde. Jude was opgestaan, had de kamer verlaten en was een maand lang niet meer teruggegaan. Maar het laatste jaar van haar moeders leven had ze haar wekelijks bezocht, uit zelfmedelijden, trots en plichtsgevoel. Marlene was ten slotte in augustus overleden, negenennegentig jaar en vier maanden oud, waarmee eindelijk Judes grootste, meest onuitspreekbare angst was geweken: dat ze haar moeder niet zou overleven.

Jude had een hekel aan bejaarden. Dat had ze altijd al gehad, zelfs als kind al, toen andere kinderen hun grootouders adoreerden en zich tegen hun zachte, wankele lijven wierpen. Haar hele leven had ze weerzin gevoeld tegenover ouderen; het was hun vlekkerige huid, hun afhankelijkheid, hun vermogen om dingen in jou te zien. Het verval in hun geheime oude monden. Ze zou nooit tot hen behoren. Ze had een levenstestament laten opmaken. Ze had een notitie gemaakt van de website waar je Nembutal kon kopen. Ze had Daniel.

Ze wist dat er iets mis met haar was, ze wist dat deze walging een psychologische betekenis had. Ze was nu zelf oud. Dat wist ze.

Toen Wendy eindelijk opkeek nadat ze zichzelf en Finn vanaf de parkeerplaats het zand op had weten te krijgen en zijn voorpoten uit de riem had bevrijd, zag ze de helderwitte bocht van het strand, het helblauwe water – en zag ze Jude en Adele in de verte over het strand lopen, voor haar uit.

Dus zo zou het zijn, deze twee dagen in het huis zonder Sylvie. De afstand tussen hen zou zich vergroten en verdiepen. Ze bleef staan kijken naar de uitgestrektheid die zich opende. Zelfs zij tweeën liepen niet echt samen. Tot nu toe had ze geen moment gedacht dat het versleten elastiek van hun vriendschap op een dag simpelweg uiteen zou kunnen vallen. Het leek onmogelijk. Maar in hun gevoelens voor elkaar was een doodsheid geslopen die zich nu leek uit te breiden. Ze dacht aan het Great Barrier Reef en het koraal dat zijn kleur verloor, waardoor ze wel kon huilen: de lelijkheid, de verwoestende werking van al dit verlies.

Ze bekeek hun miniprocessie op het strand. Van een afstand was het contrast tussen de twee vrouwen nog opvallender: Adele met haar trotse, kwieke tred, heel anders dan de van top tot teen bedekte Jude, die tegen de zachte bries in liep alsof het een tornado betrof en haar idioot grote zonnehoed vastklemde. Judes mond, wist Wendy, zou tot zijn gebruikelijke grimmige streep getrokken zijn, de uitdrukking die weergaf dat ze zonder te klagen zou verdragen maar niet zou genieten. Wendy kende die uitdrukking goed; die was net zo vertrouwd als haar eigen gezicht.

Ze rechtte haar rug. Het was oké. Over twee dagen zou ze thuis zijn met haar werk, en hier was Finn, en hij had haar nodig. 'Kom, Finny,' zei ze op zangerige toon, en ze trok aan de riem. Eindelijk leek hij haar aanwezigheid weer op te merken en kwam hij beweging.

Gelukkig vertraagde Adele haar pas om even later stil te staan. Tegen de tijd dat Jude zich bij haar voegde was ze omstandig bezig haar sarong los te maken en op het zand te leggen, waarna ze op haar rug ging liggen. Ze steunde op haar ellebogen, met haar knieën opgetrokken, maakte haar rug hol, gooide met gesloten ogen haar hoofd achterover en presenteerde zich aan de gouden middagzon. Jude keek om zich heen om na te gaan of er meer mensen gegeneerd of geamuseerd waren door deze houding.

Maar van alle gezinnen en stelletjes en groepen tieners op het strand leek niemand de twee oude vrouwen op het zand überhaupt te hebben opgemerkt.

Ze zette haar eigen strandtas neer, waarbij ze ervoor zorgde dat ze gelijkmatig en beheerst ademhaalde hoewel ze eigenlijk buiten adem was, en schudde een zwart-witte handdoek uit. Ze liet zich zakken, bewust zonder geluidjes van inspanning te maken; Adele was al zelfingenomen genoeg over haar soepelheid, de kracht van haar gezonde lichaam. Jude ging rustig zitten en keek naar de zee.

Ze draaide zich om en zag Wendy voortploeteren terwijl ze Finn achter zich aan trok. Haar haar zwierde onder een soort honkbalpet, haar tie-dye-broek wapperde om haar benen.

De hond was maar een hond, een arm beest dat te lang in leven werd gehouden. Er was niets mysterieus of spookachtigs aan zijn beklagenswaardige oude lijf dat moeizaam over het zand strompelde. Jude draaide zich weer om naar de zee en diep in haar kwam er iets tot rust, gesust door het komen en gaan van de golven.

Eindelijk stond Wendy naast Jude, hijgend en met het zweet op haar gezicht. Maar in plaats van op het zand te gaan zitten begon ze Finn bevelen te geven. Jude keek toe en hoorde hoe ze 'zít' zei, kalm en telkens opnieuw. Vooroverbuigend naar de hond, oogcontact makend, luider sprekend in een poging hem te laten luisteren. 'Zit, Finn.' Op strenge toon. Herhaaldelijk. Het had geen zin, dat zag iedereen, maar Wendy volhardde, haar stem was geduldig en liefdevol. Finn ging niet zitten maar staarde slechts met open bek naar de oceaan, snel en oppervlakkig ademend. Toen liet hij een hoog, nerveus gejank horen en richtte zijn hondenkop op Jude. En weer keken Sylvies waterige ogen haar smekend aan.

Jude staarde vol afgrijzen terug. Snel keek ze weer naar de zee, haar armen strak om haar knieën geslagen.

De schrik sloeg haar om het hart. Wat kon dit betekenen? Ze was gek aan het worden.

Op een keer, ongeveer zestien jaar geleden, dacht ze – wíst ze in feite – dat ze een beroerte kreeg. Het moment lag nog kristalhelder in haar geheugen: ze zat weggedoken op een diepgroene fluwelen bank bij Donovan's in Londen te luisteren naar Daniel en voelde het gebeuren. Ze voelde dat er langzaam een lijn door haar schedel werd getrokken. Een draadje dat van slaap naar slaap werd gespannen en traag over haar hersenen naar achteren bewoog, naar haar schedelbasis. Alsof ze werd geschild. Niet pijnlijk, zelfs niet onaangenaam.

Maar op dat moment voelde ze dat de tijd en afstand tussen haar en Daniel groter werd. Ze wist dat ze hem niet kon bereiken en er niet overheen kon praten. Een ogenblik later was het alsof er niets was gebeurd. Ze zei er niets over; ze gingen gewoon naar bed. De volgende ochtend inspecteerde ze haar gezicht in de spiegel en dacht ze aan de linkerkant een heel licht afhangend ooglid te zien, en een iets vertrokken mondhoek.

Het was lang geleden. Ze had het nooit iemand verteld. Ze ademde nu langzaam, volledig uit en dwong zichzelf weer naar Finn te kijken. Sylvie was verdwenen. De hond staarde terug met zijn bedrukte, niet-begrijpende ogen.

Haar hartslag kwam tot rust en ze voelde het bloed wegtrekken. Het werd vervangen door woede. Het was walgelijk dat Wendy het arme dier als een halfvergane knuffel overal mee naartoe sleepte. Het was wreed en zinloos. Maar Wendy gíng maar door met haar vergeefse pogingen zijn aandacht te trekken.

'Ga in godsnaam zitten, Wendy,' snauwde Jude.

Jude wenste weer dat Sylvie, de echte Sylvie, hier was. Alleen zij had Wendy kunnen overhalen om Finn thuis te laten – bij Claire of in een hondenpension. Alleen Sylvie, die door Wendy altijd slaafs was verafgood en gehoorzaamd, zou haar ervan kunnen overtuigen dat het tijd was om die verrekte hond te laten inslapen. En Sylvie had hier een plezierig uitstapje naar het strand van gemaakt in plaats van een partijtje touwtrekken.

Maar als Sylvie nog had geleefd, zou dit uitstapje naar het strand helemaal niet aan de orde zijn geweest. Dan zou zij met Gail in Zuid-Australië zitten, dan zouden ze allemaal een normale kerst vieren en was er tussen deze drie vreemden voor elkaar geen strijd gaande om wie het hardst rouwde. Deze drie – vier – onvolmaakte, worstelende schepsels op het zand.

Wendy's heup deed pijn, maar Finn was kalmer nu ze in het zachte droge zand zaten, weg van het beangstigende klotsen van de golven. Ze zette haar pet af en tilde haar haar uit haar nek. Ondanks de hitte was het fijn om in de frisse, zilte lucht te zijn met de kristalheldere zee voor hen. Finn was nu gaan liggen en haalde zachtjes adem met zijn kop op zijn poten. De plooien van het zand duwden weldadig tegen Wendy's billen en verzachtten de pijn in haar heup. Ze streek wat zand van de plakkerige pleister op haar been.

Iets aan de uitgestrekte blauwe oceaan kon je transformeren als je je eraan overgaf.

Maar naast haar had ze haar twee vriendinnen, met dezelfde oude kuren. Adeles ijdelheid, Judes laatdunkendheid. Ze maakte zich niet meer druk om het oordeel over haar rijkunst (wat had Jude zich laten kennen, met haar kenmerkende bazige overdrijving). Ze gaf toch de voorkeur aan haar onafhankelijkheid. Maar ze vroeg zich wel weer af, aan de waterkant met hen beiden naast zich: waarom kwamen ze nog steeds bij elkaar, zij drieën?

De meeuwen cirkelden krijsend boven hun hoofd. Finn snurkte zachtjes. Dieren waren gewoon zichzelf, volgden hun instinct. En alleen Wendy wist dat zij ook dieren waren, zij en Jude en Adele.

Ze waren hier uit plichtsbesef. Vanwege Sylvie en voor Gail. Zo zou het altijd gaan. Want wat betekende vriendschap, na veertig jaar? Wat zou het na vijftig of zestig jaar betekenen? Het was een raadsel. Het was onveranderlijk, een kracht zo diep en onvermijdelijk als het pulseren van de oceaan die door het zand naar haar toe kwam.

Zo was het toch? Ze wist het niet.

Achter hen begon de zon te dalen. Ze zou snel onder de strook land achter het strand verdwijnen en gaf het zand een schitterende gouden gloed. Boven de zee, dicht bij de verre horizon, pakten zich wat wolken samen. Dit was de laatste zonneschijn van de dag en het diepe, zuivere blauw dat zich voor hen uitstrekte werd er kostbaarder door, uitnodigender.

Finn draaide met zijn kop. Hij sliep nog, maar trok met zijn snuit. Wendy keek naar zijn gesloten ogen. Droomde hij nog? Herkende hij nog geuren? Wie zou het zeggen? Ze streek met zachte hand over zijn gezwollen buik, die op het zand op en neer ging.

'Ik ga erin.' Adele stond op, trok de rand van haar rode badpak onder haar billen en liep het water in. Het badpak zag er duur uit, gevoerd en voorgevormd, waardoor haar vlees naar binnen en omhoog werd geduwd om een acceptabel silhouet te creëren. Adeles toewijding aan haar lichaam was voor Wendy een bron van eeuwigdurende fascinatie. Wat kon het nu nog schelen? Maar ze zag er wel fantastisch uit zoals ze in haar strakke rode zwemkostuum over het zand schreed, haar blonde haar hoog opgestoken en zich zonder enige schaamte voortbewegend alsof ze dertig, twintig, zestien was. Alsof ze de kracht van haar lichaam kon laten gelden, het water de baas kon zijn als ieder leeftijdloos meisje.

Naast haar keek ook Jude toe. Wendy voelde de afgunst in golven van haar afstralen. Heel even was het mogelijk om medelijden met Jude te hebben.

'Ga je ook zwemmen?' vroeg Wendy zacht. Ze wachtte op een vredesteken van Jude.

Jude gebaarde met haar kin naar het water en omvatte haar knieën. 'Nog niet.' Ze keek Wendy niet aan, maar stak haar hand uit naar de hondenriem. Dichter bij een verontschuldiging zou ze niet komen. Wendy liet de riem dankbaar in haar hand vallen en begon haar kleren uit te trekken.

Vanuit haar ooghoeken keek Jude hoe Wendy, nog steeds zittend, zich uit haar T-shirt en broek wurmde. Finn werd wakker, verstijfde en wachtte rusteloos tot haar gezicht weer onder de stof van het shirt vandaan kwam. Vervolgens liet Wendy een zacht gekreun van inspanning horen terwijl ze onhandig overeind kwam en in een voddig marineblauw badpak voor de oceaan bleef staan. Het gaas en de pleisters vormden een streep op haar scheenbeen, maar er was geen bloed te zien. 'Maak je niet dik, ik doe niemand kwaad,' zei Wendy tegen de lucht, en ze zwaaide met de bleke geleiachtige klont van een oude prothese zodat Jude die kon zien. Die stopte ze op bedreven wijze in haar badpak, met een beweging die zo geroutineerd was dat ze niet eens omlaag keek terwijl ze het deed.

Ze schommelde stijfjes naar het water, haar huid slap in de lubberende stof van haar badpak. Jude zag Adele over het water naar Wendy turen om te inspecteren of ze de prothese wel droeg. Vreemd dat je zelfs zonder bril naar je vriendin in het verre water kon kijken en aan de schuine stand van haar hoofd kon zien wat ze dacht. En vreemd dat je desondanks zo ontzettend alleen kon zijn.

Jude kon Wendy niet vertellen dat zij zich er nooit aan gestoord had dat ze een borst miste. Alleen al de gedáchte dat ze iets anders zou voelen dan trots om het feit dat Wendy het had overleefd. Het sprak vanzelf dat Jude nooit iemand zo moedig had gezien als Wendy toen haar leven werd bedreigd, toen ze lag te zweten van de chemokoortsen, zo misselijk dat ze niet kon eten en op sommige dagen zelfs geen water kon drinken. En Lance, die haar beddengoed midden in de nacht verschoonde, die boodschappen deed, kookte en schoonmaakte zoals hij altijd had gedaan, die zelf zo moe was dat hij amper de kracht had om anderen te bedanken voor een langsgebrachte maaltijd, voor een autoritje met Wendy naar de chemo, maar hen toch bedankte. Jude was met ontzag vervuld geweest door die verheven, uitgeputte, monumentale liefde. Nog steeds was ze elke zeldzame keer dat ze Wendy's platte kant zag ontroerd. Dat litteken over haar hart, nu zo oud, die verschrikkelijke tijd die zo volstrekt was uitgewist door Wendy's nobele moed.

Wendy moest hebben gemerkt hoe Jude (elke keer weer!) Adeles aanstellerij om de prothese afkeurde. Het zou bizar, hysterisch klinken als ze die dingen over Wendy's moed hardop zei. Maar Wendy wist vast en zeker dat ze ze voelde.

Jude keek naar hen. Adele was nu gerustgesteld. Ze tilde een arm op om Wendy te wenken, waarna Wendy's gilletje om de greep van het koude water boven de golven en meeuwen uit weerklonk. Toen het water haar bovenbenen bereikte, dook ze onder een golf, ging met een kreet weer staan en zwom langzaam met de schoolslag naar Adele toe. Al snel dreven de twee vrouwen ontspannen in het water, met elkaar kletsend als jonge meiden.

In zee voelde Adele het met haar hele lijf. *Ik ben herboren.* Ze wentelde zich in het water, duikelde in weelde. Toen ze bovenkwam zag ze Wendy's grijnzende gezicht, en nu haar krankzinnige haar plat en bedwongen was ontwaarde ze weer de schoonheid die ze ooit had bezeten. Die ze nog zou kunnen hebben als ze dat wilde. De twee vrouwen riepen elkaar toe terwijl ze boven en onder de trage, milde golven zweefden, in de kostelijke koelte.

Ze lagen te rusten in de grote, sterke armen van de zee.

Ook Jude voelde de aantrekkingskracht van de oceaan, zijn grootse, verheugende, bevrijdende energie, maar ze had haar badpak niet aangetrokken. En dat was prima, want iets sterkers in haar bood nog steeds weerstand. Sinds de dood van Sylvie wist ze des te beter dat ze niet was zoals zij; ze had niet hun vermogen tot overgave, tot het delen van een moment. Zelfs niet in dit magische getij, dit gouden licht. Vanaf de kant keek ze toe.

7

Terwijl Adele na het douchen haar haar föhnde, inspecteerde ze op haar gemak de inhoud van de toilettassen van de beide andere vrouwen. In een gedeelde badkamer werden persoonlijke kwetsbaarheden onthuld. Op deze leeftijd bestonden er geen geheimen omtrent het lichaam, maar toch ontdekte je soms dingen als je een lade of medicijnkastje opende. Of als je een kijkje in een toilettas nam. Je ontdekte dingen zoals wie er valium slikte, wie er last had van constipatie... Kleine, menselijke dingetjes. Het werd gemakkelijker om mild te zijn als je ervan wist.

De stem van Jude spoorde Adele vanaf de gang aan op te schieten.

'Ben zo klaar,' kweelde ze terug, en ze trok Judes doorgestikte zwarte toilettas verder open, waarin ze een reeks duur ogende tubetjes en glazen potjes aantrof. Ze pakte een donkerblauw flesje en spoot een beetje van de inhoud (*huidkaviaar* dacht ze dat erop stond; dat kon niet waar zijn, maar ze had haar bril hier niet) op haar handpalm en streek het met haar vingers zachtjes op haar gezicht. Het rook verrukkelijk. Hopelijk zou Jude het niet merken. Ze nam nog een klein kloddertje en stopte het flesje terug. Er zaten ook wat andere, medicinaal ogende witte plastic potjes in de tas, maar de lettertjes op de etiketten waren te klein om ze te kunnen lezen.

Wendy's toilettas, paars en enorm groot, zat onder de tandpastavlekken. Er zaten doordrukstrips allergie- en hooikoortstabletten in, zonder doosje, wat oud uitziende aspirines, een fles goedkope shampoo (maar geen conditioner, wat de staat van Wendy's haar verklaarde), een pakje wattenstaafjes, wat oordruppels in een donkerbruin flesje, een tube aambeienzalf – die Adele snel weer in de tas liet vallen – en verscheidene plastic potjes met goedkope pijnstillers – paracetamol, ibuprofen, diclofenac – plus uitgeknepen tubes tandpasta en een stuk of wat tandenborstels met afgeplatte haartjes. Hier zat niets voor Adele bij; ze deed de toilettas weer dicht.

Jude zat te wachten op de bank. Eindelijk liep Adele de woonkamer binnen, klam en met een roze gezicht, haar weelderige blonde haar hoog opgestoken. Wendy liep nog door haar kamer te stommelen, waar ze hoorbaar met plastic tassen in de weer was.

Jude vond het nogal opschepperig van Adele, al dat haar. Het was van het type dat je zag in advertenties voor pensioenverzekeringen die suggereerden dat oud worden niet iets verachtelijks hoefde te zijn. Oudere vrouwen kwamen vandaag de dag wel voor in reclames, maar alleen als ze in de veertig waren, met zilverachtig haar, en dan nog alleen als het op dat van Adele leek: dik, buitensporig lang en in een losse hoge knot gedragen, alsof zo'n vrouw net een middag lang de liefde had bedreven met een gebruinde, gespierde witte man wiens eigen zilverkleurige haar zo kort was als dat van de vrouw lang was. Jude had zelfs een T-shirt gezien dat werd gedragen door een slank jong ding – ze zou in de vijftig geweest kunnen zijn – in het kunstmuseum. Daarop stond OLD IS THE NEW BLACK. Maar oud was niet het nieuwe zwart als je schedel door je pluizige dunne haar heen zichtbaar was. Jude had het idee dat haar hoofdhuid tegenwoordig net zozeer moest worden geverfd als haar haar.

Eindelijk verscheen Wendy in de deuropening, met in haar handen de grote bruine leren zak die voor haar handtas door moest gaan. De drie vrouwen bekeken elkaar goedkeurend. Adele droeg een van haar mooie Indiase jurken, dit exemplaar met een mohammedaans aandoende print in lichtturquoise met wit. Ze droegen sieraden en zachtgetinte lippenstift. Ze hadden er zin in het huis te verlaten en de wereld in te stappen. De zee had de spanningen van de middag weggespoeld, zelfs die van Jude, al had ze niet gezwommen. Omdat het nu koeler was hadden ze afgesproken dat ze naar het restaurant zouden lopen.

Wendy rechtte haar rug en haalde diep adem om zich schrap te zetten voor een discussie. Adele, die Jude een scherpe blik toewierp, was haar voor: 'Geen probleem, Wen, we binden hem wel ergens vast voor het restaurant.'

Het had geen zin erover te twisten. De hond zat te wachten, hij staarde naar binnen vanaf de veranda. Jude zorgde ervoor dat ze niet naar zijn kop keek. Ze zei simpelweg dat ze dan maar beter meteen konden gaan, aangezien de wandeling nu drie keer zo lang zou duren.

Het was nog warm, maar de hitte van de dalende zon werd verzacht door de langsdrijvende wolken. Ze namen het liftje – eerst Jude alleen, die haar adem inhield en de reling vastgreep terwijl Adele de trap af draafde, en daarna Wendy en Finn, die huiverde en jankte tot de motor stopte.

Beneden was de muur langs de berm afgezet met een rij glanzende zwarte zakken vol rommel van Sylvie, hun heldergele trekbandjes gestrikt als waren het cadeaus. Er stonden ook een kapotte houten stoel en een gebarsten plastic kuip vol spullen. Jude had GRATIS MEE TE NEMEN op een stuk karton geschreven en dat in de kuip gezet, maar niemand had de sleetse kruik, de roze plastic vorm voor hartvormige ijsblokjes, de roestige barbecuetang met de lelijke houten handgrepen of het strooien broodmandje meegenomen. Natúúrlijk wilde niemand deze deprimerende oude spullen hebben. Geen wonder, toch?

Ze liepen de straat in en plotseling realiseerde Wendy zich dat het kerstvakantie was. Ze was het bijna vergeten. De scholen waren dicht; er hingen jongeren rond in groepjes van drie of vier. De jongens schreeuwden krachttermen en holden achter elkaar aan, de meisjes gilden het uit.

Naast Wendy strompelde Finn hartverscheurend langzaam mee. Ze zorgde ervoor dat hij op de met gras begroeide kant van de weg kon lopen. De vrouwen liepen traag voort, gedrieën naast elkaar over de brede, vlakke straat, het zwarte asfalt warm onder hun voeten. Ze passeerden huizen met slingers van rode kerstballen langs de schuttingen, met versierde kerstboompjes in potten in de voortuin. Achter het raam van sommige woningen stonden goedkope opblaaskerstmannen en rendieren van plastic. De grotere, modernere huizen waren niet versierd, afgezien van een snoer glinsterende witte lichtjes hier en daar, met een vreugdeloze elegantie voor het raam gespannen.

Ze kwamen aan bij het rijtje winkels, met etalages vol dikke kerstslingers en fonkelende kerstbegroetingen (Wendy snoof: *Happy Holidays*. Amerikanen!) en bij het restaurant verderop was de rozige gloed van de kleine rode theelichtjes op de terrastafels al te zien. De baai glansde zilverachtig in het avondlicht. 'O, wacht!' riep Adele. 'Ik wil een foto maken.'

Ze stopten terwijl Adele haar telefoon tevoorschijn haalde, zich naar de baai keerde, de telefoon met gestrekte arm voor zich uit hield, draaiend voor het juiste uitzicht, en glimlachte naar haar eigen camera.

'O god,' zei Jude zacht.

Wendy keek en zag het ook. 'O, shit,' zei ze.

Je zag aan haar lichaamshouding dat zij het was, aan de tulband van helderwit omhooggestoken haar. Sonia Dreyfus kwam over het pad naar hen toe lopen.

'O hemel,' fluisterde Wendy. Ze draaiden zich beiden om naar Adele om te kijken wat ze zou doen, maar zij liep gelukkig nog achter hen met haar telefoon te hannesen. Ze had het schouwspel dat over het plankier naderbij kwam niet gezien: Sonia die koninklijk voortschreed met aan haar zijde een lange, jonge man, een nederige dienaar.

'O godsámme,' mompelde Jude met nog meer afgrijzen, 'en ze heeft haar toyboy bij zich.'

De deur van het restaurant was een paar meter van hen verwijderd. Jude en Wendy wisselden een blik van verstandhouding: als Adele op haar telefoon bleef kijken, was het misschien mogelijk om haar snel het restaurant in te loodsen voordat ze het tweetal zou opmerken. Ze vertraagden hun pas een beetje opdat Adele hen kon inhalen en zij haar allebei bij een elleboog konden vastpakken, maar precies op dat moment deed Adele haar telefoon weer in haar handtas en keek ze op, recht in het gezicht van Sonia Dreyfus en dat van Joe Gillespie. Te laat.

Ze slaakte een verraste kreet terwijl Sonia met haar lage, theatrale stem 'Adele!' uitriep.

Er volgde een soort gefladder – dat Wendy deed denken aan ganzen die op het water neerstrijken – nu de beide partijen elkaar troffen. Wendy en Jude liepen door in de hoop dat ze Adele met de stroom mee zouden kunnen zuigen, zodat ze over haar schouder een groet zou roepen en haar waardigheid zou bewaren.

Maar nee. Adele stond al stil, haalde diep adem en richtte zich op om Sonia tegemoet te treden. Wendy dacht dat ze Adeles hart onder haar borstbeen kon zien kloppen.

Gisteren nog maar, aan de rand van de stad vanuit de auto, had dit gezicht Wendy majesteitelijk aangestaard vanaf de achterkant van een bus. DREYFUS in rode hoofdletters, IS in kleinere, cursieve grijze hoofdletters, en dan in verblindend wit ARKADINA. Eronder stond in kleinere letters *Joe Gillespie, regisseur*, en daar weer onder de titel van het toneelstuk, als een latere toevoeging. *De meeuw.* Een paar weken geleden hadden de vrouwen zich samen vrolijk gemaakt over de productie – een moderne versie, een van Gillespies niet te pruimen bewerkingen. Ze hadden gehoord dat het stuk zich afspeelde in het hedendaagse Sydney. Meeuw was de naam van een mediabedrijf. Er scheen veel cocaïne in het spel te zijn en Arkadina had een seksuele relatie met haar zoon. Een befscène werd naar verluidt treffend uitgebeeld en een van de (twee) Nina's werd door een man gespeeld. Bij de eerste voorstelling waren zes mensen de zaal uit gelopen.

Wendy vond dat Sonia Dreyfus er op de poster niet uitzag als een eenenzeventigjarige: ze zag er fantastisch uit. Maar Adele had een hekel aan haar, dus de loyale Wendy en Jude ook. Dit duurde al zevenendertig jaar.

Op een keer, lang geleden, had Wendy aan Jude bekend dat ze Dreyfus als Cleopatra had gezien. 'Ze is wel goed, vind je niet?' had ze Jude gevraagd. Ze had niet gezegd dat Sonia's optreden meeslepend was geweest, wonderbaarlijk. Desondanks had Jude haar een zijdelingse blik toegeworpen die ja betekende, maar ook dat het verraad was om het te zeggen. 'Adele is beter,' had ze alleen maar gezegd, wat Wendy snel had beaamd.

En nu stond die arme Adele hier te glimlachen, met de gretige hand van Sonia op haar arm.

Wendy verbaasde zich erover hoe klein Sonia van dichtbij was. Ze leek wel een haarloos aapje: haar mond een dunne streep, hoge, dunne getekende wenkbrauwen, haar bleke huid strak over haar voorhoofd en jukbeenderen getrokken. Haar huid was gevlekt als oud perkament. Je zou er met een vingertop zo een gat in kunnen drukken.

Naast haar hing de broodmagere Joe Gillespie, als een verslaafde zoon die ze net uit de afkickkliniek had opgehaald. Hij droeg zwarte rubberen teenslippers, een vuile antracietkleurige jeans en zo te zien een vrouwenblouse van paarse zijde die over zijn knokige, behaarde borstkas spande. Hij liet een flauw, ongeïnteresseerd glimlachje neerdalen over de ruimte die door Adele en haar vriendinnen werd ingenomen, en verschoof zijn slappe zwarte haar van de ene kant van zijn nek naar de andere.

Was het waar dat Sonia Dreyfus en *enfant* Gillespie lange tijd iets met elkaar hadden gehad? Was dat denkbaar? Het was walgelijk intrigerend. Wendy stelde zich hem en Sonia langzaam worstelend op een bed voor; het ene insect dat het andere omzichtig verslond.

Nu legde Sonia haar hand op de borst van de jonge man. 'Joseph, je kent Adele Antoniades natuurlijk wel,' zei ze.

Gillespie maakte een gebaar met zijn hoofd dat erop duidde dat hij even goed moest nadenken, en toen verscheen zijn glimlachje weer. 'Natuurlijk – ik ben een groot fan.' Hij keek Adele in de ogen en schudde respectvol zijn hoofd. 'Jouw Martha... Onvergetelijk.'

Adele glunderde en koesterde zich in de loftuiting, maar Wendy en Jude staarden hem alleen maar aan. Adele had Martha dertig jaar geleden gespeeld; Gillespie was toen hooguit tien jaar oud geweest.

Jude mengde zich koeltjes in het gesprek en stelde zichzelf en Wendy voor om de macht naar zich toe te trekken. Jude leek soms best lang, dacht Wendy bij zichzelf.

Sonia negeerde hen, bleef Adele stralend aankijken en sloeg ongenadig toe. 'Wat doe jij tegenwoordig, darling? Geef je les? Ze mogen heel blij met je zijn.'

Wendy luisterde gefascineerd. Ze had zelf jaren geleden geopperd dat Adele les zou kunnen gaan geven, maar Adeles hoon was vernietigend geweest. Lesgeven betekende dat je uitgerangeerd was, dat wist ze best, had ze gesnauwd. Alleen mislukkelingen gaven les. Toen had ze Wendy's gezicht gezien en er haastig aan toegevoegd dat dat alleen voor acteren gold.

Sonia hield er duidelijk hetzelfde idee op na. Maar het was Wendy een raadsel, nu ze hier zo stond, waarom deze vrouw Adele zou willen beledigen. Sonia had al gewonnen: decennialang had ze elke rol voor een vrouw van boven de veertig gekregen. Gillespie castte haar voor nagenoeg alles wat hij deed, gaf opdracht om speciaal voor haar stukken te schrijven. Wat had Adele Sonia ooit misdaan? Wendy voelde een loyale woede in zich opwellen. En wat Joseph betreft met zijn *amazing technicolor* oedipuscomplex... Maar Wendy voelde een por van Jude, waardoor ze besefte dat haar boosheid hoorbaar was aan haar ademhaling. Ze kon zich nu alleen nog maar afvragen hoe snel ze een drankje in Adele konden krijgen als ze haar eenmaal het restaurant in hadden geloodst.

Adele had eerder haar blik afgewend, maar nu keek ze Sonia recht aan en lachte ze luchtig op een manier die Sonia's belediging terugkaatste.

'O god, nee, ik heb geen enkele belangstelling voor lesgeven,' zei ze. Ze liet een stilte vallen en bleef zwijgen. Ze kende de kracht van een pauze. Wendy zag dat het ze op de zenuwen werkte.

Er begon een onaangenaam lachje om de lippen van Gillespie te spelen. 'Zo,' zei hij op uitdagende toon. 'Waar ben je dan mee bezig?'

Adele keek naar Finn, die op het pad stond te wachten. Wendy zag zijn tragische, waardige lichaam, zijn lange, groezelige snuit. Hij staarde wezenloos naar de straat, onaangedaan door alle menselijke verlangens en spanningen boven hem. Adele wendde zich weer tot Gillespie. 'Niets,' zei ze.

De schok, de pijn. Adele gaf nooit toe dat ze amper werk had, aan niemand, ze koos altijd iets uit haar verzameling projecten die eraan zaten te komen, ijzers die in het vuur zaten. Ze had een vernederende waarheid verteld. Wendy weerhield zichzelf ervan haar arm te pakken.

Maar Adele was nog niet klaar. Ze tuurde met samengeknepen ogen naar de baai en zei simpelweg: 'Eerlijk gezegd kan ik momenteel niemand bedenken met wie ik zou willen werken.'

Wendy en Jude wisselden een vluchtige blik. Met 'niemand' bedoelde ze regisseurs. Artistiek leiders van grote theatergezelschappen, zoals Joe Gillespie. Wat betekende dat deze Adele, ongeïnteresseerd in werk, nu weergaloos toneelspeelde. Het had iets opwindends.

'Ik bedoel,' ging ze meewarig verder – alsof dit alles voor de hand lag, tussen bevriende collega's – 'hebben jullie de laatste tijd iets fatsoenlijks gezien? Iets wat echt was, of fris?'

Sonia bleef kalm, maar Gillespie was geen acteur: hij kromp gekrenkt ineen.

Adeles borsten staken fier vooruit. Sonia probeerde te blijven glimlachen, maar zelfs zij hield het niet vol; ze staarde Adele nu met openlijke minachting aan. Maar deze nieuwe, bevrijde Adele sloeg geen acht op Sonia's vijandige blik. Ze zocht in haar handtas naar haar zonnebril; ze haalde hem tevoorschijn en zette hem op. 'De zon is behoorlijk fel,' zei ze.

Toen nam Jude het over. Ze negeerde Gillespie totaal en pakte Sonia in met haar oude minzame gastvrouwschap, een vakkundige combinatie van superioriteit en verveling waardoor Sonia zich gedwongen voelde een poging te wagen om haar te imponeren. Ze kwamen altijd naar Bittoes voor Xanders *Orphans' Christmas*, zei Sonia met een gebaar naar Louisa Crescent, waar alle huizen reusachtig waren en een schitterend uitzicht hadden. Jude reageerde niet; haar gezicht bleef uitdrukkingsloos. Hoewel Xander er dit jaar natuurlijk niet was, probeerde Sonia; hij was in Idaho om een film met Woody Harrelson op te nemen. Jude toonde nog steeds geen interesse, maar Sonia volhardde en vertelde luchtig lachend over de 'kids' in hun groep, de beroemde jonge sterren uit de theater- en filmwereld. Ze begon hun beroemde My-Little-Pony-namen op te dreunen – Abby, Toby, Sophy – maar Jude kapte haar af met een brede, genadeloze glimlach en een wuivend handgebaar.

'De namen van acteurs zeggen me niets, vrees ik,' zei ze. Toen verontschuldigde ze zich, ze hadden een tafel besproken, ze waren al laat, Wendy je moet die hond van je vastbinden, fijne kerstdagen.

Jude en Adele gingen het restaurant binnen en Wendy begaf zich naar een lantaarnpaal. Het verliep soepel als een ballet, en Sonia en Gillespie bleven alleen achter op het pad.

Wendy maakte Finns riem vast aan de paal en verwonderde zich over Jude en over Adeles transformatie. Ze zag de aan hun lot overgelaten Dreyfus en Gillespie staan. Ze waren niet gewend om degenen te zijn die achterbleven, ze wisten niet hoe ze ermee om moesten gaan. Wendy was trots op haar brutale, uitgeslapen, onverschrokken vriendinnen.

Toen riep een drietal mensen aan een tafel op het terras naar Sonia en zag Wendy haar weer groeien, haar koninklijke houding opnieuw aannemen bij het horen van haar naam. Een van de mannen gaf zijn telefoon aan Gillespie, die een stap achteruit deed om een foto te maken terwijl de fanclub opgetogen lachend poseerde met Sonia in het midden. Ze liet koket een schouder zakken om met haar bewonderaars te poseren, en toen de foto eenmaal was genomen bleef ze even bij ze staan om de enthousiaste aandacht te absorberen van mensen die de naam Adele Antoniades niets zou zeggen.

Wendy wierp een blik in het restaurant, waar Adele, die haar haar naar achteren schudde en met Jude lachte in het halogeenlicht, geen idee had dat ze alweer was verslagen.

Ze aaide Finn. In het zachter wordende licht leek hij haar op de een of andere manier dapper en onverslijtbaar, ondanks zijn broosheid; hij had nu iets nobels. Ze klopte hem ritmisch en liefdevol op zijn magere flank terwijl ze koningin Sonia verder zag schrijden. En toen zag ze nog iets anders. Gillespie, inmiddels zonder glimlach, wendde zich af om de verlichte etalage van het cadeauwinkeltje te bekijken. Nu hij Sonia de rug had toegekeerd zag Wendy de energie uit haar lichaam vloeien. De hoogmoed was van haar gezicht verdwenen nu ze daar zo op hem stond te wachten. Ze oogde vermoeid en verloren. Toen zei Gillespie iets, kortaf en zonder haar aan te kijken, en beende hij met grote stappen door. Sonia draafde naast hem mee en probeerde hem bij te houden.

Jude keek rond in het vertrek, op zoek naar iemand die hun een drankje zou kunnen brengen, maar het was een en al chaos in het restaurant. Er stond geen glaswerk op de tafel, er lag geen bestek, en beide jonge serveersters waren ervandoor gegaan zodra Adele en zij aan hun tafel waren gaan zitten. Ze verlangde naar een goede martini, maar die zouden ze hier vast niet hebben. Locals' Night: alleen al bij de woorden huiverde ze van afkeer. De menukaart beloofde de mix van pretentie en incompetentie die in te veel streekrestaurants heerste. *Na de bestelling wordt vers brood geserveerd.* Ze had liever een degelijke pubmaaltijd dan deze wagyu-met-truffels-onzin.

Ze klonk als Catherine en Michael. Gewoon goed eten, was dat te veel gevraagd? Zij waren vol lof over *Meals on Wheels*, hoewel je dat eigenlijk geen eten kon noemen. Je leverde een dienblad met een warme slappe hap af bij ondervoede, uitgebluste, kwetsbare ouderen, waar ze dan dankbaar voor moesten zijn, en vervolgens vroeg je je af waarom ze kinds werden of hersendood raakten.

Het wás geen warme slappe hap, zo had Michael eens uitgeschreeuwd, een van de zeldzame keren sinds hun kindertijd dat ze hem kwaad had gezien. Het was prima klaargemaakt vlees met groenten. Wat ben je toch een snob, had hij op bittere toon gezegd. *Jij bent niet specialer dan wie dan ook.* Ze had alleen maar zwijgend haar wenkbrauwen opgetrokken en zich koeltjes verontschuldigd omdat ze hen had beledigd. Maar inwendig had Jude – beschamend, vurig – gedacht: o jawel, dat ben ik wel.

Ze beschouwde Michael en Catherine als mensen die tot een eerdere generatie behoorden, hoewel haar broer maar vijf jaar ouder was en Catherine net zo oud was als Jude zelf. Hoe kon dat? Toen Sylvie nog leefde hadden de vriendinnen het erover gehad, hoe merkwaardig het was dat sommige mensen eerder deel leken uit te maken van de generatie van je ouders dan die van jezelf. Sylvie had gezegd dat het de obsessie met dokters was. Een tijdlang waren ze het erover eens geweest: alle vier de vrouwen hadden een hekel aan dokters en gingen alleen naar de huisarts als het absoluut noodzakelijk was. Ze weigerden voorgeschreven medicijnen – dat maakten ze elkaar althans wijs – en voelden zich verheven boven kennissen die hun kwaal tot hobby hadden gemaakt, hun leven in wachtkamers doorbrachten, opschepten over hun specialist, en de ene test na de andere ondergingen. Adele, Jude, Wendy en Sylvie verachtten die vrouwen wier gespreksonderwerpen beperkt bleven tot het oplepelen van het lipidegehalte in hun bloed of hun botdichtheid.

Maar Michael en Catherine zaten eigenlijk niet zo in elkaar; het had niet met het lichaam te maken. Het was zelfs niet het conservatisme, ofschoon wel gedeeltelijk.

Het was Wendy geweest die het verschil wist te benoemen: 'Het probleem is het zielenleven,' had ze verklaard. 'Dat heeft je broer niet. En zijn vrouw evenmin.'

Jude had erop gewezen dat Michael een concertabonnement had, en seizoenskaarten voor het theater, dat ze openingen van tentoonstellingen in het museum en lezingen over boeken afliepen, of eerder afschuifelden (dat was wreed, maar Catherines rug begon krom te trekken door inzakkende wervels en osteoporose; Jude had geen medelijden). Ze waren donateur van verschillende liefdadigheidsinstellingen en onderzoeksinstituten en festivals.

'Daar heb je niets aan als je geen denkvermogen hebt,' had Wendy gezegd.

Daarna had Jude zorgvuldiger geluisterd hoe Catherine en Michael beschreven wat ze hadden gehoord en gezien. Ze somden de voorstellingen en zalen op, wie de hoofdrol speelde, wie de regisseur, dirigent of spreker was. Als je ze vroeg wat ze ervan vonden, wisten ze niets beters te bedenken dan 'o, schítterend' of dat Sonia Dreyfus of Elsa Blake erin speelde, of 'zéér indrukwekkend' of dat de acteur iemand was die ze van de televisie kenden. Catherines boekenclub werkte zich vasthoudend door de Booker-shortlist heen, om uiteindelijk uit te komen op de winnaar als ze de auteur in kwestie al kenden, en anders juist niet.

Soms vroeg Jude Catherine of Michael naar iets specifieks, een of ander detail over de productie of de roman – ze had gehoord dat de belichting afleidde, dat het script halverwege inzakte of dat de stijl wat al te hoogdravend was. Zij reageerden dan in vage, ongemakkelijke bewoordingen en keken haar argwanend aan, alsof ze ze klem probeerde te zetten. Wat inderdaad zo was.

Op zo'n moment begon Catherine over iets praktisch te praten, iets wat geen gevaarlijke meningen uitlokte. Zoiets als de vakantie of de tuin. En dan vroeg ze, met een tikje scherpte in haar stem:

'Ga je komende kerst weer naar de... hoe heet het ook weer... de *ashram*, Jude?' en dan zetten ze de gebruikelijke komedie voort. Catherine was niet dom, zielenleven of geen zielenleven. Als Michael de frictie tussen de twee vrouwen opmerkte trok hij zich in een afwezige stilte terug, met een vreemd half glimlachje op zijn gezicht geplakt.

Was dit wat oud worden inhield? Routine en ontwijking, jezelf kapotvervelen met je eigen rigide oordelen? Op visite gaan bij haar broer en zijn vrouw in hun donkere huis in de lommerrijke buitenwijk bracht Jude telkens een stukje dichter bij de dood. Dat kon ze voelen.

Op die avonden, wanneer de drukkende lucht van hun weelderig groene tuin haar longen binnendrong, kuste ze hen liefst een beetje vroeger dan gangbaar ten afscheid – dan voelde ze het droge, vluchtige prikje van haar broer op haar gezicht, zag ze de opluchting in zijn schouders bij het zwaaien vanaf hun stoep – en zorgde ze ervoor dat ze met rechte rug naar haar auto liep, alsof haar lichaam nog net zo soepel bewoog als in haar jeugd, zonder de stijfheid, zonder de vertrouwde pijnflitsen langs haar ruggengraat. Ze wilde hun laten zien hoe anders ze was dan zij, hun het contrast laten voelen tussen haar dure linnen broek en smaakvolle zijden vestje tegenover Catherines gestreken roze T-shirts en donkerblauwe rokken.

Jude wist dat ze wreed kon zijn, maar het kon haar niet schelen. Ze reed dan snel, een tikkeltje roekeloos, over hun lange oprit achteruit, draaide de brede, stille straat op en stuurde haar glanzende zwarte Audi in de richting van de brug, naar de stad, naar huis.

Nu keek ze op van de menukaart en zag dat er wijnglazen en een fles heel behoorlijke riesling waren verschenen, dat Wendy er inmiddels ook was, en dat Adele achteroverleunde in haar stoel.

'Ik heb de bediening ingepakt,' knipoogde Adele.

Hoe kon het dat ze dit niet had meegekregen? Soms beleefde ze het als een kleine schok dat zich in de fysieke ruimte waar haar lichaam zich ophield dingen voordeden zonder dat zij ze waarnam.

Op een keer had Wendy gezegd, bewust niet haar kant op kijkend: 'Natuurlijk hebben sommige mensen juist een overdréven zielenleven. Je bevindt je tenslotte op de wereld, in je lichaam...' Hun ogen hadden even contact gemaakt en toen had Wendy met een effen blik weer de andere kant op gekeken. 'Dat denk ik tenminste.'

Dat dacht Sylvie ook. Het was de reden waarom ze bij Wendy met de puppy op de proppen was gekomen, om haar te dwingen naar buiten te gaan, de wereld in. Er waren ook andere redenen, maar Sylvie had hoe dan ook gelijk gehad wat Finn betreft. Hij dwong Wendy inderdaad wakker te worden, te eten, in beweging te komen. Dat had haar leven misschien wel gered.

Wendy had de hond, maar Jude had niets. Behalve datgene wat niemand anders ooit zou begrijpen. Het was Jude lang geleden duidelijk geworden dat ze zich alleen volledig in de wereld aanwezig voelde – wanneer het vlies tussen haar en de levenden doordringbaar werd en er voeding in alle soorten en maten doorheen kon, zodat ze zowel waarde aan de wereld kon toevoegen als eruit kon putten – als ze met Daniel samen was.

Aanvankelijk was dit inzicht een schok geweest. Maar al snel maakte het alles helderder, ook haar wijze van leven. In de periodes dat Daniel niet bij haar was bewoog ze zich door de wereld in wat ze nu beschouwde als de pre-expressieve of aggregatiefase. Ervaringen verzamelen, meningen formuleren, ideeën ontwikkelen, recepten en restaurants uitproberen. Dingen afhandelen: boodschappen en huishoudelijke klusjes. Dingen in zich opnemen, gebeurtenissen, politiek en esthetiek, lezen, observeren en analyseren en dan alles wat ze had gelezen, gezien en gedacht in zichzelf wegstoppen. En vervolgens, als Daniel bij haar op de stoep stond – eens per week of eens per maand – ervoer ze zowel een lichamelijke als intellectuele ontspanning, waarbij alle complexiteit van wat ze in de weken daarvoor had gezien en gedaan en waar ze over had nagedacht door haar heen stroomde. Dan was ze er klaar voor om die dingen in haar persoonlijkheid te integreren, kon ze het ene afwijzen en het andere selecteren. Het was alsof Daniel een soort katalysator was, alsof zijn aanwezigheid essentieel was voor de absorptie van alle andere spirituele, intellectuele en fysieke bouwstoffen die ze in zich had verzameld maar niet geïntegreerd.

Natuurlijk hadden ze het uitgemaakt. Natuurlijk had ze het met andere mannen geprobeerd, was ze soms zelfs bereid geweest genoegen te nemen met een mindere persoon. Maar na verschillende vruchteloze pogingen – het werkte nooit – had ze het opgegeven. Ze was liever alleen met de samengebalde kracht van al deze dingen binnen in haar, die nooit vrij zouden komen, dan dat ze tegen de steile grauwheid van geen-Daniel op zou lopen.

Nu keek ze naar haar vriendinnen en zag ze dat ze – in het schemerlicht door het raam en bij de flakkerende kaars op de tafel tussen hen in – mooi waren. Deze verwondering zou ze ook weer wegstoppen en voor Daniel bewaren. Nog twee dagen.

'Was dat waar, Adele? Wat je tegen Gillespie zei?' vroeg Wendy toen het broodmandje werd gebracht en ze aan hun tweede glas wijn waren begonnen.

Adele glimlachte en nam een grote slok van haar wijn.

Jude snoof en sprak voor haar: 'Natuurlijk niet! Maar hij zal haar toch nooit een rol geven. Waarom zou ze hun de gedachte gunnen dat ze die wél zou willen?'

Jude keek Adele aan om bevestiging te krijgen. Ze hield de wijn een ogenblik in haar mond, knikte en slikte. Ze veronderstelde dat het klopte; Jude had meestal gelijk. Maar er was ook iets gebeurd op het pad daar in de zonsondergang met Finn die zo wezenloos had staan staren naar de straat en de baai. Ze keek nu langs de twee vrouwen door het raam, en ook zij leunden vooroverom Finn te zien zitten bij de paal aan het pad, zijn voorpoten netjes naast elkaar. Hij keek niet om zich heen, zoekend naar Wendy, maar zat rustig voor zich uit te staren. Dit was wat Adele had gezien. Zijn simpele wezen.

Ze begreep het zelf niet.

Ze wuifde het onderwerp weg en zei: 'Hebben jullie weleens contact met Sylvie?'

Hun sceptische blikken – eerst die van Jude, toen die van Wendy – daalden op haar neer.

'Ik wel,' zei ze blij. Het zou ze ergeren, maar het was waar, zoals in de trein vandaag, toen Sylvie haar ferm had toegesproken. Jude zou dit schade aan de frontaalkwab noemen. Daar schreef ze alle mysterieuze dingen aan toe.

Verwonderlijk genoeg sloeg Jude haar ogen niet ten hemel. Ze leek te aarzelen, alsof ze iets wilde zeggen, maar veranderde van gedachten. 'De frontaalkwab,' zei ze slechts, en ze richtte haar ogen op de menukaart.

'Bestel jij maar,' zei Adele inschikkelijk. Ze had eigenlijk zin in fish-and-chips, maar dat zou Jude maar niets vinden, die zou een bescheiden en gezond gerecht kiezen – zoals een ceviche van kingfish of een papajasalade – en dan zou Adele later weer honger krijgen terwijl ze duurder uit zouden zijn dan met de fish-and-chips. Maar het was niet anders. Restaurants waren Judes specialiteit en je ging niet tegen haar in.

Adele sloeg haar gade, zoals ze aan de andere kant van de tafel recht op haar stoel zat, in haar fraaie zwarte linnen, alert en knap. Af en toe leunde ze een klein stukje naar voren om je aan te kijken als je sprak. Het was kortgeleden tot Adele doorgedrongen dat Judes gehoor achteruitging, hoewel ze zich er nooit toe zou verlagen je te vragen iets te herhalen. Adele dacht dat Jude tegenwoordig net zozeer aan liplezen deed als dat ze luisterde. Ze kon zich niet voorstellen dat zij zich ooit zou verwaardigen een gehoorapparaat aan te schaffen. Ze realiseerde zich verrast dat ze mededogen voelde voor Jude. Voor Jude! Die altijd de sterkste was geweest, die jou het ergste kon kwetsen.

Ze had actrice kunnen worden, wist Adele. Een goede. Een sublieme misschien, in elk geval beter dan Adele. Jude wist het ook, hoewel het nooit was uitgesproken. Deze wetenschap lag tussen hen in, dat was altijd zo geweest, vanaf de eerste keer dat Jude een optreden van Adele bijwoonde. Al vroeg gaf ze Adele afgemeten complimentjes, prees ze een specifiek detail in haar voordracht, maar nooit het geheel. In de loop der jaren dronken ze naderhand weleens samen wat in de foyer, waar Jude zich dan gerechtigd voelde om de productie te ontleden en met een glimlach de verschillende elementen af te kraken – de belichting, de podiumtechniek, het script, haar collega-acteurs – alsof ze niets met Adele te maken hadden, alsof de twee vrouwen het uiteraard samen eens waren. En nooit complimenteerde ze Adele zelf, die op die avonden vaak haar tranen inslikte omdat Jude een soort omgekeerde Midas was, zoals ze naar de dingen wees die jij koesterde, een, twee, drie, waarop ze bij haar aanraking veranderden in drek.

Maar als ze je prees... Nou, het wilde wat zeggen als Jude gunstig over je oordeelde.

Ray zei vroeger altijd dat Jude geen vrienden en vriendinnen had maar ondergeschikten. Wat misschien wel waar was toen ze nog jong waren. Maar dat was op zeker moment allemaal afgebrokkeld. Wanneer? Dat was moeilijk te zeggen.

De mensen dachten dat Adele onverwoestbaar en oppervlakkig was. Maar soms, als ze achteromkeek, leek haar hele leven haar een rivier van leed die voortdurend doorstroomde. Een stortvloed van pijnlijke dingen: kleineringen, afwijzingen, bruuske woorden, recensies, beledigingen die gepaard gingen met een glimlach, mislukte audities, blikken over de tafel.

De beroepshalve geïncasseerde pijn vervaagde langzaam, maar die uit intieme kring, teweeggebracht door haar vriendinnen, bleef hangen. Al die keren dat Wendy, Jude en Sylvie samen hadden gegeten, zonder haar, en – dat wist ze – lange, intieme telefoongesprekken hadden gevoerd, of de keren dat ze elkaar op vakantie hadden ontmoet in New York of Nice of Rome terwijl Adele te weinig geld had om ergens naartoe te reizen en mistroostig wachtte op een volgende rol.

Maar het deel van jou dat de zandbank was, waarvan de randen erodeerden door het ondergaan van al die pijn, dat deel brak uiteindelijk af en werd weggespoeld, waarna het hele leven de rivier was. En je ging erin mee.

Dat is wat Adele nu bij zichzelf dacht, kijkend naar Jude met haar kleine helm van fijn donker haar en haar scheve donkerrode mond, haar lange neus met zijn delicaat gebeeldhouwde vleugels, die ze optrok als ze ergens ontevreden over was, zoals nu over het brood. Straks zou ze de serveerster roepen met haar diepe, hese stem. Jude had iets imposants, dat zei iedereen vroeger over haar, in haar restauranttijd, toen ze de lieveling van de elite was, toen het bemachtigen van een tafel bij Pellini's of in The Boardroom of The Waterside als een persoonlijke prestatie werd beschouwd wanneer Jude er de scepter zwaaide. Zij kon een vertrek domineren met een langzame draai van haar hoofd, die geladen blik van haar.

Adele en Wendy, die onverstoorbaar zaten te kauwen, hadden niets op het brood aan te merken, maar Jude wel. 'Het is oudbakken,' zei ze tegen hen, alsof ze allebei niet goed wijs waren. Ze draaide zich om op haar stoel om de serveerster te wenken.

Wat deed er destijds allemaal pijn? Adele kon het zich niet precies meer herinneren, hoewel er een periode was geweest dat ze alle pijntjes bijhield. Ze sloeg ze op en *overwoog ze in haar hart*. Was dat de uitdrukking? Iets Bijbels. Telkens als ze zich in die tijd eenzaam of ellendig voelde haalde ze ze tevoorschijn om ze te tellen: alle keren dat ze was gekleineerd of neerbuigend was behandeld, de keren dat ze op het toilet zat te huilen terwijl haar beste vriendinnen samen lachten en praatten, zo begeesterd, zo sterk, terwijl Adele een lelijk grijs muisje was dat zich in tranen schuilhield op het toilet. Het gaf haar destijds wel enige troost dat ze zich zo tekortgedaan voelde. De intensiteit van dat gevoel had iets stimulerends, iets bijna opwekkends. Er waren ruzies geweest, telefoontjes, wraakzuchtige brieven, veroordelingen en beschuldigingen over en weer. Het was heel vermoeiend als je erop terugkeek. Waar haalden ze de energie vandaan? Ze waren allemaal hartstikke gek in die tijd!

Het kwam door de drank, de kinderen, de drugs, de affaires,

veronderstelde ze. De ambities en het falen. De wankele huwelijken, de afgunst, de cycli van schaarste en weelde. Het waren andere tijden. Daarna volgden momenten van vertrek en terugkeer, voorzichtige herenigingen en vergevensgezindheid, maar nooit helemaal. En nu was het zo lang geleden dat Adele niet meer goed wist waar het nou eigenlijk allemaal over gíng, behalve dan dat ze simpelweg te jong waren geweest, zelfs op middelbare leeftijd, dat er te veel gevoelens in het spel waren geweest.

Ze pakte haar glas, nam een slok wijn en keek naar Jude, die tegenover Sonia en Gillespie voor haar was opgekomen. *Die verrekte Jude zou je zo in de stront laten zakken.* Dat was nog iets wat Ray altijd zei, maar het was niet waar. En moest je zien wat er van hem was geworden; Jude had hem vanaf het begin al doorgehad.

'Heb je gezien dat er vanochtend een arts is aangeklaagd voor moord op zijn moeder?' zei Jude. 'Ze was achtentachtig. Hij is eenenzestig.'

Ze keken naar Wendy en Adele grapte dat ze maar beter uit kon kijken.

'Er is niemand die genoeg om ons geeft om óns te willen vermoorden,' zei Adele tegen Jude. Ze tikten hun wijnglazen tegen elkaar in kinderloze solidariteit. Eigenlijk had Adele toen ze in de dertig was een tijdlang heel graag een baby gewild. Haar vriendinnen hadden de opeenvolgende miskramen met haar meebeleefd. Wendy was verreweg het meest betrokken geweest.

De serveerster kwam eraan, een tikje buiten adem, met een slappe kerstmuts in haar haar gespeld. Ze droeg een minuscule witte short en had prachtige lange, goudkleurige benen. Adele zou graag met haar hand over dat verleidelijke dijbeen willen strijken. Het meisje glimlachte naar ze; de lovertjes van haar rode topje flonkerden. 'Dames, wat kan ik voor jullie betekenen?' Ze legde een hand op Judes bovenarm, wat een vergissing was.

Jude wees naar het brood. 'Dit is oudbakken. Wil je ons alsjeblieft vers brood brengen?'

Het meisje hield haar hoofd schuin en haar glimlach werd nog welwillender. O nee, wilde Adele tegen haar zeggen. Ga nou niet doen wat je op het punt staat te doen. Er vond een subtiele, gevaarlijke verandering in Judes houding plaats nu de jonge vrouw een lange lok goudblond haar achter haar oor stak en met haar handen op haar knieën vooroverboog, alsof ze het tegen een kleuter had. Met een stralende blik zei ze op vriendelijke toon tegen Jude, net wat te luid: 'O, ik begrijp wat u bedoelt, maar dit is zúúrdesembrood? Dat heeft een iets andere structuur dan waar u misschien aan gewend bent?'

Jude leunde achterover, een klein beetje maar, en bekeek het meisje met haar koude, neutrale blik. Wendy en Adele keken naar elkaar en vervolgens naar de tafel, en Wendy slikte een stuk brood door terwijl Jude met zachte stem zei: 'Zuurdesembrood is mij niet onbekend.'

Ze pakte het mandje en reikte het de serveerster aan, waarbij ze langzaam herhaalde – deze keer op subtiele wijze de geringschattende toon van het meisje nabootsend: 'Maar dít brood is oudbakken?'

Het geroezemoes om hen heen zwol aan en de glimlach van de serveerster ging over in verbazing. Toen zag ze de gezichtsuitdrukking van Adele en Wendy, en werd ze rood. Opeens leek ze, met Judes starende blik op zich gericht, in tranen te kunnen uitbarsten. Ze griste het mandje mee en stoof weg te midden van kletterend bestek en de lachsalvo's van andere mensen.

Wendy keek hoe het meisje zich met het broodmandje boven haar hoofd een weg baande tussen de tafels door, en vroeg zich af wat er gebeurd zou kunnen zijn waardoor een eenenzestig jaar oude zoon zo getergd was geweest dat hij zijn moeder had vermoord. Ze dacht na over al dat leed; dacht na over datgene waar ze in jaren niet aan had gedacht.

Het was prima om mee te gaan in de fantasieën van kinderen, maar niet die van volwassenen, hoewel je ook weer niet geacht werd om iemand te vertellen dat hij gek was. Dus toen Jamie op vijfjarige leeftijd zei dat hij machinist was, was dat oké, maar toen hij als negentienjarige zei dat hij de premier was, opgesloten in zijn auto, opgesloten op de psychiatrische afdeling, kon je niet zeggen *dat is belachelijk*, maar moest je zeggen *je bent geloof ik een beetje in de war*. Je moest vriendelijke, voorzichtige vragen stellen als *waar is je kantoor, wie zijn je medewerkers, hoe ben je dan premier geworden sinds vorige week, toen je nog student was, toen je om wat bij te verdienen in een bestelbusje rondreed*, en dan werd je geacht blij te zijn als je de verwarring waarnam, als je elk spoortje zelfvertrouwen uit zijn mooie jonge gezicht zag wegtrekken. En dan schreef hij een of andere songtekst op een vel papier uit Wendy's notitieblok, onderwijl zachtjes huilend, waarna hij stopte met huilen en opnieuw beweerde dat hij de premier was.

Hij had Wendy in de tuin van het ziekenhuis aangekeken – ze noemden het een tuin – zuigend aan de ene na de andere sigaret, en gezegd: 'Je hebt je best gedaan, maar je hebt veel fouten gemaakt.' Hij had gelaten zijn hoofd geschud, een oudgediende die het gebrek aan basisvaardigheden van een nieuwkomer betreurde, maar hij had het over Wendy en de invulling van haar moederschap. Hij had haar falen in een lange rooksliert uitgeademd. 'Heel veel fouten.' Een bleke jonge man was zachtjes langs hen door de tuin gelopen en Jamie had gezegd *kijk maar niet naar hem, hij is een godvergeten psychopaat, heb je sigaretten voor me meegebracht?*

Het ging nu goed met Jamie, dit was maar een korte, afschuwelijke periode geweest toen hij in de twintig was. Daarna had hij zijn studie afgemaakt, was hij naar Londen verhuisd en kreeg hij een vriend. Toen verhuisde hij naar Stuttgart en werd specialist in een ooglaserkliniek, en twee jaar geleden was hij met zijn vriend getrouwd (er werd geen bruiloft gehouden, had hij tegen Wendy gezegd, er was niets om haar voor uit te nodigen) en naar Praag verhuisd. En ze waren gelukkig en Jamie werd niet meer gek. Hoe was dat mogelijk? Jamie werd volgend jaar vijftig. Hoe was dát mogelijk?

Hij was nooit meer gek geworden, maar zo'n twee jaar voor Lance' dood was Claire plotseling vertrokken om Jamie in Stuttgart te bezoeken, een week maar, en liet ze Philip en baby Max thuis achter. Het was slechts een weekje vakántie! Ze had dit zo nadrukkelijk herhaald dat Wendy wist dat het niet waar was. En toen Wendy op een kwetsbaar moment aan Claire had onthuld wat Jamie al die jaren geleden had gezegd, voelde ze zich zichtbaar niet op haar gemak, liet ze een stilte vallen en zei stijfjes: 'Je hebt destijds ongetwijfeld je best gedaan met de middelen die je had, mam.' Daarna was ze overgegaan op een ander onderwerp.

Wat bedoelde ze daar nou weer mee?

Wendy had deze dingen nooit aan haar vriendinnen bekend. Ze had natuurlijk vaak genoeg schertsend over haar kinderen geklaagd, naar nooit deze diepste, meest onbegrijpelijke verwondingen toegegeven. *Heel veel fouten. Je hebt ongetwijfeld je best gedaan.* Gedane zaken nemen geen keer, had haar eigen moeder altijd onverbiddelijk gezegd. Maar dat was iets wat je zei nadat er dingen mis waren gegaan, of als iemand een domme fout had gemaakt. En wat kon Wendy fout hebben gedaan?

Aan tafel raakten Jude en Adele inmiddels vrolijk op dreef met het opsommen van vergrijpen die de afgelopen tijd tegen hen waren gepleegd door meisjes in winkels en mannen in bussen.

'En zij vraagt,' zei Adele, 'of ik misschien iemand ken die me kan laten zien hoe ik een computer moet gebruiken, en of ik weet dat er zoiets als Google bestaat?'

Ze gilden het uit van gerechtvaardigde minachting. Jude gaf een recent voorbeeld van haar persoonlijke favoriet, een pedicure die haar had verteld dat ze zo van oude mensen hield omdat – en Adele viel haar jubelend bij – 'jullie zulke mooie verhalen hebben!'

Normaal gesproken zou Wendy ook een duit in het zakje doen, want god, zelf had ze ook een enorme collectie: dat kind van de University Press dat vorige week mailde dat ze zo blij was dat Wendy nog steeds volop in het leven stond! Of die achterlijke apotheker die haar 'jongedame' noemde en daarbij knípoogde – maar vanavond deed ze er het zwijgen toe. Ze had te doen met de serveerster en Jude was een dwingeland en wat maakte oudbakken brood nou uit?

Er klonk een luid geklingel en terwijl Adele verder kletste zag Wendy dat Jude haar telefoon tevoorschijn haalde, een berichtje las, met een steels glimlachje een snelle reactie typte en de telefoon weer in haar tas stopte.

Buiten zat Finn bij de lantaarnpaal. Wendy verlangde naar de troost van zijn ruwe, harige lijf tegen haar blote been. Ze probeerde in zijn blikveld te komen, door het raam, maar hij zag haar niet. Vastgebonden, verloren in zijn eigen blinde, dove dierenwereld.

8

Midden in de nacht klonk er geschuifel aan de andere kant van Wendy's slaapkamerdeur. Ze werd gegrepen door een paniekgevoel, maar realiseerde zich toen dat het Finn niet kon zijn, die buiten op de veranda was, waar ze het grootste deel van de nacht zijn poten heen en weer over de planken had horen tikken. Toch gooide ze het laken van zich af en ging even kijken om het zeker te weten. Door de glazen deur zag ze zijn harige gestalte. Hij was uiteindelijk zo moe geworden dat hij in het bleke maanlicht lag te slapen.

Het geschuifel hield aan: het was in het huis. Een rat?

Ze opende haar slaapkamerdeur, tuurde door de kier en zag Adele halverwege de donkere gang. Wat was ze aan het doen? De wc lag aan de andere kant van het huis.

Ze zag Adele morrelen aan de linnenkast verderop in de gang, bukkend en tastend in een poging een deurkruk te vinden. Dacht ze dat de kast een toilet was?

Wendy fluisterde luid, maar niet luid genoeg om Jude wakker te maken: 'Adele. Gaat het?'

Adele bleef met open mond stilstaan en fronste naar de duisternis tussen hen in. Het speet Wendy dat ze haar had laten schrikken. Ze zag er breekbaar uit, in haar lubberende nachthemd dat wit oplichtte in het donker. Het was niet duidelijk of ze Wendy kon zien, of haar zelfs maar had gehoord. Wendy maakte aanstalten naar haar toe te lopen toen ze plotseling iets bromde, een klank, of een woord dat Wendy niet verstond, en zich omdraaide, waarna ze door de gang terugschuifelde.

Wendy keek hoe ze zich langzaam terugtrok en wachtte tot ze haar de trap op hoorde gaan, naar haar eigen kamer. Toen ging ze weer in haar bed liggen en staarde ze door het raam naar de donkere sterrenhemel.

Veel later werd ze weer wakker, nu van Finns hoge gejammer dat vanachter de glazen deur kwam. Ze was dankbaar om Judes toenemende doofheid en hoopte dat zij het niet had gehoord. Finn stond te janken tegen de paal van de veranda. Ze glipte naar buiten, ging op de planken naast hem zitten en riep zachtjes zijn naam. Hij draaide zich om en staarde haar aan met dezelfde blik als waarmee hij naar de paal had staan turen. Maar toen herkende hij haar en liet zich boven op haar vallen, krabbelend en jankend. Terwijl ze hem aaide tilde hij zijn snuit op – verward, in de steek gelaten – om haar in de ogen te kijken. 'Stil maar, Finny Fin,' fluisterde ze, en ze wreef en klopte op zijn lange, magere rug.

Er kwam een geluid van om de hoek en ze zag Adele het huis uit komen en in haar sportoutfit de houten trap af trippelen. Ze was niet langer de gebogen, dolende verschijning die Wendy in de donkere gang had gezien, maar weer tot haar gewone zelf getransformeerd. Wendy zou haar niet in verlegenheid brengen met vragen over haar nachtelijke omzwervingen. Ze keek hoe ze nu bewoog, haar snelle pas over straat, de houding van haar kleine gespierde lichaam, vastberaden en gefocust.

Finn begon verwoed over de rug van haar hand te likken, en ze liet het toe. Ze zag de huid van haar pols verstrakken en verslappen met de beweging van zijn tong. Uiteindelijk werd het onaangenaam, schuurde het, en trok ze haar hand weg. Opnieuw die verwarde, bedrogen scheve kop.

Ze moest plassen, maar ze wilde niet dat hij weer zou gaan janken. Kon ze hem maar mee naar binnen nemen. Maar Jude zou straks opstaan en er was al een plas op de planken van de veranda te zien. Finn deed tegenwoordig vaak een plas in zijn slaap. Of erger. Meestal vond Wendy de kleine keutels snel en ruimde ze ze meteen op, of de incontinentiematjes deden hun werk, maar Claire had een klein beetje opgedroogde gele poep onder haar bureau aangetroffen. Wreed, had ze gezegd. Maar wat was er wreed aan om het lichaam te laten doen wat het niet kon laten? Het zou pas wreed zijn als ze hem voor zijn ongelukjes strafte.

Die verpleger die was gefilmd toen hij die oude man in het verpleeghuis te lijf was gegaan, toen hij met een schoen naar hem had uitgehaald, had zes maanden huisarrest gekregen. Ze waren afschuwelijk, de korrelige beelden gemaakt door de camera die de familie had opgehangen. Het hulpeloze wankelen van de bejaarde man, de ruwe woestheid van de jonge man die aan zijn kleren trok. De krant had een foto van de verpleger in prachtige Indiase ceremoniële kleding geplaatst, met zijn vrouw en baby op een bruiloft, hun gezichten onherkenbaar gemaakt. Hoe kwam het dat hij van een dergelijke woede vervuld was geraakt?

Wendy was nu al zweterig. Ze wilde douchen, verlangde naar het warme water op haar stijve schouder. Ze ging op haar handen en knieën zitten, stond op met behulp van de paal en fluisterde tegen Finn: 'Maak je geen zorgen, ik kom terug.' Maar hij was alweer begonnen, heen en weer over de planken, *tik tik tik*.

Terwijl het licht in de slaapkamer in het uur voor zonsopgang wazig werd en de eerste vogel zijn eenzame kreet liet horen, trok Adele een glanzende legging van Liz aan waarvan het elastiek strak om haar middel aansloot. Ze ging op het deksel van het toilet zitten en stak haar voeten in haar wandelschoenen, vervolgens pakte ze haar telefoon en trok ze een vijfdollarbiljet uit Wendy's portemonnee op het aanrecht, waarna ze naar buiten glipte, de trap af ging en de straat in liep.

In het schemerdonker van de ochtend, lopend door de straten

op de dag voor kerst, voelde ze des te meer dat ze leefde. Haar huid was zacht in de vochtige lucht en haar tred was zelfverzekerd; ze bewoog zich zonder aarzeling voort. Op dit geheime uur lag het dorp voor Adele open; de geur van frangipani haalde een levendig gevoel in haar naar boven waarin van alles mogelijk leek, tussen haar dromenland en de dag.

Er was niemand op straat. In de verte hoorde ze een vrachtwagen op de autoweg omhoog zwoegen, maar er reden geen auto's langs terwijl ze voortliep, en er brandde slechts hier en daar licht achter een raam. Het was vakantie en te vroeg voor bijna iedereen.

Ze zou de kortste weg nemen, door de straat langs de hoge, stille huizen, over het voetpad en via de steile uitgehakte trap naar beneden naar het parkje aan de baai, waar ze een tijdje zou rusten op de lage muur, luisterend naar het geklots van water tegen steen.

Op dit uur van de dag was Adele bevrijd van het verleden, bevrijd van de toekomst. Haar lichaam werd leniger tijdens het lopen, de ochtendstijfheid in haar ledematen loste op. Ze dacht na over haar lichaam, dat ze beschouwde als haar oudste vriendin. Ze dacht aan haar bindweefsel, dat miraculeuze satijnzachte vlies dat al haar spieren bedekte, een enkel laagje van verbazingwekkend elastisch plastic dat de hele musculatuur onder de huid omvatte en dat verschoof en meegleed als zij bewoog. Adele stelde zich het bindweefsel voor in een fraaie staalgrijze tint. Het glansde bij elke beweging. Op deze stille ochtendwandelingen was haar lichaam leeftijdloos, kende het geen verval. Haar huid lag strak en glad over haar ledematen, straalde onder de vervagende maneschijn en de lichtoranje straatverlichting; haar soepele satijnen bindweefsel gleed alle kanten op met de bewegingen van haar onderarmen, haar heupen, haar kuiten. Ze transpireerde, ja, op haar lip en tussen haar borsten, maar dit was het bedwelmende uur van de frangipani en de indigoblauwe lucht en haar eigen slaperige lichaam, en haar diepe, geopende geest was vrij om te dwalen zonder schuldgevoel, zonder spanning, zonder spijt. In haar geest verschenen haar eigen Martha, haar eigen Hedda, haar Desdemona. Ze wás al deze vrouwen: Masha, Ophelia, Jeanne d'Arc en Linda Loman, Elizabeth Proctor en Blanche DuBois, en nu ze zacht over de voetpaden van Bittoes liep terwijl haar adem met gemak haar lichaam binnenging en weer verliet, stroomden deze vrouwen door Adele heen; ze woonden in haar en ze werd door hen verlicht en gedragen. Door hun vreugde, woede en verlangens. Er waren beslist momenten dat ze een en al energie was, een en al levenskracht, zoals ze in haar meest transcendente momenten op het toneel was geweest, toen de levens van deze vrouwen bezit van haar namen. Ze was een en al lichamelijkheid maar tegelijkertijd bezat ze juist geen lichaam.

Behalve dan dat ze, nu ze eindelijk hijgend en met bonkend hart zat uit te rusten op de lage stenen muur bij het klotsende water, heel nodig moest plassen.

Er waren geen toiletten in het park. Het wateroppervlak lag waar het de walkant raakte vol met rotzooi, een hele rits piepschuimen hamburgerdoosjes en mooi golvende plastic tasjes die licht gaven op het donkere water. Slierten van parelachtige rommel die aan de waterkant terecht was gekomen. Ze kon het wel ophouden.

De zon kwam op, maar van hieraf kon ze de heldere bol niet zien; hij was nog niet boven de ronding van de kaap gerezen en de hemel was bovendien lichtbewolkt. Waar ze dankbaar voor was. Ze trok de zoom van haar T-shirt omhoog om er haar lip en gezicht mee af te vegen. Ze zou een tijdje blijven zitten, wachtend op het licht op het water, want dat was altijd zo'n prachtig gezicht.

De drang om te plassen zat haar dwars. Het dromerige gevoel van voor de dageraad stierf weg. Maar ze zou het ophouden. Het was goed om het op te houden, dat was goed voor het lichaam. Voor de bekkenbodem, wat akelig was om over na te denken. Of niet zozeer akelig maar... deprimerend. Als iets voor oude mensen, hoewel er natuurlijk vrouwen van alle leeftijden waren die bekkenbodemklachten hadden. Toch was het een rotgedachte. Ze kneep krampachtig. Het mocht dan goed zijn voor het lichaam, het was slecht voor de geest. Als deze ergernis er niet was, zou Adele heel lang hier op de muur kunnen zitten, haar gezicht vredig naar de opgaande zon gericht. Het leek of ze zat te mediteren, wat in zekere zin ook zo was. Ze sloot haar ogen, met haar rug naar het water toe, en legde de rug van haar handen op haar knieën zoals ze mensen wel had zien doen. Ze drukte haar duim en wijsvinger losjes tegen elkaar. Ze rechtte haar ruggengraat in haar slanke lichaam en haar helderwitte T-shirt dat daar losjes omheen hing. Een vrouw die lééfde, die volop genoot van een nieuwe ochtend in haar leven, hier aan de waterkant.

Er klonk een hol, onregelmatig klapperend geluid en Adele deed haar ogen open. Er kwam een zeilbootje aan, met wapperende zeilen.

De geur van de baai was opbeurend. Ze deed haar ogen weer dicht en riep het lome, losse gevoel van zojuist weer op. Een vrouw die leefde, die veel vrouwen was geweest, maar nu moest ze toch écht plassen en kon ze het niet langer negeren. De drang noopte haar op te staan en zich naar de rand van het park te haasten, uit het zicht van de boot, die toch al verder zeilde. Hier in de hoek, waar de muur en het stenen trapje samenkwamen, was het park schaduwrijk en stil, en ze hád het niet meer. Er was niets aan te doen: ze duwde snel haar duimen in de tailleband van haar legging en ging op haar hurken zitten, met haar rug tegen de muur, waarvan ze dacht dat die koel zou zijn, maar nee, de warmte van de vorige dag zat er nog in. Ze deed voorzichtig en plotseling voelde het heerlijk om los te laten. Bekkenbodem of niet. De knieën van elkaar, de korte straal urine die rustig en doelgericht in het gras verdween. Tegelijkertijd ontsnapte haar een zucht van opluchting.

Het stelde niets voor op het moment dat ze zich behoedzaam aan de muur ophees, haar stretchbroek omhoogtrekkend; er zaten maar een paar spatjes op. Het was alleen maar iets geweest tussen Adele en haarzelf en de muur en het gras, in de vroege ochtend.

Maar ze zag wat bewegen door het park. Een zilverkleurig vlaggetje, eigenlijk een klein wit hondje, dat naar haar toe draaide. Adeles adem stokte, haar vingers trokken het T-shirt over haar

dijen omlaag en ze zette snel een stap van de muur af, weg van de plek, en daar was ineens een man, daar was Joe Gillespie, die met een riem in zijn hand vanaf de waterkant aan kwam lopen. Hij had zich omgedraaid, op zoek naar zijn hondje, en schrok toen hij haar, Adele, uit de schaduw zag stappen.
 Hij had haar niet op haar hurken zien zitten.
 Hij keek nu naar haar, over het gras heen, en draaide zich weer om naar het water. Maar ze zag dat hij verrast was door de verschijning van een vrouw – hij had haar niet herkend – die in de morgenschemering uit de hoek van het park was opgedoken. Ze was er vrij zeker van dat hij haar niet in het gras had zien plassen, dat wist ze gewoon.
 'Goedemorgen,' riep ze luchtig. Ze bleef staan, ademde in en uit. Ze strekte haar armen boven haar hoofd. Het was heel normaal om in een park yogaoefeningen te doen.
 Gillespie riep zijn hondje, maar het schepsel met zijn tinkelende metalen penningen rook aan het gras waarop Adeles urine zojuist was terechtgekomen. Het hondje duwde zijn kleine driehoekige snuit midden tussen de sprietjes gras waar overheen was geplast. Eventjes voelde Adele zich overspoeld door schaamte en wilde ze het hondje woest in zijn zachte buik schoppen. Straks, stelde ze zich voor, zou Gillespie het dier in zijn armen nemen en zijn met pis bedekte snuit tegen zijn overhemd wrijven. Ze zette haar voeten uit elkaar en zakte door haar knieën, de armen wijd, Krijger II. Ze negeerde de snuffelende hond, zijn schattige bolle buikje. Ze had nog nooit in haar leven een dier kwaad willen doen.
 Gillespie keek naar haar en er verscheen een blik van herkenning op zijn gezicht. Ze zou een dier nooit kwaad doen, maar het stond daar wél te snuffelen, haar te ontmaskeren met zijn gescharrel en zijn gegrom. Had ze gisteravond op straat maar niet tegen Joe Gillespie gezegd wat ze had gezegd.
 'O, hallo, Adele,' zei hij. Er zat een vijandige toon in zijn stem.
 'Goedemorgen, Joe,' en ze sloot haar ogen en zakte nog wat verder omlaag; haar knie deed pijn. Ze kon heel overtuigend zijn,

hoewel ze zich nu een beetje wiebelig voelde en haar hart tekeerging. Het was zwaar om haar armen hoog te houden, haar been gebogen. Plotseling kwam de gedachte in haar op dat het niet veilig was, hier in het lege park met Gillespie die haar stond aan te gapen, met zijn snuffelhondje. Ze had het gevoel dat haar hart uit zijn holte was weggegleden en te ver in haar borstkas omhoogkroop. Het bemoeilijkte haar ademhaling, die te langzaam ging, of juist te snel.

'Coco! Hier!' blafte Gillespie, en het hondje holde naar hem toe. Hij boog voorover om een riem aan de gele halsband van het dier te klikken. Coco. Dan was het vast Sonia's hondje.

Adele bleef waar ze was en maakte aanstalten de houding van de Omgekeerde Krijger aan te nemen. Maar haar armen en benen begonnen nu te trillen van de inspanning. Ze vertikte het om voor de ogen van Gillespie op de grond te zakken, hoewel ze dat graag zou willen. Ze herinnerde zich dat ze in haar droom van de afgelopen nacht had aangeboden om voor een groot gezelschap een overvloedig diner te bereiden, maar dat er iets was misgegaan. Er was een volle zaal geweest en ze had het gevoel dat ze lelijk had gefaald.

Gillespie draaide zich nu om, dus ze liet haar armen vallen en richtte zich weer op, ervoor zorgend dat ze niet wankelde. Hij liep met het hondje naar de andere kant van het park, naar de pier die een stuk de baai in stak. Hij leunde halverwege over de reling en staarde naar het water terwijl het hondje aan de riem liep te scharrelen.

Haar hart was naar de juiste plek in haar borstkas teruggezakt, maar het klopte nog steeds te snel. Ze zocht naar de zon, maar de bewolking was dikker geworden en ze kon niet zien waar die zich achter de witte lucht bevond. Het was al klam. Ze zweette nu hevig onder haar T-shirt; er zoemde een mug bij haar oor. De artistiek leider van het Box Factory Theatre, die ze gisteren had beledigd, had haar toch zeker niet zien plassen in het gras – als de eerste de beste zwerfster. Het gevoel van gisteravond – kalm, simpel – was verdwenen. Een onzinnig moment lang wilde ze dat ze Finn op haar wandeling had meegenomen.

En nu liep Gillespie over de pier terug in haar richting. Ze zag aan zijn snelle, doelbewuste passen dat hij haar iets te zeggen had.

Ergens in haar verborgen lag een geheim, een wazig gedeelte waarin Wendy de toekomst kon zien. Terwijl ze deze warme ochtend op de veranda nog slaperig haar koffie zat te drinken dacht ze hierover na, hoewel ze niet zeker wist wat het betekende. Ze tuurde omlaag naar de vijverton. Er zaten vissen in. Althans, er zouden vissen in moeten zitten, hoewel het water donker was en er een laagje slijm over de bladeren van de waterlelie lag.

De warmte steeg op vanaf de planken en de muren van het huis. De horren waren ingezakt en in de uiterste hoek van de veranda leek het hout te rotten. Ze zag er als een berg tegenop om dit aan Jude te melden. Het was te warm om erover na te denken. Ze konden gewoon een plantenbak in die hoek zetten.

Het was zo'n ochtend waarop haar dromen dicht aan de oppervlakte hadden gelegen. Ze had gedroomd dat de vrouwen in een riante Italiaanse stenen villa verbleven, met een ophaalbrug en bedienden. En net toen het haar beurt was de grote hal in te lopen – de andere twee waren haar voorgegaan – werd ze wakker. Terwijl ze uit haar slaap naar boven kwam en hen de grote ruimte in zag stappen, dacht ze bij zichzelf: *ze kennen de geschiedenis niet eens.*

Wat pijn deed, zo had ze zich bij het ontwaken gerealiseerd, was dat ze er nog steeds niet was aangekomen, die plek waarvan ze altijd het gevoel had gehad dat die op haar wachtte als ze maar hard genoeg werkte, als haar intellect nét dat laatste beetje verder zou reiken. Er verscheen een rode vis in het water die naar het oppervlak gleed. Ze leunde naar voren en sloeg zijn doelbewuste, trage gang door het troebele water gade. Mensen als Wendy hadden hun beurt gehad; dat moest ze nu gaan accepteren. Het was tijd om af te taaien, een stap terug te doen. De vis bereikte het wateroppervlak. Ze zag geen ogen, maar zijn kleine mondje opende en sloot zich in de lucht, geduldig zoekend. Ja. Het leven – ideeën, denkvermogen, ervaring – was nog aanwezig, om te doorgronden, om uit te drukken op de wijze die alleen zij beheerste. Ze had haar beurt nog niet gehad, ze zou niet zinken. Ze wilde meer.

Vanuit het huis kwamen geluiden van servies en een lopende kraan, gevolgd door een schreeuw van Jude. Ze stond op en haastte zich van de veranda naar de keuken.

De arme Finn zat ineengedoken te trillen in een hoek. Wendy liep naar hem toe, nam zijn vieze snuit teder in haar hand en gooide een theedoek op de beschamende plas op het linoleum.

'Wérkelijk,' siste Jude, en het scheen Wendy toe dat ook Jude trilde, net als Finn, niet van angst maar van woede. Niet fysiek maar diep vanbinnen, haar koude en grimmige kant. Zo zat Jude in elkaar; je voelde dat die kant van haar altijd op de loer lag.

'Rustig maar,' riep Wendy kalm terwijl ze met de theedoek een walletje om de hondenplas heen maakte en er met haar voet tegenaan duwde, ondertussen Finns halsband vastgrijpend. Ze had het tegen Finn, maar eigenlijk ook tegen Jude. Het was maar een plasje! Je zou denken dat er een ramp was gebeurd.

Jude beende door de keuken en boog over Wendy heen. Met theatrale gebaren trok ze meters keukenpapier van een rol, waarna ze de rol onder haar elleboog klemde en het papier onnodig driftig afscheurde. 'Hier.' Ze zwaaide ermee naar Wendy, die nu op haar knieën zat en probeerde Finn naar zich toe te trekken. Zijn voorpoten waren verstijfd, hij beefde.

'Hij is doodsbang,' zei Wendy. 'Als je tegen hem schreeuwt, wordt het alleen maar erger.' Hij was dan wel doof aan het worden maar hij was heel gevoelig. Een agressieve sfeer voelde hij aan, hij werd er ontzettend angstig van. En Judes woede was erger dan gemiddeld. Wendy negeerde Judes uitgestrekte hand en liet het papier op de grond dwarrelen.

Jude liep heen en weer tussen de koelkast en de gootsteen en begon weer eens verwoed het aanrecht te boenen, waarbij ze haar hele lichaam in de strijd gooide en gekweld mompelde dat ze geen idee had hoe Gail in vredesnaam een huis zou moeten verkopen dat naar hondenpoep en naar pies rook. Toen draaide ze zich om en stak een vinger omhoog. 'We hadden besloten dat hij búíten zou blijven.'

Wendy kwam moeizaam overeind. Dat heb jíj besloten, dacht ze bij zichzelf. Maar ze ging niet met Jude in discussie zolang ze in deze stemming was.

'Kom, Finny,' fluisterde ze. Ze hoopte dat Jude opmerkte dat Finn gespannen langs zijn lippen likte – zijn uitgerekte zwarte lippen, zo zacht en slap – en dat hij minder trilde wanneer ze vriendelijk tegen hem praatte. Hij stond op, sjokte door de keuken, *tik tik tik*, en volgde haar naar buiten.

'Ik ruim het zo op,' riep ze over haar schouder terwijl de hond en zij de veranda op liepen, naar de hoek waar de schaduw van de peperboom nog viel.

De cicaden vertraagden even en hervatten toen hun onophoudelijke wilde gesjirp in de warme lucht. Ze klikte de riem aan Finns halsband en gaf hem een klopje. Ze ging terug naar binnen, ruimde de plas op, liep weer naar buiten met haar hoed en haar autosleutels in de hand en zei: 'Kom, lieverd, dan gaan we wandelen.'

Op de sportschool van Adele glimlachten de jonge vrouwen verveeld beleefd wanneer de middelbare dames zich verwonderden over haar fitheid. Ze was lenig, kon haar tenen aanraken, Adele zag er geweldig uit. Haar kleine billen stijlvol in Liz' Lululemonlegging, haar beroemde borsten nog steeds beroemd. Ze was hun lieveling. Ze bewierookten Adele, de oudere dames, om de oogverblindende schoonheid die ze vroeger bezat (vróéger – dat negeerde ze glimlachend, ze was tenslotte actrice). Zij wisten nog dat ze een zomer lang de stad in vuur en vlam had gezet, samen met Jack, in *Wie is er bang voor Virginia Woolf?* Dat men in de stad die zomer nergens anders over sprak dan over Antoniades, op oorlogspad, explosief, verpletterend in haar zwarte jurk op de trap, met haar decolleté en glinsterende oorringen. *Ik, George... Ik.*

Hier dacht Adele aan op weg naar het huis, met het vlak van de baai zilverkleurig achter haar uitgestrekt, daar waar het gesprek met Gillespie was achtergebleven in de lucht bij de pier.

Sonia lag nog te slapen, had hij met een licht spottende toon in zijn stem gezegd. Adele had willen vragen wáár Sonia dan sliep. Deelden ze een bed, zoals iedereen zei? De aard van hun relatie was een mysterie, hoewel er druk over werd gespeculeerd. Ze waren geliefden. Hij was homo. Zij was lesbisch. Maar ze was getrouwd! Dat was een feit: Sonia was al drieënveertig jaar getrouwd met de rechtsgeleerde David Rossiter. Toch bleven de geruchten aanhouden: ze was getrouwd én lesbisch én de minnares van homo Joe Gillespie. Hij had een soort moedercomplex. Ze waren artistiek met elkaar verbonden. Zij was zijn muze. Hij die van haar. Ze was bestuurslid van de Box Factory. Rossiter had het theater miljoenen geschonken. Hoe het ook allemaal in elkaar zat, het duurde al jaren.

Gillespie kauwde op zijn lip en toen hij, nadat hij doelbewust over het gras naar haar toe was geschreden, bij haar was aangekomen leek hij ergens op te wachten. Adele, nerveus als ze was, kon de yogakomedie niet volhouden. Ze liep naar een houten bankje aan het water, alsof ze dat sowieso al van plan was geweest, en Gillespie volgde haar. Haar armen en bovenbenen deden pijn, en ze liet zich dankbaar op het bankje zakken. Het hondje snuffelde aan haar schoenen, wat prima was. Het was hier minder ongemakkelijk, nu ze elkaar niet meer aankeken.

Het team van Xander had de vorige avond tot laat doorgewerkt, had Joe chagrijnig gezegd. Nu de Tsjechov-voorstellingen bijna achter de rug waren werkten ze aan het volgende stuk, gingen ze na hoe ze dat van Gorki zouden benaderen. Hij zei 'wij'. Hij bedoelde Sonia en zichzelf. Hij ging abrupt voorover zitten, met zijn ellebogen op de knieën, en staarde naar de grond. Hij leek behoorlijk boos. Waarom vertelde hij haar dit allemaal?

'O,' had Adele beleefd gezegd. Ze wilde opstaan en vertrekken, want een sterk gevoel van verveling maakte zich van haar meester. Er was het stuk van Gorki, daarvoor dat van Tsjechov, en na Gorki zou Ibsen of Strindberg volgen. Of iets van Brecht of Pinter of Beckett. Gillespie zou op internet zelfkritische interviews geven over de complexiteit, de waanzinnige ambitie die met zijn interpretatie gepaard ging. Bij de première zou het publiek de zaal in stromen, maar Adele Antoniades zou er geen moment aan te pas komen, en de gedachte aan dit alles bracht dezelfde oude, doodse woede teweeg. Alleen was ze nu te vermoeid, te verveeld, om woedend te zijn.

Plotseling wendde Gillespie zich tot haar en zei: 'Wat zou jij doen als je in mijn schoenen stond?'

Hij had haar een vraag gesteld en keek haar aan, wachtend op een antwoord.

Adele was verbijsterd geweest toen ze een blik van angst op zijn gezicht waarnam. En ze begreep dat hij zich haar woorden van gisteren had áángetrokken! Dat hij zich uitgedaagd voelde, zelfs een beetje gekwetst, door Adeles mening. En nu vroeg hij haar om advies.

Er was gisteravond iets belangrijks met haar gebeurd, daar op straat, wist ze nu. Ze had naar Finn gekeken, de onverschilligheid en onschuld van zijn lichaam gezien, van zijn lege geest, en er was iets in haar weggevallen. De hond had daar simpelweg gezeten en nu zat Adele ook alleen maar. Zwijgend, zonder iets te doen. Te wachten. Toen wist ze ineens dat het stuk van Tsjechov ondanks de posters en alle drukte eromheen een flop was geweest; het laatste van een reeks fiasco's. En ze wist dat Gillespie als de dood was dat een of andere nieuwe, jonge ster aan het firmament nu de ladder beklom, langzaam maar zeker, klaar om zijn functie over te nemen. En ze wist ook dat hij Sonia Dreyfus daar op de een of andere manier voor verantwoordelijk hield.

O, jezus. Ze moest er bijna om lachen. Maar dat kon ze niet, want ze begreep die vreselijke pijn van falen maar al te goed. Ze was zijn gelijke, hier op het bankje. Vanaf dit punt konden ze verder.

Dit alles, en de rest van hun gesprek, nam Adele mee terug naar het huis. Het voelde als een geheim, hoewel er niets beschamends aan was. Maar ze kon het niet blootstellen aan het licht, en al helemaal niet aan het kritische commentaar van Jude of Wendy.

Ze kon haar nog steeds spelen. Dat wist ze gewoon, want het gebrokenglasgevoel van Martha zou altijd in haar aanwezig blijven. De schouders naar achteren, snauwend, kwetsend. Het zou origineel zijn, een nieuw soort theater. Adele zag eruit als zestig, zei iedereen.

Achter haar klonk het ploffen van rennende voeten op beton; de lucht werd verplaatst door een jonge vrouw die een stap opzij deed en voorbijsnelde, sierlijk in haar hemdje, met goudbruine armen en benen. Haar paardenstaart danste onder haar pet, haar huid lichtte op in de ochtendzon. Oké, ja, maar wat was zo'n meisje vergeleken met Adele Antoniades?

Ze schudde met haar Fitbit, maar ze kon het horloge niet aflezen zonder haar bril. Ze sloeg af, de heuvel op naar het huis, en vertraagde een beetje op het steile pad. Wendy en Jude zouden nu wel op zijn en aan het ontbijt zitten. Er zou een lijst klusjes voor Adele klaarliggen. Ze wilde er niet aan denken. Aan Jude die orders gaf en haar pavlova misschien niet eens zou maken.

Ze had de Martha-oorringen nog, die behoorden tot haar lievelingssieraden. Ze had ze bij zich, ze zaten in haar reistas. De kleedster had ze Adele al die jaren geleden in de hand gedrukt, in een dronken bui op het feestje voor de cast. Ze waren zwaar en zwart, ze zwierden en glinsterden.

Wie is er bang? Ik, George.

Maar Adele was niet bang. In haar ontstond een nieuw, volkomen nieuw soort licht.

Toen Wendy terugkwam van haar wandeling, zat Jude op haar knieën op de keukenvloer, omringd door pannen en ineengedoken alsof ze daar was neergedrukt door het gewicht van haar eigen boosheid.

Net goed, dacht Wendy, en ze liep haar voorbij naar de gootsteen.

'Waarom knijp je je ogen dicht?' vroeg Jude, maar dat deed Wendy helemaal niet.

'Dat doe ik niet,' zei ze, en ze streek wat korreltjes zand van haar slaap.

'Waarom zit je gezicht onder het zand?'

'Dat valt wel mee,' zei ze bij de gootsteen, waar ze een kom en vervolgens een glas met water vulde. Ze veegde tersluiks over haar wang, maar de korrels bleven plakken als glitter.

Ze liep naar buiten en zette de kom voor Finn neer, die hem negeerde. Ze ging aan de houten tafel op het beschaduwde gedeelte van de veranda zitten. Haar lichaam was sterk. Ze tuurde met samengeknepen ogen vanuit de schaduw naar het heldere licht en dronk koud water uit het dikke glas in haar hand. Een beetje zand in haar oog, in de hoek, maakte dat ze haar ogen samenkneep. Ze probeerde het er met een vinger uit te wrijven, maar er zat nog wat zand aan haar vingers en nu werd de irritatie erger, door een cluster van korreltjes, veronderstelde ze, die over haar oog bewoog.

Het zou snel overgaan; daar zou het oog wel voor zorgen. Het grootste deel van het lichaam werkte zo: als je het met rust liet, kwam het vanzelf weer goed. Haar lichaam was sterk, had ze tot haar tevredenheid geconstateerd toen ze overeind kwam bij de gladde rots waar ze was uitgegleden. Ze had zich niet eens bezeerd, maar het was vast komisch geweest voor de mensen om een oude vrouw te zien die in een getijdenpoeltje wilde turen en toen: o jee! Bips in de lucht, knieën in de smurrie en vervolgens: oeps! Opnieuw onderuit, nu op haar zij. Opspattend water, zonnebril en telefoon bedekt met nat zand. Haar telefoon! Ze krabbelde overeind, ging op haar knieën in het modderige, zanderige water zitten, op de glibberige steen, en hield haar telefoon omhoog. Wat een toestand. Ze wikkelde hem in haar T-shirt, rolde dat vanaf haar middel omhoog en klemde hem onder haar kin terwijl ze de zanderige bril en hoed pakte, die vochtig waren maar niet kletsnat.

Finn had slechts hulpeloos toegekeken, met zijn riem in de knoop om Wendy's enkel.

Niemand had haar in verlegenheid gebracht door haar te hulp te schieten, wat prima was, want ze was ongedeerd. Ze voelde zich de rest van de wandeling naar huis behoorlijk kwiek, zeker toen ze de telefoon weer tevoorschijn had gehaald en had gezien dat hij het nog deed; alleen het hoesje was een beetje nat. Haar lichaam was sterk en ze had er geen schrammetje aan overgehouden. Alleen maar zand, dat als glitter in haar huid was gedrukt. En het oog, dat vanzelf weer zou herstellen.

'Ben je gevallen?' Jude stond in de deuropening te loeren.

'Nee,' zei Wendy. Ze draaide zich niet om. Jude kon kijken wat ze wilde, zich ermee bemoeien wat ze wilde, maar Wendy was geen verantwoording verschuldigd aan Jude. Ze redde zichzelf wel. Ze ging zich niet omdraaien, want haar oog zat nu helemaal dicht door het zand, en het vergde al haar wilskracht om niet voorover te buigen en te proberen het zand eruit te krijgen. Ze bleef simpelweg zitten, het zanderige oog dichtgeplakt en tranend, het goede oog langs de zilverachtige planken van de veranda op de bomen gericht.

Uiteindelijk hoorde ze het gerammel van pannen en wist ze dat Jude weer aan de slag was gegaan, zodat ze langs de keukendeur de badkamer in kon sluipen om haar oog uit te spoelen. In de spiegel zag ze dat er gele moddervlekken op haar T-shirt zaten, bij de schouder. Dat gaf niets. Ze spetterde water in haar oog en ziedaar! Het zand was weg, zij was tevreden en ze maakte zich lang in de kleine ruimte.

Ze piekerde over iets wat op het strand was gebeurd.

Daar lag een aangespoelde kleine paddenvis dood op het zand. Ze was bang geweest dat Finn zou proberen hem op te eten, maar die bleef uit angst voor de golven uit de buurt. De vis was mollig en ze had best over zijn zachte witte buikje willen aaien. De golven zouden hem weer ophalen, mee terugnemen in de stroom. Maar het was eb; een enkele golf had de vis te ver het strand op geworpen en nu lag hij daar waar hij niet hoorde, op het harde zand. Hij moest terug het water in om langzaam te rotten, te verschralen en uiteen te vallen. Wendy schopte ertegen met de neus van haar strandschoen, en er kwam een kabbelend golfje aan om de vis terug te nemen, om hem met zijn flikkerende witte buikje weer naar de zee te rollen. Maar de golven gleden terug en lieten de vis op het strand liggen. Hij werd niet teruggenomen. Finn en zij liepen met wankele pas weer door, maar het zat haar dwars dat de golven de vis niet terugnamen. De natuur deed niet altijd wat juist was.

Wendy mocht haar omgeving graag haar wil opleggen, had Lance vaak gezegd, soms met een lach. Als Lance hier was geweest zou ze hem zonder omhaal hebben verteld: 'Ik ben gevallen!' En hij zou op milde toon hebben gezegd: 'Gaat het wel?' En zij zou zeggen 'Ja, natuurlijk', en hij zou bevestigen dat Wendy sterk was, dat een uitglijder, een val op het strand niets voorstelde, en dat helemaal niemand zich ermee te bemoeien had.

Maar na de paddenvis had er nog iets gelegen, op het zand. Iets afstotelijks. Een of ander creatuur. Een samenstel van vinnen of misschien botjes of puntige bruine tanden, best fraai, gebogen, als een verzameling ronde schildpadhaarkammetjes of diadeempjes. Maar daaraan vast zat het lijf. Ze kon er maar heel even naar kijken. Gezwollen, vlezig, slijmerig en beschadigd. Grijs met iets paarsachtigs, een lange tong of zoiets? Of een penis, afgeplat en in ontbinding? Het lag eronder, het zat vast aan de kammetjes. Ze kon er slechts een ogenblik naar kijken. Ze klemde de riem vast en ook Finn rukte eraan om weg te komen van dat ding.

Lance zou geboeid zijn geweest, zou het hebben omgedraaid om het te bestuderen, maar Wendy zette een stap achteruit en liep erbij weg. Zij en Finn haastten zich naar de getijdenpoeltjes en daar was ze uitgegleden.

Nu zat ze onder de peperboom op de veranda over haar elleboog te wrijven. Ze had geen schrammetje en ze had er misschien juist wel energie door gekregen, want ze was naderhand praktisch naar huis gerend. Mensen gingen soms maar door over vallen, alsof je neerkwam en nooit meer opstond. Alsof je één keertje uitgleed en dat dan het begin van het einde was: gebroken heup, verpleeghuis, een smeekbede aan je dochter om je zelfmoordpillen uit de achtertuin op te graven. Nou, zij was gevallen en er was niets aan de hand. Het voelde als een overwinning. Maar de gedachte aan dat slijmerige ding bleef in haar hoofd hangen en ze wilde dat ze het niet had gezien.

Even later hoorde ze Adele de trap op stampen en vervolgens in de keuken met Jude praten.

Ze kwam met haar eigen glas water naar buiten en ging zitten. 'Gaat het wel, Wendy? Jude zei dat je bent gevallen!'

Ze hadden in de keuken over háár gepraat. Adele was gestuurd om haar tot bedaren te brengen.

Nu Sylvie er niet meer was zou het steeds zo gaan. Wendy kon wel huilen bij de gedachte. Maar Adele bleek niet met Wendy bezig te zijn, of met Jude, maar – uiteraard – met zichzelf: 'Wen, sorry, maar weet je nog dat ik je heb gevraagd of ik wat geld van je kon lenen?'

Wendy draaide zich naar haar toe. Ze was helemaal vergeten dat Adele haar had gevraagd of ze geld kon lenen en dat ze had toegestemd. Maar nu haar aandacht er weer op werd gevestigd realiseerde ze zich opnieuw dat het vreemd was.

'Hoe gaat het eigenlijk met Liz?' vroeg ze op niet al te vriendelijke toon. Waarom kan zij je geen geld geven, vroeg ze nog net niet, maar Adeles ogen, die zich langzaam op haar richtten, waren vochtig en ze acteerde niet.

'O, Adele.' Verdomme. Liz had haar eruit gegooid.

'Niet aan Jude vertellen,' zei Adele vlug.

Finn schokte in zijn slaap en huiverde toen even, alsof hij kortstondig ergens door werd bezeten en vervolgens omhoog zweefde, zijn lichaam uit.

Wat Jude niet mocht uitspreken was de simpele waarheid: dat Finn uit zijn lijden verlost moest worden. Dát was het, niet de klusjes die nog gedaan moesten worden of de hondenpis op de vloer – walgelijk – waardoor de nare stemming die in het huis heerste werd veroorzaakt. Het waren de leugens, de onuitgesproken dingen die Jude als verstikkend ervoer bij elke holle opmerking die Wendy over hem maakte – over Finn, maar ook over Sylvie en Finn, hun prachtige vriendschap, over de hond die zo lief, zo helemaal in orde was.

Elke keer dat Jude haar mond moest houden, elke keer dat ze niet tegen Wendy zei dat ze hem uit mededogen zou moeten laten sterven, voelde ze de schijnheiligheid als een plastic zak straktrekken, steeds strakker over haar mond en neus. Ze kon er niet tegen.

En dit verrekte huis moest worden uitgemest en Daniel zat de ideale echtgenoot uit te hangen. Hij had haar laatste berichtje niet beantwoord, wat betekende dat hij naar de kerstpijpen van zijn vrouw danste. Maar wat verwachtte Jude dan? Ze had niet het recht om zich gekwetst te voelen, en nu zaten de anderen ook nog te fluisteren op de veranda, zodat Jude, zoals altijd, in haar eentje voortploeterde.

Een ogenblik geleden was ze om een handreiking te doen, de lucht te klaren, naar de deuropening gelopen en had ze hun verteld dat ze voor vanavond een kip zou braden. Toen ze zich naar haar toe draaiden hadden ze duidelijk iets te verbergen. Ze hadden over haar zitten praten.

Het kon haar niet schelen. Dit was geen vakantie. Jude was hier om te werken. Terug in de keuken posteerde ze zich voor het aanrecht en deelde ze de pannen in twee kampen in: bewaren of weggooien. De *weggooikant* stond vol met goedkope, verfoeilijke antiaanbakpannen met doorgezakte bodem en bekrast oppervlak – waarom bleven mensen ze kopen, pan na pan, terwijl ze in het midden altijd kromtrokken en het zwarte spul langzaam maar zeker in je voedsel werd geschraapt? – en goedkope soeppannen met kapotte handvatten, plus de gedeukte bakplaten en muffinvormen die überhaupt nooit waren gebruikt. Aan de *bewaarkant* stonden drie nieuwere roestvrijstalen steelpannen met goed sluitend deksel en de gietijzeren koekenpan die alleen Jude gebruikte omdat anderen hem te zwaar vonden. En nu creëerde ze een derde – heel kleine – categorie, van spullen die ze mee naar huis zou nemen. Het waren de spullen die ze zelf aan Sylvie had gegeven.

Hiertoe behoorden het zilveren slabestek en haar eigen grote rode Le Creuset-braadpan waarin ze ooit een coq au vin had meegebracht naar Sylvie en Gail in Sydney, en die ze vervolgens nooit had teruggekregen. Dat was haar eigen schuld. De eerste paar keren dat ze ernaar vroeg had Sylvie zonder enig schuldgevoel gezegd: 'O ja, we hebben hem meegenomen naar Bittoes, ik moet eraan denken hem mee terug te nemen.' Daarna had Jude geaccepteerd dat de pan al dan niet op een dag weer zou opduiken, maar dat ze er in elk geval niet op moest rekenen dat ze hem snel – of ooit – zou terugkrijgen. Nu was de emaillen laag aan de binnenkant donkerbruin, zwart van flinterige aangebakken viezigheid, en was de buitenkant vettig van stof en vuil.

Ze stuurde Daniel nog een berichtje – *Nog twee van deze dagen, aargh!* – om zichzelf te dwingen genereus jegens hem te zijn, om zichzelf eraan te herinneren dat de tijd voorbijging en dat aan deze verstikkende toestand een einde zou komen.

En toen vond ze een fles bleekmiddel achter in het kastje onder de gootsteen, spreidde ze wat krantenvellen uit en stortte ze zich op het verpeste email. Ze trok de rubberhandschoenen aan en begon te boenen. Sylvie ging onzorgvuldig om met andermans spullen, maar dat werd haar altijd vergeven, en het was aan jezelf om te voorkomen, terug te halen, te herstellen. Dit was een simpel feit; al haar vrienden en vriendinnen wisten het, of zouden het moeten weten. Als je je eigendommen aan Sylvie toevertrouwde, dan was dat op eigen risico.

Adele riep vanuit de woonkamer dat ze daar een begin zou maken en dat Wendy aan de slag was gegaan in haar slaapkamer.

Waarom zou Jude daarop reageren? Was ze hun moeder soms? Ze gaf geen antwoord. Ze poetste de pan die Sylvie had laten aanbranden en hield haar adem in omdat de ammoniaklucht opsteeg en in haar ogen prikte.

Judes sombere stemming trok nu door het huis, sijpelde door de dunne muren en vloeren. Wendy was blij dat ze zich in de slaapkamer kon verschuilen. Finn liep weer met tikkende nagels heen en weer, maar het ritme van zijn beweging maakte haar niet langer nerveus nu hij zich buiten het gezichtsveld van Jude bevond.

Die arme Adele, hoe moest het nu met haar verder? Wendy voelde een geërgerd medeleven, maar ook een overtuigde, diepe, meedogenloze behoefte aan zelfbescherming. Ze kon Adele niet in huis nemen; ze moest werken.

Er zou zich wel een oplossing aandienen, dat zei Adele zelf ook altijd. Liz zou haar terugnemen of ze zou zich binden aan een nieuwe man – of vrouw. Ze hadden het in de loop der jaren allemaal zien gebeuren. Ze hadden zich erover verwonderd: de manier waarop Adele als ze was vastgelopen in zichzelf kon reiken om daar een lucifer af te strijken, haar inwendige lamp aan te steken en op te draaien. Dan kwamen de vrijers als nachtvlinders op de vlam af.

Maar nu was Adele in de zeventig, zei een weifelend stemmetje in Wendy's hoofd. Niemand wil je nog als je oud bent. Je moest je zaakjes voor elkaar hebben voordat je dit punt had bereikt. Je moest rekening houden met de toekomst, met de slechtste scenario's, je moest je erop voorbereiden. Anticiperen, aanpassen, accepteren.

Ze begon het boekenrek leeg te halen. Ook deze kamer was gemakkelijk, want er waren eigenlijk alleen het nachtkastje – dat ze zonder te kijken zo in de vuilnisbak kon legen, besloot ze – en de boeken.

Wendy koesterde geen sentimentele gevoelens voor boeken, zoals veel andere mensen deden. Je had ze nodig, ze waren lucht die je inademde, maar als voorwerpen hadden ze voor haar geen emotionele waarde. En ze moest ervan niezen als ze er lang genoeg stonden. Je kon ze niet weggeven; dat wist ze, want ze had het geprobeerd. Niemand wilde nog boeken, je kon ze net zo goed verscheuren en in de oudpapiercontainer gooien, maar in plaats daarvan zetten mensen ze in dozen aan de straat tot ze nat werden van de regen, of ze verhuisden van kofferbak naar kringloopwinkel naar vuilnisbelt. En toch had elk exemplaar aantrekkingskracht, maakte het deel van je uit.

Maar met Sylvies boeken kon ze genadeloos afrekenen, die haakte ze met een vinger uit het rek – een voor een. Hier had je *Watership Down* en *Three Cheers for the Paraclete*, hier *Hoyle's Card Games*, *The Female Eunuch* en *Seashells of the Australian Coast*. Er lag ook een halfvergane stapel detectives met kaften vol papiervisjes: *4.50 from Paddington*, *The Thirty-Nine Steps* en *One, Two, Buckle My Shoe*. Ze liet ze allemaal in de zak voor de kringloopwinkel vallen – een, twee, een, twee. Het waren Sylvies boeken, maar onwillekeurig riepen de titels ook fragmenten uit haar eigen leven op… Het meisje dat de hele dag op haar ouders' bed lag te lezen, het meisje dat met blote tenen schelpen wegtikte op het strand, zich kapot liep te vervelen in de vakantie, haar tijd op kostschool, de vreemde ritten met haar vader naar elders om daar een paar dagen te verblijven 'om je moeder te ontlasten' (hoezo?) – stoffige, onbekende oorden waar schaapscheerders of boerenknechten woonden, met wie haar vader bier zat te drinken terwijl zij op een doorgezakt eenpersoonsbed Agatha Christie lag te lezen, met haar voeten tegen het vale beschot van een aanbouw bij een boerderij trappend.

Wendy niesde. Finn kwam tikkend naar haar deur sjokken en stond hoopvol te staren; zijn goede oog traande een beetje. 'Het is oké, lieverd,' zei ze. Hij bleef staan en haar hand trok een stapeltje kaarten tevoorschijn, ansichtkaarten die mensen vanaf hun vakantieadres naar Sylvie hadden gestuurd.

Die sentimentele oude Sylvie! Ze nam het stapeltje door – rode dubbeldekkers in Londen, een Grieks eiland, een stadsgezicht van Hongkong, en ze herkende geen van de handschriften. Gekrabbelde berichtjes van mensen van wie ze nooit had gehoord, met namen als Daryl, of Cassie en Dave, of Arabella Hoskins. Wie waren al deze mensen en waar waren ze nu? Dood, veronderstelde ze, een flink aantal van hen. Ze gooide de kaarten een voor een in de vuilniszak. Er was er een bij van de Eiffeltoren, afkomstig van Gail – die zou ze voor Gail bewaren, hoewel er alleen maar op stond: *Tot de 14e, neem een jas mee, het is ijskoud!* En een van het Chrysler Building – van haar! Van Wendy zelf! Een aangename warmte trok door haar heen bij het idee dat Sylvie hem had bewaard. Wendy had op de kaart geschreven dat ze zich overweldigd, geïnspireerd en eenzaam voelde in New York, maar dat het Chrysler Building het allemaal de moeite waard maakte. Ze hoopte dat het goed met iedereen ging. *Ben snel weer thuis, Wxxx.*

Wendy herinnerde zich niets van New York, behalve het Chrysler Building en hoe vreselijk ze Lance had gemist. En nu zat ze hier in deze slaapkamer, die naar schimmel rook, en probeerde ze zich New York te herinneren, wat niet lukte. Ze schaamde zich omdat ze besefte dat de rijke details van de wereld kostbaar waren, maar dat ze daar telkens pas achter kwam nadat ze ze over het hoofd had gezien. Zo was het haar hele leven geweest: als ze zich dingen, ervaringen voor de geest wilde halen – een wandeling in Central Park, of een puntertochtje op de Cherwell met een jongen in Oxford, of het zwemmen bij de Abrolhos-eilanden toen dat babyzeehondje om haar heen had gedarteld – realiseerde ze zich dat ze niet goed genoeg had opgelet, en nu waren die dingen alleen nog contouren; ze waren weg. Ze had dit al eerder onderkend, maar dat hielp niet het te weten. Ze had getracht de details te bewaren terwijl ze vooruitkeek naar de volgende ervaring, of erover inzat, in de wetenschap dat ze naar haar zouden terugkeren nu ze ze had verzameld, opgestapeld en gebundeld in de koffer van haar gedachten, maar als ze die opendeed trof ze alleen maar vlakke, levenloze flarden aan.

Ze besloot om nu alles goed in zich op te nemen, zich te concentreren op alle ervaringen – de gewaarwording van het zeewater waarmee haar oren zich gisteren hadden gevuld, de kleur van de ogen van de serveerster – maar de dingen schoten op haar af en dan langs haar heen, en ze kon ze niet lang genoeg tegenhouden om er goed acht op te slaan.

Jonge mensen, Australiërs, hadden tegenwoordig een Amerikaans accent; ze spraken hun r aan het eind van een woord uit en zeiden *afterr* met de *a* van *apple*. Waarom? De westerse wereld was samengesmolten tot één grote culturele geleiachtige massa. Toen ze nog lesgaf – jaren geleden, toen ze haar nog vroegen – kenden haar studenten de namen van buitenwijken in San Francisco of Seattle beter dan de namen van plaatsen in westelijk Victoria. Het was merkwaardig. Gedurende het grootste deel van Wendy's leven wisten Australiërs slechts 'New York' of 'la' of 'Niagara Falls' te noemen als het over Amerika ging, maar nu kochten de kleinkinderen van haar vriendinnen *brownstones* om in te wonen en runden ze firma's in Brooklyn alsof dat de normaalste zaak van de wereld was. *Neighbourhood*, zeiden ze. Bed-Stuy. Prospect Heights.

Ze schaamde zich omdat haar eigen wereld zo klein was gebleven ondanks de jaren in Oxford, ondanks New York in die korte, fantastische maanden. Het had fantastisch moeten zijn – *Ms.* en *Esquire* en Columbia die allemaal háár werk wilden, de geest, de ideeën, de intellectuele gaven van Wendy Steegmuller! – maar nu ze naar deze ansichtkaart keek herinnerde ze zich alleen nog maar de gêne omdat Amerikanen vonden dat ze te veel dronk, en hoe geschokt ze was dat zelfs sommige feministes een zwarte werkster hadden. En dat ze Lance zo ontzettend, zo fysiek had gemist dat ze er ziek van werd en zo snel mogelijk naar huis was teruggekeerd. Vreemd genoeg, realiseerde ze zich nu, wist ze niet meer wat ze met de kinderen hadden gedaan. Wie had er voor ze gezorgd? Lance natuurlijk, maar er moest nog iemand anders zijn geweest. Zijn moeder? Het was een raadsel.

Er waren mensen geweest die vonden dat ze langer in de vs had moeten blijven, meer lef had moeten hebben, dat ze de vrouwenbeweging had teleurgesteld door terug te vluchten naar een man, naar het moederschap. Ze had een tijdje het gevoel gehad dat Sylvie misschien wel een van hen was. Ze wreef met de ansichtkaart over haar buik om hem stofvrij te maken en opnieuw te lezen, waarna ze hem met de andere in de vuilniszak gooide.

Adele was nog niet helemaal klaar met de slaapkamer boven, maar ze zou er later weer mee verdergaan. Het was er deprimerend, met die zakken kleren overal, de halflege kasten. Ze zou het morgen wel afmaken, als ze meer tijd had. Als ze een helderder idee had van wat er nu zou gaan gebeuren. Wie zou het zeggen? Ze keek rond in de woonkamer. Nog onaangeraakt, een decor vol mogelijkheden.

Buiten vulden de cicaden de roerloze zomerlucht met klank. Je moet de dode huid afwerpen – dat had ze tegen Gillespie gezegd. De *bush* zat vol herboren insecten en slangen, glanzend van nieuwigheid. De droge schildjes en vellen ritselden terwijl de herrezen schepsels uit hun dode zelf gleden en wegglipten. Je moest je ontworstelen aan wat jou ooit had beschermd.

Waar te beginnen? Ze stond midden in de kamer. Het teakhouten dressoir met de schuifdeurtjes. Tegenwoordig zag je zulke dingen in trendy meubelzaken; ze waren duur. Had ze haar eigen jarenzeventigmeubilair maar niet weggedaan, maar gedane zaken namen geen keer. Bovendien was het een tijdlang niet om aan te zien geweest voordat het weer mooi werd. Zelfs dat lelijke bolvormige plastic spul was nu weer hip.

Ze sloot haar ogen en ademde lang en volledig uit, zich concentrerend op het verzachten van de spieren in haar gezicht, haar keel. Als je bang was, of onzeker, had ze altijd gedacht, was het de truc om je erdoor mee te laten slepen, als op een golf. Je kon er niet onder wegzinken. Je ging terug naar de basis en al snel kon je zelf sturen, je eigen richting bepalen. Je kon je overgeven zonder verslagen te worden. Geloof in jezelf was essentieel. Dat had ze altijd geweten, iedere artiest wist het. Maar gisteravond had dat moment met Finn – de sereniteit ervan – haar iets nieuws getoond, haar een glimp geboden van een nieuwe wereld die misschien wel op haar lag te wachten. Veerkracht was altijd een van Adeles sterkste punten geweest, maar dit was anders. Dit was een wedergeboorte.

Ze had nog niets tegen de anderen gezegd over vanavond; ze had het juiste moment nog niet gevonden. Ze zou later wel de keuken in lopen en er luchtig melding van maken tegenover Jude, als haar humeur was opgeklaard. Ze zou graag willen vragen – maar nu even niet – of Jude nog steeds van plan was de pavlova te maken, waar ze veel aan dacht, merkte ze. Want dat zou een beloning zijn.

Ze opende een van de schuifdeurtjes van het dressoir en zag de rafelige kartonnen deksels van bordspellen en legpuzzels. Heel saai. Ze sloot het deurtje en schoof het volgende vak open: langspeelplaten! Sylvie had altijd een geweldige platencollectie gehad en had haar platenspeler in ere gehouden toen iedereen de zijne of hare wegdeed. Adele haalde er een stuk of wat uit en zodra ze de hoezen zag – Linda Ronstadt, Pink Floyd, The Rolling Stones – kwamen hele levensfasen, talrijke intense ervaringen in haar bovendrijven. De eerste jaren bij het Old Tote Theatre, het Ensemble, de Channel Nine-jaren, al dat wérk! Er stroomde een nieuw besef door haar heen – als een bloedtransfusie – dat die creativiteit nog steeds haalbaar was, dat niet alleen dezelfde mogelijkheden binnen haar bereik lagen, maar ook iets anders. Iets beters.

De mensen dachten dat je bij het oud worden verlangde naar je verloren jeugd, of verloren liefde, of mannen of seks. Maar in feite verlangde je naar werk en geld.

Jude trof Adele zittend op de vloer aan, met een waaier van stoffige platenhoezen om zich heen over het tapijt verspreid. Het was één grote chaos in de kamer. Overal lag inhoud van kasten en rekken, geen hoek van de kamer was leeg en de vuilniszakken lagen opgevouwen, onaangeraakt op de eettafel.

'Ik ben ze aan het sorteren,' zei Adele simpelweg, zonder op te kijken. 'Ze zouden veel waard kunnen zijn.' Toen hield ze er een omhoog, haar gezicht lichtte op van blijdschap: 'Kijk!'

The Mamas and the Papas, gekleed in truien, broeken en cowboylaarzen met zijn vieren in een badkuip gepropt. Een toilet ernaast. De afbeelding sloeg nergens op. Adele liet de plaat uit zijn hoes glijden en – Jude ergerde zich in stilte vanwege de soepelheid waarmee ze zomaar van de vloer overeind kwam – huppelde door de kamer om hem op de platenspeler te leggen. Ze prutste aan de knoppen om te kijken of hij het nog deed. Er klonk een plof, gevolgd door een krakerig 'Monday, Monday', dat op volle sterkte door de enorme zwarte speakers kwam.

Mama Cass zou zijn gestikt in een sandwich met ham, was het verhaal. Jude hield de hoes vast en zag hoe het lichaam van de andere, dunnere vrouw over de andere bandleden heen was gedrapeerd, over de hele lengte van het bad. Van Mama Cass was alleen het hoofd te zien. Iedereen was dol op Mama Cass maar niemand wilde naar haar kijken. Een vleugje van Judes oude weerzin tegen eten kwam weer tot leven in haar buik. Het was lang geleden dat ze zich op deze manier misselijk had gevoeld, maar het bleef een deel van haar, het zat in haar spieren en huid en botten. Mama Cass was niet in een sandwich met ham gestikt; ze was overleden aan een hartaanval, dat arme mens. Ze was in haar eentje gestorven.

Adele neuriede mee met de muziek, alweer op de grond met haar benen gekruist, en zat op haar gemak platen over stapeltjes te verdelen. Toen zag Jude dat er langs de muren en over de gordijnroede haveloze zilveren kerstslingers en snoeren met lichtjes hingen.

'Adele!' riep ze over de muziek heen. 'Wat heb jij nou gedaan?'

Adele keek over haar schouder en volgde Judes blik. 'Die heb ik in een la gevonden. Weet je nog? Sylvie hing ze elk jaar op!'

Ze zag Judes gezicht. 'Ik weet dat jij er niets aan wilt doen, Jude, maar voor sommige anderen is het toch echt Kerstmis.'

Er klonk een geluid op de veranda – een laag, gepijnigd gekreun van Finn. Onwillekeurig keerde Jude terug naar het keukenraam. De hond had zijn snuit door de reling geduwd en leek van streek door iets beneden in het struikgewas.

Voor ze het wist stond ze op de veranda om te kijken wat hem dwarszat. Onder hen paradeerde een boskalkoen, de vreemde zwarte massa van zijn lichaam met zich mee zwiepend, stappend en stilstaand om rommel opzij te schoppen, onderwijl schuddend met zijn merkwaardig kleine kop. Finn staarde naar de felgekleurde verschrompelde ballon, de gele halskwab die heen en weer bungelde. Hij werd rustelozer bij elke beweging van de vogel, schudde met zijn eigen kop en drukte zijn snuit verder – wat vast pijn deed – naar buiten tussen de spijlen van de reling. Jude riep hem, maar hij hoorde haar niet, en toen zat ze naast hem en klopte hem troostend op zijn stinkende vacht. 'Kom, ouwe jongen, maak je niet druk. Het is maar een vogel.'

Ze trok de hond voorzichtig tussen de reling uit en praatte zachtjes tegen hem. 'Kom maar, stil maar, niks aan de hand.' Hij draaide zijn kop naar haar toe maar ze kon hem niet in zijn dierenogen kijken. Er gebeurde iets met Jude wat ze niet begreep. Haar eigen ogen vulden zich met verwarrende tranen en ze keerde zich om naar het huis, de keuken, het werk dat lag te wachten. Door de deur van de woonkamer zag ze Adele, die op een onmogelijke manier op haar hurken zat, als een tiener, haar schouders meebewegend op de maat van de muziek terwijl ze meezong.

Voor sommige mensen was het toch echt Kerstmis, had Adele gezegd, maar wat wilde dat eigenlijk zeggen? Het verbaasde haar dat ze zichzelf die vraag nog nooit in haar leven had gesteld. De vrouw van Daniel zou nu cadeautjes inpakken, die hij dan aan de kleinkinderen kon geven. Daniel zou halverwege zijn golfronde van negen holes zijn, en op weg naar huis zou hij langsgaan bij de Wine Cellar om voor de volgende dag kratjes drank in de kofferbak van zijn Saab te laden.

Kerstmis zou vernieuwing in moeten houden. Het begin van iets, niet het einde. Maar Sylvie was dood. Echt dood, om nooit terug te keren, hoezeer je ook wenste dat ze niet dood was, hoezeer je haar ook wilde zien, van haar wilde horen.

Jude voelde een heftig, fysiek verlangen naar Daniels aanwezigheid, hier en nu. Ze wilde zijn lange, krachtige lichaam naast haar bij de deur van de voorraadkast. Ze wilde haar hoofd tegen zijn borst leggen en zich overgeven. Waaraan? Ze wist het niet. Maar hij was nog niet in aantocht. Ze haalde diep adem en ging weer aan het werk, waarbij ze ervoor zorgde dat ze niet uit het raam keek, om Finn te ontwijken, want hij zou haar zoeken met zijn blik, hij zou haar aanstaren, omhoog door het glas.

Wendy sleepte nog een zak van het platform van het liftje, de laatste paar treden af, naar de rij zakken die al naast de dozen met rommel in de berm was neergezet. Ze hadden al heel veel troep naar buiten gebracht, maar in het huis leek alles onaangeroerd. Het was een eindeloze, vervelende toestand. Ze wilde dat het klaar was, ze wilde vakantie. Nadenken over het werk dat ze zou gaan doen, zich niet meer bezighouden met halfvergane paperbacks en kleren en door kakkerlakken aangevreten stukjes papier. Ze gaf een duw tegen haar zak, die vol zat met boeken die niemand wilde hebben, daar was ze zeker van. Bovenop, nog zichtbaar door de samengebonden trekbanden, lag *The Tibetan Book of Living and Dying*, het Tibetaanse boek van leven en sterven. Ouwe koek.

Er krijsten vogels in de bomen boven haar hoofd en er reden auto's door de straten. Andere mensen waren op weg, bereidden zich voor, begroetten elkaar, klaar voor Kerstmis, het feest dat het einde van het jaar markeerde, maar het was ook een begin dat nieuwe dingen in hun leven bracht. Ze voelde zich opgesloten, zoals ze hier vastzat met Jude en Adele. Ze wilde verder. Die twee leefden te veel in het verleden. Ze hadden spijt van dingen en verlangden naar vervlogen tijden. Ook al praatte Jude er niet over, je kon het aan haar zien: het verlies, de dingen die ze niet had gedaan.

Sylvie had zich, net als Wendy, van dat soort zaken bevrijd.

Nou, ze is nu écht helemaal vrij, dacht Wendy treurig. Ze keek omlaag naar *The Tibetan Book of Living and Dying*. Zou Sylvie het werkelijk gelezen hebben? Iedereen had een exemplaar gehad in de tijd dat ze graag over de dood spraken, toen ze nog jong waren. Min of meer jong. Wendy durfde te wedden dat Sylvie het niet had gelezen, ook toen niet. Ze had er zelf slechts enkele pagina's van doorgeworsteld, maar ze herinnerde zich dat vooral Jude er maar over doorging. Dat je je moest voorbereiden, dat je het moest omarmen, zei ze altijd. In die tijd vertelde Jude weleens over het beeld dat zij van de dood had: een witte, gewelfde plek van rust in een soort heilige stilte. Mijn hemel, dat klonk als het Guggenheim.

Wendy keek naar de straat, naar de huizen, de bomen. Naar de wereld: de rijke, smakeloze, onrechtvaardige, verwoeste en prachtige wereld.

Niemand van hen sprak nu nog hardop over de dood, zelfs Jude niet. Hoewel genoeg anderen dat wél deden; voor sommige mensen was het een hobby, ze genoten ervan. Janet Schofield had haar zelfs uitgenodigd voor een soort clúb, om erover te praten. Nee, bedankt. En een vriendin van Claire had een praktijk geopend als 'levenseindedoula'. Wat deed ze dan precies, had Wendy gevraagd, palliatieve zorg verlenen zonder bevoegdheid? Maar die Katie had Claire een serene glimlach toegeworpen voordat ze Wendy antwoordde dat *doula* een Grieks woord was voor 'dienende vrouw'. Rot op met je 'dienen', had Wendy willen zeggen, heb je nog nooit van het feminisme gehoord? Maar dat had ze natuurlijk niet gezegd. Ze had gezegd: 'O, nou, fijn voor je.' Vervolgens had ze het foldertje in haar tas gestopt en het thuis meteen bij het oud papier gegooid.

De cicaden waren begonnen met hun schitterende, gekmakende roep. Wendy keek de straat in en voelde zich erdoor verblijd, door de bonte verzameling tuinen en de auto's en de huizen. Oud en nieuw, allemaal door elkaar. Jonge boompjes die opkwamen, afbladderende vakantiehuisjes naast de belachelijk moderne creaties van beton en glas. Dit was het leven, zo hoorde het te gaan. De grote wanorde van alles samen. Ze trok de trekbanden van de vuilniszak strakker aan en knoopte ze weer dicht, zodat *The Tibetan Book of Living and Dying* onder het plastic verdween.

Om vier uur stond Adele voorovergebogen voor de open koelkast en vroeg ze voor de vierde keer vandaag naar die verrekte pavlova; en nu wilde ze weten of er ook gedroogde pruimen waren. Ze hield een pakje prosciutto in een hand.

'Waar heb je gedroogde pruimen voor nodig?' snauwde Jude. Waarom vroeg Adele zulke dingen? Jude was altijd degene die de boodschappen haalde en de maaltijden plande en bereidde als ze samen waren, Jude was degene die ervoor zorgde dat de maaltijden lekker waren en dat de anderen geen vinger hoefden uit te steken in de keuken, behalve om af te wassen. Dit was een van de observaties die ze naar Daniel had gestuurd, in een vrij lang bericht waar hij nog niet op had gereageerd, waardoor ze zich nu wat onnozel voelde. Daniel stookte zulke vuurtjes liever niet op en zou haar er later persoonlijk op milde toon over berispen. *Maar Judo, je vindt het fijn om in de keuken de scepter te zwaaien.*

Opnieuw verwonderde ze zich over de wereld waarin Adele zich bevond, nu ze haar zo gebukt voor de koelkast zag staan. Het was alsof de inhoud ervan een nieuw land was dat ze ontdekte – ze trok er dingen uit, las verbaasd de etiketten en zette ze terug. Een stuk halloumi, een pak yoghurt. Normaal gesproken had Adele geen belangstelling voor voedsel tot het op de tafel verscheen, waar ze het dan gretig opschepte. Toetastte, genoot. Dat deed ze met alle materiële zaken – of het nou ging om kleren, slaapkamers, banken, wijn, zwembaden, kleedjes of chocola. Ze ging ervan uit dat alles in haar gezichtsveld tot haar beschikking stond, dat het voor haar gemak en plezier gestalte had gekregen. Alsof het leven een hotelsuite was waar een ander voor had betaald, waarbij die ander uiteraard opgetogen was dat Adele er was om de boel op te fleuren. Sylvie was ook een beetje zo geweest, die eigende zich ook dingen toe die niet van haar waren, in de veronderstelling dat je dat niet erg zou vinden.

Nou ja, Liz had er kennelijk geen bezwaar tegen. Gelukkig maar.

Adele had een andere top aangetrokken en haar haar weer tot extravagante hoogte opgestoken. Ze zag er mooi uit. Ze was ergerlijk. De vloer van de woonkamer, zo wist Jude, zou nog steeds bezaaid zijn met langspeelplaten, en alle laden van het dressoir zouden nog openstaan. Adele had de hele dag niets anders gedaan dan uitgelaten reageren op albumhoezen, ze had uitgeroepen met welke eigenaardige dingen ze ze associeerde: de rode voordeur van het huis dat ze ooit met Jack Thompson deelde, of het toneelstuk waar ze in speelde toen *No Secrets* van Carly Simon werd uitgebracht.

Er waren trouwens wel gedroogde pruimen, hoewel Jude ze achter in de koelkast had gelegd. Ze besprak de privébeslommeringen van haar lichaam niet met anderen. Bij dergelijke gesprekken tussen vrouwen verschoot ze van kleur, zeker als ze verwachtten dat ook zij in detail zou treden over haar eigen lichaamsfuncties en eventuele gebreken. Dat deed ze nooit. Toen ze nog jong waren, weigerde ze ook haar seksleven te bespreken zoals haar vriendinnen deden. Ze lachten om haar, noemden haar preuts – Jude *the Prude* – tot ze het ontdekten van Daniel, wat ze verwarrend vonden.

Haar leeftijdgenoten praatten nog steeds met egocentrische fascinatie over hun lichaam. Haar buurvrouw in het appartement naast dat van haar, Barbara, vertrouwde haar in de parkeergarage eens vrolijk toe dat ze bij het ophangen van de was had genuist en vervolgens terug naar boven moest lopen om een andere onderbroek aan te trekken. Daarbij had ze op een meisjesachtige onder-ons-manier staan giebelen. Jude had haar gezicht voelen verstrakken van weerzin. Een andere keer had Barb opgelucht gemeld dat ze na een aantal dagen eindelijk weer 'had gekund'. Jude ontweek haar zo veel mogelijk. Maar Barb was zeker niet de enige. Adele en Sylvie hadden lange, bloemrijke gesprekken gevoerd over haaruitval of diarree of 'droogheid' (Jude had niet doorgevraagd). Soms tilden ze hun blouse omhoog om elkaar een of ander vlekje te laten zien – met de onsmakelijke naam *ouderdomswrat* – dat was ontstaan of, verbazingwekkender, had losgelaten. Als Jude toevallig getuige was van zo'n conversatie, vonden ze haar afkeer hilarisch. Het heeft niets om het lijf, Jude, zeiden ze dan zangerig. Op een keer, toen ze een zucht van walging niet kon onderdrukken en ze zich omdraaide om de keuken weer in te lopen, had ze Sylvie fluisterend een diagnose horen stellen: angst voor de dood. En Sylvie en Adele hadden luid gelachen terwijl zij zich terugtrok.

'Ik dacht namelijk aan *devils-on-horseback*,' zei Adele nu, met haar gezicht in de koelkast.

Jude snoof. Devils-on-horseback, baconrolletjes met gedroogde pruimen. Het zou wel door de oude langspeelplaten komen.

'Ik maak twee salades en we hebben de gebraden kip,' zei ze effen. In hemelsnaam.

Ja, maar dit zou dan een hapje vooraf zijn, merkte Adele op. Voor het geval dat.

'Voor het geval dat wat?'

'Nou, misschien komen er wel mensen langs voor een drankje of zoiets,' zei Adele, die de koelkast in keek om Judes blik te ontwijken. 'Het is kerstavond.'

Waar hád ze het over?

Nu riep Wendy iets vanuit de woonkamer. 'Dit is mooi zeg, wie heeft dit gedaan?'

Jude liep ernaartoe en zag Wendy met haar vuisten op haar heupen staan rondkijken in het onberispelijke vertrek. De platen lagen in een keurige stapel op het dressoir, de tafel was afgestoft en in het midden stond een zilveren kandelaar met drie lange rode kaarsen erin. De stapels papier waren verdwenen. Jude zag niet waar alles was gebleven, maar ze was er zeker van dat Adele het niet allemaal had gesorteerd. Ze had alles vast ergens in een kast gestouwd. Zelfs de spiegel aan de muur tegenover haar was gepoetst. De gordijnen waren helemaal opengetrokken en de ramen glansden. Achter de veranda blonk de baai in het latemiddaglicht als tin. De kerstverlichting die Adele langs de gordijnroeden en schilderijrails had opgehangen gaf de kamer een lieflijke gloed.

Jude bleef verbluft staan, en meteen klonk er een bonk en geratel: het liftje kwam hortend tot leven. De vrouwen keken elkaar aan en liepen naar buiten.

Op de veranda tuurden ze naar beneden, en ze zagen Sonia

Dreyfus en Joe Gillespie dicht tegen elkaar op het kleine platform langs de helling naar hen toe schuiven. Sonia, door de lucht getild in haar koets, keek uit over het land en de baai. Ze had een onrustig bewegende kleine witte terriër in haar armen die blafte alsof zijn leven ervan afhing.

9

'Coco! Nu is het genoeg!' riep Gillespie vermanend.
 De witte terriër draafde van kamer naar kamer, naar binnen en weer naar buiten, snuffend en keffend. Adele was Gillespie en Sonia voorgegaan, het huis in, waarbij ze hen grootmoedig verwelkomde alsof dit haar eigen huis was, maar nu keek ze nerveus naar het hondje en vervolgens naar Jude, en zei ze: 'Laten we op de veranda gaan zitten, anders is het zo jammer van het uitzicht!'
 Sonia stond er meteen al, met haar rug naar hen toe en haar handen op de reling, starend in de verte. Ze was in het zwart gekleed, in een soort jumpsuit met een diepe V-hals, en er rinkelden goud- en zilverkleurige armbanden om haar slanke onderarmen. Haar broekspijpen waren lang en wijd en haar gouden sandalen met hakje – fijn en smal, van het type dat gemakkelijk kon blijven steken tussen de planken van de veranda – piepten eronder vandaan.
 Gillespie holde door de woonkamer achter het hondje aan, maar Coco wenste niet gevangen te worden. Jude draaide zich om, net op het moment dat het hondje zijn oog liet vallen op de brede, witte royale bank, en aanstalten maakte om te springen. 'Niet op de bank, Coco,' zei ze luid, en ze gaf het dier met de zijkant van haar voet een stevige por, zodat het hondje wankelde. Gillespie keek Jude geschokt aan.

Bij het waarschuwende geluid van Judes stem draaide Sonia zich om. Ze nam haar met een kille blik op. Eerst monsterde ze haar T-shirt en vervolgens inspecteerde ze haar schoenen, haar broek en haar sieraden, om uiteindelijk bij haar gezicht uit te komen. Jude constateerde met genoegen dat Sonia niet gewend was haar langdurige, kritische blik teruggekaatst te krijgen. Het verbaasde haar dat ze een steek van loyaliteit jegens Adele voelde, die in de keuken bij de gootsteen bezig was champagneglazen om te spoelen.

Wendy kwam weer tevoorschijn. Ze had 'godhemeltjelief' gemompeld en was de gang in gelopen toen ze de visite zag naderen. Nu was ze terug en had ze haar haar geborsteld en haar lippen koraalrood gestift, waardoor ze eruitzag als een idioot. Ze had een schone witte katoenen blouse en een gebloemde broek aangetrokken. Beide waren gekreukt; de broek had horizontale vouwen over de bovenbenen. Jude voelde weer een steek en wilde tegelijkertijd dat zij tijd had gehad om zich om te kleden. Maar ze ging zich niet aanpassen vanwege iemand als Sonia Dreyfus.

Sonia zag er in het echte leven ouder uit – natuurlijk waren op de foto's en posters alle rimpeltjes en vlekjes weggepoetst, waardoor alleen de sterke kaaklijn en de ver uiteen staande ogen overbleven – maar ze had toch iets indrukwekkends, iets dreigends. Het langzaam draaiende hoofd, de houding, de oogpotloodlijntjes. De oude, bittere woorden van Judes moeder over vijandinnen en rivales welden in haar op. De term *hoer* flikkerde op en vervaagde weer.

Adele riep opgewekt: 'Daar zijn we dan!' Ze stapte voorzichtig over de drempel op haar malle roze sandalen en droeg een wiebelend dienblad met champagneglazen de kamer in. Jude merkte nu pas de laag uitgesneden hals van Adeles T-shirt op, en haar strakke broek – die was vast van Liz, met die over de billen spannende stretchstof. De beroemde borsten werden hoog gedragen en het decolleté trilde een beetje omdat ze met het dienblad worstelde. De glazen tinkelden toen ze het op de tafel zette; Jude stak een hand uit om haar te helpen, maar Adeles scherpe blik hield haar tegen.

Wendy stond toe te kijken. 'O, wacht!' zei ze. 'Ik heb iets!' De planken van de veranda schudden onder haar grote, platte voeten toen ze richting de keuken liep. Sonia keek Wendy na en zocht vervolgens naar Gillespie, die nog binnen bij het dressoir stond en door Sylvies platencollectie neusde, terwijl Coco aan zijn voeten rond liep te snuffelen. Wie, zou Jude weleens willen weten, had hem toestemming gegeven om eraan te zitten?

'Coco!' blafte Sonia, zoals je een kind roept dat ongewenste speelgenootjes in het park dreigt te benaderen, en het hondje huppelde naar haar toe. 'Joseph!' riep ze nu op precies dezelfde toon. Maar Gillespie bleef bij het dressoir staan en tuurde naar de tekst op een platenhoes in zijn handen. Het scheen Jude toe dat hij Sonia met opzet negeerde. Ze sloeg hem met een strakke blik gade; ze was geen ongehoorzaamheid gewend.

Adele duwde met beide handen tegen haar haar en begon toen aan de goudkleurige metaalfolie om de flesopening te plukken. 'Uit Frankrijk,' zei ze bescheiden. Haar stem klonk een tikje nerveus. Jude had het smerige spul in de koelkast zien staan. Het kwam uit Frankrijk, maar het was niet te drinken; het was van die goedkope supermarktrotzooi met grote bubbels. Ze kon de wrange smaak al bijna proeven. Ze keken allemaal hoe Adele probeerde het punt te vinden waar ze de folie eraf moest trekken; haar nagellak was in de piepkleine barstjes van haar nagelriemen getrokken en voor het eerst merkte Jude op hoeveel vlekjes ze op haar handen had. Ze zag Sonia ook kijken, ze zag dat Sonia's eigen nagels perfect verzorgd en schoon waren, en ongelakt. Jude wilde het liefst Adeles handen pakken, ze verbergen. Ze wilde de fles uit haar handen trekken en over de reling smijten. Waarom had ze deze mensen uitgenodigd? Zag ze niet hoezeer ze haar verachtten?

Jude keek rond of ze Finn zag, maar gelukkig was dat niet het geval. Ze hoopte dat hij ergens lag te slapen. Ze realiseerde zich dat ze hem niet wilde blootstellen aan de kille blik van Sonia Dreyfus.

In de keuken ging Wendy driftig op zoek naar haar koeltas, maar die was verdwenen in Judes opruimwoede. Ze had Finn laten slapen bij haar slaapkamerdeur en godzijdank was hij daar gebleven – ze moest hem zien weg te houden van het hondje, dat hem angstig zou maken.

Ze deed de voorraadkast open en zag Judes kleine verzameling boodschappen in plaats van Sylvies potten, flesjes en blikken. Alles wat Jude aanraakte oogde geordend, als ontworpen voor een etalage – maar aan de zijkant, apart, stonden nog wat van Wendy's pakjes en potjes. 'Adele, wacht, ik heb iets!' riep ze, en ze haalde een ondiepe pot tevoorschijn. Er klonk een gilletje van de veranda terwijl Adeles kurk plopte, de wijn uit de fles omhoog borrelde en zij hem in de glazen schonk. Wendy rende de keuken uit met haar pot – die een robijnrode, dikke siroop met dieprode flodders erin bevatte – en schroefde het deksel eraf. 'Deze zijn geweldig,' zei Wendy, en voordat Adele haar kon tegenhouden schepte ze zo'n flodder in elk glas.

'Wat ís dat?' vroeg Adele bezorgd, aarzelend. Wendy hield de pot omhoog: *Wild Hibiscus Flowers in Syrup*. 'Hibiscusbloemen op siroop! Daarmee verander je champagne in een cocktail!' zei ze monter. Ze had ze nog nooit geproefd. Ze had de pot in haar voorraadkast gevonden en meegenomen met de andere etenswaren.

Sonia en Gillespie hielden ieder voorzichtig een glas omhoog, aan de steel. 'Merry Christmas!' toostte Adele, en ze hieven allemaal hun glas. Wendy zag het donkerrode kwalletje van de bloem boosaardig dreigend naar haar mond glijden terwijl ze dronk. Het zag eruit als een klodder bloed.

Na een ogenblik van eerbiedig zwijgen verbrak Sonia de stilte. 'Verrúkkelijk,' zei ze met een stem die eigenlijk 'afschúwelijk' bedoelde, en ze zette haar glas op de tafel.

De terriër begon te blaffen, een hoog, aanhoudend staccato, en toen ze zich omdraaiden zagen ze dat Finn om de hoek van de veranda aan was komen hinken. Hij bleef vol ontzetting staan en schudde met zijn sjofele, nobele kop terwijl het kleine hondje keffend om hem heen danste.

'Niks aan de hand, Finny,' zei Wendy sussend. Naast de jonge hond leek Finn er nog slechter aan toe dan anders. Mottig, kreupel en vies, en verwarder dan ooit. Sonia en Gillespie keken naar hem. Je kon je helemaal voorstellen dat ze onder elkaar vreselijke dingen over hem zouden zeggen.

'Hoe óúd is hij?' vroeg Gillespie, met een blik vol gefascineerde afkeer.

Wendy ging naast Finn staan, tussen hem en de kleine keffer in. Bemoei je met je eigen zaken, wilde ze zeggen. 'Hij is zeventien. En hij kan niet veel mensen om zich heen hebben. Of andere honden,' riep ze boven het hoge geblaf uit. Maar niemand kwam in beweging, dus duwde Wendy met haar hand tegen Coco's spitse snuit. 'Sst,' zei ze. 'Wegwezen.'

Coco kefte en Sonia riep: 'Kom maar, schatje, het vrouwtje is hier.' Ze nam het hondje met een zwaai in haar armen.

Gillespie staarde nog steeds naar Finn. 'Allejezus.'

Twee lange, vieze draden van kwijl bungelden aan Finns open, hijgende bek. Wendy voelde een steek van schuldgevoel. 'Dat gebeurt alleen als hij héél erg gestrest is,' zei ze, nu met een venijnige scherpte. Waarom waren deze mensen hier, met dat kleine rotbeest dat die arme Finn, die nog nooit een vlieg kwaad had gedaan, zo kwelde? Hij schuifelde langzaam achterwaarts, draaide toen een paar keer in een cirkeltje rond en ging met zijn snuit in de uiterste hoek van de veranda staan, waar de balustrade de gevel raakte. Hij trilde weer en staarde aandachtig in het niets.

Gillespie keek geamuseerd toe. Hij liep naar Finn toe en bekeek hem van dichtbij, waarna hij naar Wendy grijnsde. 'Waar kijkt hij nou eigenlijk naar?'

'Nergens naar,' snauwde Wendy. Ze stond op het punt om *laat hem met rust* te zeggen toen Adele op de reling achter de tafel klopte en met een glinstering in haar stem zei: 'O Joseph, kijk eens naar die grote wolkenpartij die eraan komt. Dit uitzicht heb je nergens anders aan de baai.'

Wendy en Jude wisselden een blik en ze waren niet de enigen

die Adeles *Joseph* opmerkten. Sonia Dreyfus kwam meteen overeind en nam de ruimte die Adele voor hem had gemaakt onmiddellijk in beslag. Ook Jude stond op van tafel en zei nadrukkelijk dat ze aan de slag ging met het avondeten. Gillespie en Dreyfus leken haar niet te horen. Wendy volgde haar en ging ongerust met haar armen over elkaar in de deuropening van de keuken staan om een oogje op Finn te houden, die nog steeds aan het uiteinde van de veranda voor zich uit stond te staren.

Ze hielden zich een uur schuil in de keuken. 'Wat is ze in vredesnaam aan het doen?' fluisterde Wendy in de deuropening. Ze keek van Adele naar Sonia en weer terug, en daarna naar Jude, die de kip depte met keukenpapier en vervolgens haar vingers tussen het vlees en het vel duwde, ze van elkaar scheidde. De rauwe vogel schokte op de plank onder de kracht van Judes vingers. Ze schudde alleen maar verbeten haar hoofd in antwoord op Wendy's vraag. Ze beende van het aanrecht naar de koelkast naar de gootsteen naar het aanrecht.

Daniel had sinds vanochtend op geen van haar berichtjes gereageerd. Ze redeneerde in zichzelf: dit was normaal, ze had er maar drie gestuurd, er was niets dringends waarop hij moest reageren. Het was kerstavond, tijd om met zijn familie door te brengen, wat moest hij anders? Hij zou hier over twee dagen zijn. Desondanks borrelde er ergernis in haar op.

Ze schoof een klont kruidenboter onder het koude witroze vel van de dode vogel en sloeg aan het kneden en duwen, waarbij ze de opening gesloten hield en de boter verder in de holte tussen de dij en de borst perste. Op enig moment vanavond, of anders morgen, zou Daniel wel even de tijd vinden om haar te bellen. Dan zouden ze lachen om die sukkel van een zoon van zijn broer, dan zou ze horen wat voor cadeaus hij had gekregen en waarmee hij de beenham dit jaar had geglaceerd. En wat Helena van de dag had gevonden.

Er waren periodes geweest waarin ze zusterlijke gevoelens voor

Helena had gehad. Uiteraard wist zij ervan; het was onmogelijk dat dit bijna veertig jaar had voortgeduurd zonder dat ze ervan wist. En toch, zwoer Daniel, had ze er nooit iets over gezegd. Ze had hem er nooit mee geconfronteerd, nooit gevraagd waarom hij zo vaak voor korte tijd weg moest. Ze was een verstandige vrouw; Jude bewonderde haar zelfbeheersing. Ze wist dat het onwaarschijnlijk was dat Helena haar ook bewonderde. Slechts een klein deel van Jude vond dat oneerlijk. Een klein deel dat echter steeds sterker werd, merkte ze tot haar verbazing. Het leek tegenwoordig vaker de kop op te steken – een zweem van ontzetting door de wetenschap dat ze waarschijnlijk werd gehaat, hoewel ze nergens om vroeg, niets van Daniel verwachtte. Hoewel ze te allen tijde de oudste rechten van zijn familie respecteerde. Dat was toch wel iets om te bewonderen, na veertig jaar?

Ze draaide de kip om en depte de glibberige rug.

In elk geval had Daniels Nicole een grondige hekel aan haar. Dat wist ze al minstens twintig jaar, omdat Nicole haar dat had laten weten: twee keer in een brief, en een keer recht in haar gezicht bij een betreurenswaardige toevallige ontmoeting op een feestje. Het was jaren geleden, maar het deed Jude nog steeds pijn – een beetje pijn – dit te weten. Ze zou Nicole graag eens mee uit eten nemen en haar uitleggen hoe klein de rol was die zij, Jude, in haar vaders leven speelde. Hoe weinig invloed hun relatie hoefde te hebben – had! – op Helena, Nicole, haarzelf. Maar dat zou nooit gebeuren. Die keer dat Nicole haar aansprak op dat feestje, met felle ogen, en ze leek zo op Daniel dat Judes eigen ogen zich met tranen vulden tot ze ze terugdrong, had Jude haar een gulle glimlach geschonken – oprecht warm, dat was belangrijk – en had ze zo kalm en zacht mogelijk tegen Nicole gezegd dat het haar speet maar dat ze weg moest. Ze maakte wel duidelijk dat haar verontschuldiging niet op Daniel sloeg, maar op het feit dat ze elkaar op die manier hadden ontmoet. Ze zorgde ervoor dat ze Nicole niet in verlegenheid bracht, maar wilde zich ook niet onderwerpen aan het beeld dat Nicole van haar had; ze vertikte het om zich te schamen. Vervolgens maakte ze zich snel en soepel uit de voeten, waarbij haar ervaring als gastvrouw haar uitstekend van pas kwam; die maakte dat ze gemakkelijk door de ruimte bewoog, hier en daar een arm aanrakend, een groet mompelend, tot ze geleidelijk onzichtbaar werd, terwijl ze de hele tijd het gevoel had dat haar hartslag haar borstbeen zou opensplijten. Even later was ze naar buiten geglipt en naar huis gegaan, waar ze zichzelf een flink glas whisky had ingeschonken en slecht had geslapen.

De geur van gebraden kip zweefde over de veranda. Wendy ging weer naar buiten om te kijken hoe het met Finn ging en om haar eigen glas en dat van Jude weer te vullen – minus de hibiscusbloemen, die Jude eerst in de gootsteen en vervolgens in de afvalbak had gegooid. Sonia's verder onaangeroerde glas champagne bleef met die afschuwelijke, verraderlijke klont erin op tafel staan; ze sloeg een ander, schoon glas af.

Sonia en Gillespie voerden een lange, gecompliceerde discussie over 'de Gorki'. Sonia verkondigde haar meningen op kalme, superieure wijze. Maar er was iets vreemds aan de hand. Gillespie zat onderuitgezakt in zijn stoel aan een grijze houtsplinter op de rand van de tafel te peuteren zonder Sonia aan te kijken. Adele trippelde heen en weer over de veranda, schonk haar eigen glas en dat van Gillespie nog eens vol, gaf de dipsaus door aan Sonia zodat zij haar toastje erin kon dopen, en kwam er tussendoor met haar eigen opmerkingen. Vassa, zei Adele, was beslist een symbool van verdoemd kapitalisme. Sonia wachtte een moment tot Adeles stem wegstierf – een onontkoombare onderbreking, als een vliegtuig dat in de verte passeert – en ging vervolgens verder alsof Adele niets had gezegd. *Dat begrijp je toch wel, Joseph.* Geduldig, schooljuffachtig, maar Wendy hoorde de klaaglijke ondertoon in haar stem. En een diepere, vinniger scherpte – van woede omdat ze hiernaartoe was gebracht om te wedijveren.

Gillespie keek van de ene vrouw naar de andere en bleef stuurs aan de tafel plukken. Een tiener die nors weerstand biedt tegen twee bezitterige moeders. Adele hield het schaaltje met dipsaus in haar hand en schudde met haar haar. Ze droeg een paar opmerkelijk grote, bungelende zwarte oorringen. Het was een deerniswekkend tafereel. De vertwijfeling van de vrouwen; het koude, afwachtende oordeel van de jonge man.

Het drong nu tot Wendy door dat het waar was, dat er iets met haar Jamie was gebeurd, niet alleen in die ziekenhuisperiode, maar daarvoor en daarna. Haar zoon had geleden. Ze wist niet precies hoe en wat, en ze had het niet kunnen voorkomen – maar pas nu begreep ze volledig dat hij haar, zijn moeder, ervoor verantwoordelijk hield. Dat kon Wendy niet uit haar hoofd krijgen nu ze deze jonge man gadesloeg, met zijn groeiende minachting voor Sonia Dreyfus. Iets in het leven van Joe Gillespie was niet goed gegaan en nu gaf hij haar de schuld, strafte hij haar. Wendy voelde zich misselijk bij het zien van Sonia's verwarring, haar stille, toenemende paniek.

Jamie was op de een of andere manier beschadigd, maar ze wilde haar zoon – boos – toeschreeuwen: *Het was mijn schuld niet! Het leven zélf doet ons pijn, snap je dat niet? En je bent jóng. Moet je zien*, wilde ze zeggen, *kijk eens naar de natuurlijke overmacht van de jeugd: kijk eens naar Gillespie, die, hier in het huis van Sylvie, niets anders zit te doen dan wachten, ontvangen.* Hier op het toneel van deze houten veranda hoog in de bomen, was alle aandacht, al het neurotische hunkeren van twee – drie – al lang volwassen vrouwen gevestigd op deze ijdele, verwende jongeman.

De wolkenpartij, inmiddels hoog en donker, bewoog snel voort. Er klonk een grillig gedonder over de baai en er vielen wat dikke regendruppels. Wendy ging koortsachtig aan de slag op de veranda, ze pakte Finns geruite kussen en handdoeken op, greep hem bij zijn halsband en trok hem de keuken in. 'Er is onweer op komst,' zei ze opstandig tegen Jude, en ze daagde haar uit door op de keukenvloer een nest van Finns bed en handdoeken te maken.

Hij dook ineen, bibberde. Jude keek naar hem en toen naar Wendy, en zei: 'Als hij de boel maar niet bevuilt.'

Er drong een geluid binnen – Adele en Gillespie die lachten en naar lucht hapten terwijl ze zich vanuit de regen de woonkamer in haastten. Een zwijgende Sonia Dreyfus installeerde zich midden op de witte bank, met Coco aan haar voeten.

'Het ziet ernaar uit dat dit onweer behoorlijk hevig wordt,' riep Jude de woonkamer in. 'Niet fijn om in te rijden.'

Maar ze leken nergens heen te gaan. Gillespie hervatte zijn rondgang door de kamer, pakte Sylvies spullen op en bestudeerde ze met gretige belangstelling.

'Kijk eens!' zei hij tegen Sonia, met in zijn handen een zware blauwe glazen schaal die de vorm had van een krullende golf.

Tot dit moment waren deze spullen simpelweg Sylvies spullen geweest, niets bijzonders, vertrouwd als hun eigen bezittingen: de schaal, de groene vaas, de amberkleurige waterkan met de matgouden strepen en de bijbehorende set glazen bekertjes. Nu, onder Gillespies kritische blik – en, bedreigender nog, die van Sonia – werden het voorwerpen ter vermaak, ter beoordeling. 'Jij hebt toch ook zo een?' zei Gillespie tegen Sonia, en hij zette de schaal met een klap weer neer. 'Ze waren destijds vast enorm trendy.' Hij liep langs het dressoir.

Jude, die dit vanachter het aanrecht moest hebben gezien door de deuropening naar de keuken, riep luid: 'Wendy, wil jij alsjeblieft de tafel dekken? Het wordt al laat en de kip moet nog maar heel even rusten.'

Adele draaide zich met een ruk om en wierp Jude een verwijtende blik toe. Maar ze draaide zich weer om naar de anderen en zei op vriendelijke toon tegen Sonia en Gillespie: 'Jullie blijven toch wel eten? Er is genoeg.'

De regen roffelde nu harder; de glazen deuren trilden door een windvlaag.

'O god, nee, de anderen verwachten ons,' zei Sonia glimlachend vanaf de bank.

'Maar Jude heeft haar overheerlijke kip gemaakt! Die wil je echt niet missen.' Adele was wanhopig.

'Helaas. Maar bedankt voor het verrukkelijke drankje,' zei Sonia triomfantelijk.

Ga weg, smeekte Wendy in stilte. Gá dan.

Adeles gezicht betrok; ze was verslagen. Haar bespottelijke oorringen rekten de gaatjes in haar oorlellen uit. Ze oogde nu vermoeid en – zag Wendy met tedere droefheid – ook best dik.

'Kom, Joseph,' zei Sonia. Ze leunde naar voren om een dunne onderarm door het hengsel van haar handtas te haken. Je kon de botten van haar magere borstkas zien.

Gillespie had zich niet omgedraaid en hield nog steeds de hoes van Neil Youngs *Harvest* in beide handen. En toen veranderde er iets in zijn lichaamshouding. 'Nou, eigenlijk,' zei hij luchtig over zijn schouder, terwijl hij een duim en wijsvinger over de rafelige opening liet glijden, op zoek naar de aanlokkelijke rand van de gladde binnenhoes van cellofaan, 'geloof ik dat ik me later wel bij je voeg.' Hij trok de plaat tevoorschijn en draaide hem behendig om.

Wendy zag weer voor zich hoe Sonia en Gillespie ineengestrengeld op bed lagen, als droge takken.

Sonia's glimlach bleef op haar gezicht plakken en ze schroefde haar armbanden over haar pols omhoog zoals ze daar op de bank zat – wachtend. Haar huid draaide met de armbanden mee zodat haar onderarm plooitjes vertoonde. Coco was door de kamer naar Gillespies voeten gescharreld en stond naar hem omhoog te kijken. Nu kon Sonia een licht dringende toon in haar stem niet meer onderdrukken.

'Joseph, we moeten deze dames rustig hun kerstvakantie laten vieren.'

Het is geen vakantie, zeiden ze geen van drieën. Gillespie draaide zich naar Sonia om en bewoog ondertussen met zijn heup iets dichter naar die van Adele, daar tegen het dressoir.

'Het regent nu al hard,' zei Wendy. 'Misschien is het beter om te gaan voordat het onweer echt losbarst.'

Maar Gillespie keek Sonia aan. 'Ik denk dat ik blijf.' Hij schonk

Adele van opzij een stralende, verleidelijke grijns. Toen wendde hij zich weer tot Sonia. 'Ik breng je wel naar de auto. Zo dadelijk.'

Sonia leek een heel klein stukje achteruit te zijn geduwd, in de kussens van de bank. Gillespie boog voorover om de naald op de plaat te laten zakken. Hij kwam niet naar haar toe om haar van de bank te helpen; ze moest zichzelf ongemakkelijk overeind zien te worstelen.

Er kwam een kalme, holle drumbeat uit de speakers: een, twee, en dan een derde, langere, luiere tel.

Sonia wendde zich tot Jude en Wendy alsof ze hen voor het eerst opmerkte. 'Dank jullie wel, het was heel aangenaam,' zei ze met haar diepe, hypnotiserende stem. De drumbeat, een-twee-*chshh*, herhaalde zich. De vrouwen staarden naar Sonia Dreyfus, want ze leek nu van binnenuit verlicht. Wendy voelde het, en Jude ongetwijfeld ook – de pure, gouden gloed van haar aandacht.

Ze kuste allebei op beide wangen. Het was nogal wat, die gloed. Verwarrend, geladen, buitengewoon krachtig.

Er drong zich een zachtjes jankende mondharmonica uit de speakers, over de beat heen, en Sonia's inwendige verlichting dimde nu ze haar blik op Adele richtte en op kille toon zei: 'Fijne kerst, Adele.' *Ik kan je wel schieten.*

'Coco!' gebood ze, maar het hondje bleef bij Gillespies voeten zitten. Ze riep nog eens, nu scherper, en het dier liep op zijn gemak naar haar toe. Gillespie maakte aanstalten door de kamer te lopen om afscheid te nemen, maar Sonia accepteerde geen medelijden. Ze hield hem tegen met haar blik en nam het hondje met een zwaai in haar armen. 'Ik heb jou niet nodig,' mompelde ze, en ze liep door de deuropening de veranda op.

Ze klapte een reusachtige zwarte paraplu boven haar hoofd open, stapte op het platform van het liftje en smeet het hekje achter zich dicht. Jude en Wendy bleven onder het afdakje staan om haar afdaling gade te slaan. Ze zag er nog steeds schitterend uit in de donkerder wordende avond, met haar glinsterende zilveren sieraden en Coco die wit oplichtte in de schemering terwijl het plensde van de regen.

Toen ze weg was draaiden ze zich om en zagen ze door het raam dat Adele naar Gillespie toe leunde, vol van onbezonnen ambitie, in een overwinningsroes, en dat die onderkruiper van een vent terug grijnsde, over de platen heen.

'Waar ben je mee bezig, dwaze meid?' fluisterde Jude.

Aan tafel zat Joe nog steeds te praten, maar Adele keek door de deuropening naar Finn. Hij lag op zijn bed op het linoleum naar een punt onder het fornuis te staren, onschuldig en dromerig, tegelijkertijd aanwezig en ergens, of iets, anders. Het flitste weer door haar heen, dat wat ze op straat in hem had gevoeld. Hij gaapte nu en zijn kop zakte langzaam, langzaam omlaag, maar kwam met een ruk weer omhoog, alert. Hij wás gewoon. *Hier ben ik.* Adele zoog het op, voelde de lucht om haar heen veranderen. Er gebeurde iets immens met haar.

Joe ging maar door, ze hoorde zijn jeugd en ambitie en gekweldheid, maar ze hoorde ook de muziek en ze was nu ergens anders, op weg naar de plek. Daar had ze ooit van gedroomd, één keer. Gedroomd van een verheffende, stijgende sensatie in haar lichaam die haar eerst had beangstigd, maar toen had ze zich eraan overgegeven terwijl haar voeten de stoep verlieten en zweefde ze omhoog, omhoog, naar een andere, onzichtbare vlakte van bestaan, en daar had ze de echte mensen aangetroffen, haar stam, allemaal levend en werkend, een ander koninkrijk, een hoffelijke, bloeiende gemeenschap waar zij werd verwelkomd.

En wat was het verrassend dat het was aangebroken, haar moment; de kwijnende hond onderwees haar, liet haar zien hoe het moest. De beat van de drums veranderde en Finn ging kaarsrecht zitten. Ze besefte dat er geen uitstel meer kon zijn, geen angst, tussen impuls en actie. Alles wat ze eerder had gedaan – zelfs Martha – was verkeerd, en er trok een lichtheid door haar heen omdat ze wíst wat ze moest doen, hoe ze moest bewegen en spreken als Martha, volledig getransformeerd. Ze zou zich laten leiden door haar dierlijke zelf, niet haar bewustzijn. Ze was nu ze de tafel rondkeek een en al elementaire ontvankelijkheid en zag hen alsof ze voor het eerst aan haar verschenen: Joe Gillespie, Jude en Wendy met al hun behoeften, hun verdriet en hun angsten. Een nieuw, verbazingwekkend mededogen tegenover alles – haar vriendinnen, het verleden, Liz, zelfs die arme Sonia – stroomde door haar heen.

Ze zaten aan tafel schalen aan elkaar door te geven, een verschrikkelijk viertal. Wendy kon niet verdragen hoe Adele maar eten op Gillespies bord bleef scheppen, hoe ze steeds weer van haar stoel sprong om andere muziek op te zetten en meer wijn te halen. Gillespie bleef doorzaniken over de bekrompenheid van de bestuurders van de Box Factory, over de suffe donateurs, het gebrek aan artistieke visie. Adele bleef knikken, hoewel Wendy de indruk had dat ze niet echt luisterde. Ze vulde Gillespies glas en dat van haarzelf bij terwijl Jude en Wendy hun glazen met hun hand afdekten. Ze lachte op een vreemde, dromerige manier terwijl ze zich naar windbuil Joe Gillespie toe boog.

Hij nam drie keer een portie kip en de knapperige groenten. Hij at gretig. '*Fuck*, dit is lekker zeg,' zei hij met zijn mond vol. Hij was een tijd veganist geweest, vertelde hij, maar dat was hij nu niet meer. Hij wachtte op hun goedkeuring. Wendy en Jude negeerden hem en kauwden zwijgend. Adele zei op afwezige, weemoedige toon dat ze geloofde in openstaan voor alle dingen, alle transformaties.

Ze leek niet echt dronken te zijn, maar in een verheven toestand te verkeren, een soort trance. Ze maakte een onnodig brede armbeweging om haar haar naar achteren te trekken, om Gillespie goed zicht te bieden op de sproetige welving van haar borsten.

Dusty Springfield galmde vanaf de platenspeler. Gillespie tuurde aandachtig omlaag naar Adeles decolleté. In het acteren bijvoorbeeld, ging Adele verder. Een goede actrice, een echte actrice, had een oneindig repertoire en mocht nooit vastgepind worden op een bepaald soort rol – of leeftijd. Haar stem werd luider, raspender, nu ze trots de hoofdrollen noemde die ze had gespeeld en op haar vingers aftelde: Lady Macbeth, Masha, Moeder Courage, Blanche DuBois, en ze ging maar door.

Gillespie, zag Wendy, ving geen woord op van wat Adele zei; zijn nadenkend starende blik op haar borsten was een bijkomstigheid. Hij was stomdronken; hij had net zo goed naar een pudding kunnen kijken.

En Adele gíng maar door; nu somde ze rollen op die ze graag nog zou willen spelen. Lear, Brutus. Waarom niet? Als Glenda Jackson het kon, en Harriet Walter, en wat dachten ze van een transformatie van een eerdere, herontdekte... Niet omkijkend maar vooruitblikkend, een soort reïncarnatie zelfs...

Grote god. Wendy stond versteld; op hetzelfde ogenblik zag ze dat het ook tot Jude doordrong. Hier ging het allemaal om: het geflirt, de potsierlijke oorringen. Adele had een of andere idiote fantasie in haar hoofd over een terugkeer naar haar grootse moment op het toneel, van dertig jaar geleden. Het was grotesk.

Jude stond op en begon driftig af te ruimen. Gillespie zat ineengezakt, verloren in een of andere mijmering van eigenliefde en wrok, met zijn ellebogen op de armleuningen van zijn stoel terwijl Jude zijn bord pakte – als een serveerster, als een dienares – en de kamer uit schreed. Adele goot nog wat wijn in Gillespies glas, luid meezingend met Dusty – *take another little piece of my heart...* – om het geluid van Jude die in de keuken de borden in de gootsteen smeet te overstemmen.

Gillespie keek toen op naar Adeles gezicht en grijnsde. 'Je had gelijk, weet je. In het park.' Hij sprak met dubbele tong. 'Ik moet opnieuw beginnen. Al deze *shit* achter me laten.' Hij maakte een breed armgebaar, een hele cirkel, naar iets wat erachter lag, achter hen allemaal: het dorp, de mensen van het theater, Sonia?

Adele zoog zijn loftuiting gretig op, maar Wendy wist dat het geen lof wás. Ze voelde een gevaarlijke, wraakzuchtige neiging. Ze voelde een enorme agressie in zich opwellen, die haar aanspoorde om over de tafel heen te leunen en met een mes uit te halen naar Gillespies arrogante jonge gezicht.

Een moment later stond ze naast Jude de restjes uit de pannen in de afvalbak te schrapen. Ze had wat stukken kip in Finns etensbak gegooid. Hij tilde zijn kop op, keek haar aan en rook weer aan het vlees.

Jude stond nu slagroom te kloppen, met klapwiekende elleboog. 'Ze wil Mártha weer gaan spelen!' siste ze.

Wendy pakte vier dessertschaaltjes van een plank. 'Liz heeft haar eruit gegooid,' zei ze vlak, en Jude hield op met kloppen.

In de naastgelegen kamer begon de muziek luider te klinken omdat Adele de volumeknop omhoogdraaide; de regen roffelde nog zwaarder op het metalen dak en Finn stopte met snuffelen aan zijn voer. Hij rilde en begon in kringetjes op de keukenvloer rond te draaien.

Joe zwaaide de deur naar buiten open terwijl de regen met bakken uit de hemel kwam. Het was opwindend om de veranda op te stappen en zich bij hem te voegen in het lawaai, de stromende lucht. Adele transpireerde, geprikkeld door haar revelatie, en stak haar hand uit naar de grote peuk waar hij aan zoog. Hij grijnsde haar verrast, stoned, toe, hield zijn adem even vast en reikte haar de joint aan.

Zijn vingertoppen raakten de hare en ze keek omlaag naar de baai, maar die was verdwenen in de wilde duisternis. De vertrouwde dingen waren in rook opgegaan: grenzen, scheidslijnen. Het was Adele duidelijk dat Joe wist dat ze hem zou helpen, dat hij haar nodig had, haar zelfs begeerde. Dit was niet langer verwonderlijk: ze moest simpelweg zíjn, het laten gebeuren. Ze voelde haar oorringen zwaaien nu ze haar gezicht hier onder het afdakje schuin omhooghield en de lange, langzame, heerlijke sliert rook uitblies. Ik, George. Ze glimlachte en gaf de joint terug, en hij pakte hem aan. Hij wist het, en zij wist het, en de rookpluim was een lange veer van mogelijkheden die zich nu voor Adele Antoniades uitstrekte; het donker van het toneel wenkte haar. Klaar om op te gaan, alle spieren van haar lichaam in gespannen gereedheid gebracht, haar stembanden als satijn, haar ogen glanzend van scherpzinnigheid en de pijn van Martha en haar geest verlangend, zo verlangend.

Achter hen in de kamer barstte Manfred Mann los door de speakers.

'O!' Ze knikte naar Gillespie, want het was tijd, en ze trok hem aan zijn hand het huis in. De lampen waren gedimd en ze danste door de kamer naar de volumeknop om hem open te draaien, en zij en Joe ontmoetten elkaar in de muziek en het verleden en het heden, in het wiegen van hun lichamen en al het nieuwe dat voor hen openlag.

Wat Jude en Wendy aantroffen toen ze op dat moment de pavlova binnendroegen had de kenmerken van een schilderij, een droom. Ze zagen Adele en de man vanaf de veranda het licht in stappen, ze zagen een getransformeerde Adele die zijn pols vasthield en om hem heen bewoog, verleidelijk en lachend, haar armen omhoog in antwoord op de muziek.

Jude en Wendy hadden altijd begrepen dat er momenten waren waarop Adele vollediger bestond, intenser en waarachtiger, dan andere mensen in hun hele leven ervoeren. En dit was zo'n moment. Je kon je ogen niet van haar afhouden, zoals ze in het zachte, schemerige licht bewoog op de aanzwellende, meeslepende muziek. Je proefde suiker en wijn op je lippen, en Adeles glanzende gezicht in de halfdonkere kamer werd een punt van eeuwige verstilling en gratie.

Ze zagen het allemaal, deze vluchtige, plechtige grootsheid.

De schimmige geest van Finn voelde het ook. Hij stond in de deuropening te kijken. Was hij er bang voor? Hij kende het, dit krachtenveld, het loslaten van alles.

Blinded by the light, zongen Gillespie en Adele, en toen zagen Jude en Wendy dat ze zich hadden vergist. Ze zagen dat Gillespie niet met Adele danste maar haar uitlachte, die gekke Adele Antoniades, dansend met gesloten ogen, haar handen in de lucht, een ladderzatte ouwe actrice die uit haar kleren puilde, en ze zagen dat hij zijn telefoon al uit zijn broekzak had gehaald en de camera op dit vreselijke schouwspel van de zich blamerende Adele richtte – en dat hij op *opnemen* had gedrukt.

Op dit moment spleet het ontzagwekkende licht aan de hemel de kamer en weerklonk de donder, waarop de ruimte om hen heen werd opengescheurd door een lange, gekwelde uithaal van Finn, die met zijn oude vege lijf de kamer in schoot.

De stroom was uitgevallen. De platenspeler zweeg, de stop was doorgeslagen. Nu werd de lucht gevuld met het naargeestig klinkende gekreun en geschuifel van Finn, die beschutting had gezocht onder de salontafel. Jude maakte zich lang, trillend van woede, en wees Gillespie de deur. Een verbijsterde Adele strompelde achter hem aan, trok aan hem en jammerde: 'Niet weggaan.' Maar Gillespie grinnikte en duwde zijn telefoon weer in zijn zak. 'Stelletje bespottelijke ouwe wijven,' zei hij terwijl hij het huis verliet, de striemende wind en regen tegemoet. Adele wankelde achter hem aan.

In het kaarslicht zakte de pavlova in op haar schaal.

Wendy stond bij de salontafel en probeerde Finn eronderuit te slepen. Hij had zichzelf eronder geperst en zat ineengedoken vervaarlijk te draaien, alsof hij ging poepen.

Adele kwam doorweekt door de open deur. 'Hij is weg!' riep ze.

'Hou op met schreeuwen, Adele,' zei Jude rustig, en ze begon weer af te ruimen. 'Doe de deur dicht.'

'Wat heb je gedááán?' riep Adele.

Wendy praatte tegen de hond. 'Kom, Finnyboy, niks aan de hand.'

'Hij was je aan het filmen, Adele,' zei Jude. 'Hij vindt je lachwekkend.'

Adele zakte neer op een eetkamerstoel, verloren. 'Maar ik ga hem hélpen,' riep ze vol ongeloof uit – hoe kón het dat ze dat niet begrepen? Maar ze voelde het nu uit zich wegtrekken, haar prachtige revelatie loste op en verdween. Zij hadden alles verwoest. Ze begon te huilen.

De lampen flikkerden en gingen weer aan.

Jude zei niets, ze schudde alleen haar hoofd en ging door met afruimen, regelen. Jude de martelares, Jude de baas, die met borden smeet.

Finn, nog steeds weggekropen onder de salontafel, kreunde.

'Stil nou toch!' schreeuwde Wendy naar de twee anderen; ze zat nu op haar knieën in een poging hem te bereiken, zelf in de ruimte tussen de bank en de tafel geperst. Ze greep naar Finn, die nu zo doodsbang was dat hij grómde – naar haar, Wendy! Maar uiteindelijk pakte ze hem met al haar kracht bij zijn vacht en trok ze het arme bange dier tevoorschijn en vielen ze op de bank, waar Finn over de kussens krabbelde om los te komen. Ze hield hem vast, omarmde hem stevig.

Jude, die vanuit de keuken binnen kwam benen, zag ze op haar bank en slaakte een kreet: 'Wendy!'

'O, hou je kop, Jude,' gilde Wendy, 'het is verdomme maar een bánk.' Ze klemde Finns kronkelende, verstijfde lichaam tegen het hare. Ze had er genoeg van.

'Het is niet jouw huis, het is van Sylvie!' riep ze. 'Sylvie was dol op hem, zij heeft me Finn gegeven, weet je nog?' Ze wiegde hem, hield zijn bevende lijf vast.

'Ja, uit schuldgevoel,' zei Adele. Ze flapte het eruit.

Wendy keek naar haar en zag haar gezichtsuitdrukking, nu geschrokken, maar het was te laat en Wendy zei: 'Wat?'

De muren kraakten, de bomen zwiepten tegen het huis. Ze hield Finn stevig vast.

'Hou je mond, Adele,' waarschuwde Jude. Adele mocht het niet zeggen, maar Wendy wist dat het zou komen, ze probeerde haar ogen en oren dicht te doen, maar het was te laat, ze zag het uit Adeles mond komen, dat ding op het strand, het kwam eruit glibberen, een weerzinwekkende slijmerige massa die Lance betrof: Lance en Sylvie.

Jude probeerde Adele tegen te houden, maar ze was een glasplaat die grandioos in scherven uiteenspatte.

Lance en Sylvie, toen Wendy in New York haar beroemde zelf uithing.

Wendy kreeg geen adem. Het Chrysler Building en Sylvie en Lance. Finn kermde en sprong, bevrijdde zich eindelijk uit haar greep. Hij bleef op de bank staan en begon na een stuiptrekking een bleke klodder over te geven, een hoopje kip en bruin vocht. Hij staarde Wendy aan met zijn donkere, geschokte ogen en hij schudde en wankelde. Wendy staarde naar het braaksel en naar Finns bevende, uitgeputte lichaam.

Adele, onthutst door wat ze had gedaan, was nu wanhopig. Probeerde het terug te nemen. Het was niet gebeurd. Het maakte niet uit. Het spijt me zo, Wen, het is maar twee keer gebeurd, verklaarde ze. Maar twee keer, en heel, heel lang geleden.

Wendy huilde en huilde, legde haar handen voor haar gezicht om zichzelf te beschermen tegen deze lelijke, afschuwelijke waarheid, die ze ergens altijd al had gekend.

De lucht was een en al geladenheid. Ze waren op drift, Wendy vastgeklonken aan de bank, Jude en Adele ieder afzonderlijk, stuurloos.

Niemand van hen kon de ander bereiken. De deur stond nog open en de regen sloeg naar binnen; de duisternis had de kamer opgeslokt.

De bomen zwierden en in één machtige knal brak het onweer het ultieme hart van de nacht open. Finn stootte een laatste klank uit, krabbelde op en ging er door de deur vandoor. Wendy ging hem achterna, de wilde zwarte nacht in.

De uitgebraakte kip lag op de bank, het bruine vocht trok in de zijde.

Ze riepen geen van beiden haar naam. Ze wisten dat ze niet terug zou komen. Haar spookachtige gestalte verdween de trap af, roepend, vertwijfeld roepend naar Finn met haar iele, hoge, oudevrouwenstem.

10

De regen kletterde van opzij terwijl Wendy de natte houten trap af snelde, zich vastgrijpend aan de leuning, roepend naar Finn. Ze hoorde zijn zware, paniekerige bewegingen, half rennend, half vallend, voor zich op de trap. De wind wrikte aan de zwarte vormen van de bomen en haar polsen werden gegeseld door de struiken langs de leuningen; ze smeekte Finn te stoppen.

Ze hoorde zijn krabbelende nagels niet meer, zijn doodsbange gejank.

Ze kwam beneden en rende buiten adem de straat op, haar dunne kleren waren doorweekt. Er waren wat straatlantaarns uitgevallen, maar ze zag lange zwarte takken die van de bomen waren gescheurd en tegen de grond waren geslingerd. Er hingen flarden schors aan elektriciteitsdraden.

Ze schreeuwde naar Finn, maar ze wist dat hij haar niet kon horen en dat haar stem in de wind verdween. Ze speurde de duisternis af naar zijn haveloze witte gestalte, luisterde goed of ze hem hoorde, maar alleen de wind en de regen waren hoorbaar, het gedreun van de donderslagen. Hij kon niet ver bij haar vandaan zijn, met zijn artrose. Maar hij was er zo halsoverkop vandoor gegaan, met een verbijsterende vaart, voortgedreven door angst. Ze riep en ze riep.

Als Finn jonger was geweest, en zijzelf, zou ze nu niet worden bevangen door angst. De paar keren dat hij in het verleden bij noodweer was gevlucht had hij altijd zijn weg terug naar haar gevonden. Maar nu lieten zijn instincten hem in de steek, kon hij zichzelf niet langer redden. Hij was oud en beschadigd en hulpeloos, en hij had haar bescherming nodig. Van alles wat er zojuist was gebeurd was dit het ergst: ze had hem niet beschermd.

Ze riep smekend de nacht in. 'Fin! Finny Fin, kom maar jongen, het komt goed!'

Maar het kwam niet goed. Sylvie en Lance, en zodra Adeles woorden in de lucht hingen had Wendy geweten dat ze waar waren.

Haar voeten gleden ongemakkelijk, het harde leer van haar slippers schuurde tussen haar tenen, en bij elke stap voelde ze een pijnscheut in haar linkerknie. Kom terug, Finn. Haar kleren kleefden aan haar lichaam. Ze moest steeds het water uit haar ogen vegen, want het stroomde over haar voorhoofd naar beneden. Ze keek rond in de straat. Hier en daar knipperden nog steeds gekleurde lichtjes, maar de meeste ramen waren donker.

Als hij de baai zou bereiken, was dat niet gunstig. Het was lang geleden dat hij nog had begrepen wat water was, wat het kon doen. Hij herkende de grenslijn niet meer, zag het gevaar niet. Hij wist misschien zelfs niet meer hoe hij moest zwemmen.

Ze riep luider, haar stem werd hees. Terwijl ze liep steeg een deel van haar bewustzijn op en zag ze wat mensen die vanuit hun droge huis de straat in keken zouden zien: een doorweekte oude vrouw, amper gekleed, ronddwalend, roepend in de regen en het donker. Haar lichtgrijze haar in slierten op haar rug. Alzheimer, zouden ze denken. Waar was de familie van dat arme demente schepsel?

Wíé was nu nog haar familie?

Het zwarte wegdek blonk en er was een diep, wezenloos moment waarin elk oppervlak om haar heen verdween, en toen werd die donkerte opengereten tot het dag leek, met een knal die dieper en luider klonk dan alles wat Wendy ooit had gehoord. En toen zat ze op haar knieën in het bobbelige gras naast de lage muur, dicht bij de pier.

En daar was Finns doodsbange gejank.

Ze krabbelde naar de rand. Hij was daar beneden, ze hoorde hem. Ineengedoken onder de planken van de pier, op het halvemaanvormige strookje zand tegen de rotsmuur. Het was eb. Ze schreeuwde, had haar stem terug, en schaafde langs de muur nu ze zich half vallend naar beneden liet zakken en onder de planken naar hem toe kroop. Ze probeerde hem eronderuit te sleuren, maar ze was niet sterk genoeg, dus schoof ze tegen hem aan, draaide zich om en ging met hem tegen de muur liggen, opgekruld op het koude zand. Ze vouwde zich om hem heen, probeerde hem met haar lichaam te verwarmen, probeerde hem te redden met haar oude, beschadigde, hulpeloze liefde.

Het onweer begon over de zee weg te trekken. De brullende wind was gaan liggen en de plensbuien waren overgegaan in lichte, gestage regenval.

Ze lag te rillen op het natte zand. Langzaam kroop ze onder de pier uit, waarna ze Finn met al haar kracht aan zijn halsband tevoorschijn trok, onder de planken vandaan. Ze wilde dat ze zijn riem had meegenomen, maar toen ze hem eenmaal op het gras boven de rotsmuur had weten te krijgen en daar was neergezegen, werd duidelijk dat ze die niet nodig had; hij zou niet van haar zijde wijken, drukte zich zo dicht tegen haar aan dat ze bijna haar evenwicht verloor. Ze bleef hem vasthouden, hem aaien, hem met zachte, kalme stem toespreken, en ze voelde zijn angst langzaam wegebben. Als ze hem maar in beweging kon krijgen, een rustig ritme in hem op gang kon brengen. Ze kwam moeizaam overeind, net als Finn. Daar stonden ze, in het donker en het gespetter van de lichter wordende regen.

Ze konden niet terugkeren naar het huis. Ze had geen idee wat ze moest doen. Ze kon niet eens in haar auto; de sleutels lagen in haar kamer. De waarheid had zich in haar ontsloten, zwart, akelig en rampzalig. Jude en Adele en Wendy: afgelopen. Het was allemaal kapot.

O, Lance. O, Sylvie.

Ze begon weer te huilen, nu stilletjes, terwijl ze over het gras liepen, Finn strompelde naast haar, het jichtige doorzakken in zijn loopje was terug, maar nu erger. Haar eigen knie deed nog steeds vreselijk pijn, en haar heup ook, maar iets in de beweging hielp. Haar teenslippers wreven nog steeds over haar blote, natte voeten, maar Finn werd gekalmeerd door het vertrouwde lopen, dus ze kon niet stoppen. Ze kwamen weer bij de straat, waar Finn naast haar over het gladde asfalt sjokte, zijn kop knikkend op de maat van hun hortende, pijnlijke stappen.

Ze stopte even om de fladderende pijpen van haar broek en de onderkant van haar blouse uit te wringen. Er gleden gedachten door haar hoofd, ze verschenen en verdwenen weer, doemden op en stierven weg. Beelden en indrukken uit het verleden: Lance en hoe ze hem miste, zijn lichaam, haar verdriet. Jamie in het ziekenhuis, de dingen die voor Wendy waren verzwegen, dingen die ze niet had willen zien. Ze dacht aan de sterke liefde die Lance voor haar had gevoeld. Ze had erin geloofd. En in Sylvie. Allebei vreemden voor haar.

De maan verscheen af en toe tussen voorbijdrijvende wolken, en op die momenten van koud licht zag Wendy dit: *mijn leven is niet geweest zoals ik dacht dat het was.* Het zwarte teer glom, en hier stonden auto's bumper aan bumper langs de weg geparkeerd; de daken gewelfd en glinsterend. Het leek erop dat er midden in deze puinhoop ergens een feest werd gehouden.

Toen ze de hoek om kwamen zagen ze een klein, met hout betimmerd gebouw waar een zwak licht door de ramen scheen. Ze was uitgeput. Ze moest stoppen, rust nemen. Ze liepen naar het gebouw toe, waar ze de houten treden beklom, en Finn ook, met zijn trage, pijnlijke lijf.

Het was niet zomaar een gebouwtje maar een kerk. De nachtmis was er gaande.

Ze bleven in het kleine portaaltje met het schuine dak staan en keken naar binnen. Er drupte water uit Finns vacht, en uit haar

haar, op de vloer. De stroom in de kerk was uitgevallen, maar rond het altaar stond een aantal enorme kaarsen. Enkele tientallen mensen stonden met hun gezicht ernaartoe en er kwam zacht, blauw licht uit de telefoons die ze in hun handen hielden. Hier en daar had iemand een wit kartonnen schoteltje met gegolfde rand en een kaars erin vast, van het soort dat zangers van kerstcarols gebruikten. Een jonge priester – een Filipino, dacht Wendy – stond met uitgestrekte armen vooraan in een wit-met-goudkleurige kazuifel. In de stille ruimte met de zwakke, bewegende lichtjes, gehuld in dat gouden koningsbrokaat, was hij een figuur uit haar kindertijd, uit een mythe. De neuzen van zijn sneakers piepten onder de zoom van zijn gewaad uit.

Na een ogenblik gingen de mensen zitten. Wendy voelde dat haar lichaam haar niet langer kon dragen, en toen zag de priester haar. 'Hallo, kom binnen!' riep hij alsof het een vanzelfsprekendheid was, en hij gebaarde dat ze verder moest komen – ja, toe maar, de hond ook. Er draaiden hoofden om naar de verwarde, doorweekte zielenpoot die ze was. Hun blik veranderde; sommige gezichten verhardden, andere keken nieuwsgierig. Halverwege de rijen banken zag Wendy een gezin opschuiven en een vrouw wenken. Ze hadden ruimte gemaakt en het kon Wendy niet schelen wat ze zagen, want ze was zo moe, dus bewogen zij en Finn behoedzaam over de groene loper door het gangpad. Ze knikte de vrouw en haar kinderen en hun vader dankbaar toe. De kinderen staarden terwijl Wendy zich op de houten bank naast hen liet zakken. Finn draaide zijn trage, gekwelde cirkeltjes – een, twee, drie – in het gangpad, zakte toen door zijn hurken op het tapijt en viel meteen in een diepe slaap. De priester begon weer met zachte stem te spreken, en de nattehondenlucht van Finn steeg op om zich met de geur van wierook, brandende kaarsen en de kerstboom te vermengen.

Jude en Adele reden zwijgend door de straten, zigzaggend om met de hoge straal van de koplampen door parken en langs pieren te zwaaien. Ten slotte zagen ze licht flakkeren achter de ramen van het kerkje en zette Jude de auto stil.

Voordat ze de koplampen uitdeed zag ze dat een kerststal, opgezet op hooibalen naast het kerkje, door het onweer was verwoest. Het blauw van Maria's gipsen gewaad was zichtbaar onder een kromgebogen plaat van gegolfd ijzer; er lagen herders op de grond.

De communie was net aan de gang toen Jude binnenkwam en de banken afspeurde. In het midden van het gangpad zag ze de rij mensen om Finn heen stappen. Ze werd overspoeld door een gevoel van opluchting. Hij lag ineengezakt op het tapijt en zijn buik rees en daalde met elke ademhaling. Wendy zat naast hem in de kerkbank, haar natte haren op haar rug, haar hoofd in haar gevouwen armen gelegd. Niemand troostte haar; de kerkgangers stapten om haar heen om in de rij te gaan staan.

Jude glipte in een bank achter in de kerk. Ergens kwam een blikkerige pianoversie van 'Silent Night' vandaan, afgespeeld op een of ander waardeloos geluidssysteem; de aanwezigen zongen mee met hun bedeesde, hoge stemmen. Ze waren oud en jong, gezinnen op vakantie en lokale bewoners, de mannen in linnen broek en een overhemd met een printje, of in shorts met daaronder nylon sandalen met klittenband, de vrouwen in een felgekleurde katoenen jurk of blouse, met glanzende zilveren oorringen. Er lagen regenjassen en paraplu's onder de banken.

De mensen schuifelden uit de banken en voegden zich in de rij, stapten naar de priester toe en sloten hun ogen, staken hun handen als een kommetje naar hem uit, vertrouwend op dat eeuwenoude, onzinnige, heilige gebruik, waarbij ze brood ontvingen van een vreemde. En het tot zich namen. Ze zag de schuine gezichten, de geopende monden, de wachtende handen, en het deed haar denken aan baby's die worden gevoerd. Uit de krochten van haar geheugen kwam de zoete nicotinegeur van de vingers van haar vader boven. De mensen die waren gevoed wendden zich af met hun handen ineengeklemd, zachtjes kauwend. Ze liepen langs de gehavende gipsen kruiswegstaties waarmee de muren getooid waren, en keerden terug naar hun zitplaats. Hoog boven hen allen hing een gestileerde houten Jezus aan zijn kruis: ontmenselijkt, naakt, geofferd.

Jude knielde neer op de lange grenenhouten plank waar anderen jaar na jaar hadden geknield: verraden, bevreesd, gepijnigd, in ongenade gevallen of opgelucht. Haar botten voelde zwaar aan in haar lijf. Ze keek naar het kruis. Al die wreedheid, en er was geen God, en er was niemand verlost, en nog steeds hadden ze het over wedergeboorte, een nieuw begin.

Ze keek naar Finn; nu mocht Sylvie haar gezicht opnieuw tonen, want ze was er – eindelijk – klaar voor om haar te zien. Maar toen Finn ontwaakte, zijn kop optilde en naar haar, Jude, achteromkeek, was hij slechts een dier. Een kwijnend schepsel.

De communie was voorbij en de priester maakte het altaar weer netjes; hij veegde de koperen kelk af met een witte doek en zette kleine schaaltjes en glazen kannen op een dienblad. De muziek begon weer, een wollig piano-intro van 'Hark! The Herald Angels Sing'. En Jude knielde, haar hoofd rustend op haar gekruiste handen, terwijl de lang vervlogen gezangen uit haar kindertijd terugkeerden. God bestond niet en ze was alleen op deze wereld, maar ze zong de woorden toch mee. *Peace on earth and mercy mild, God and sinners reconciled.* Vrede op aarde en milde genade, God en zondaren met elkaar verzoend.

Adele zat in de druppende stilte in de auto te wachten. Ze voelde zich helder en somber en weer helemaal nuchter. Ze had nee gezegd op Judes voorstel samen met haar de kerk binnen te gaan. Ze wist dat Wendy binnen zou zijn en dat er zou worden gesproken over zonde, redding en verlossing. Hier buiten, onder de ijzeren golfplaten bij de doordrenkte hooibalen, lag een gipsen kindje Jezus met zijn dode ouders, lagen dode dieren – een ezel, schapen, kamelen. Een geschilderde achtergrond, een goudkleurige ster, een kapotte engel.

Adele had iets onvergeeflijks gedaan en dat kon niet worden

hersteld. Jude had haar geen troost geboden tijdens hun zoektocht door de straten, maar haar ook geen schuldgevoel bezorgd. Ze had gezegd: 'Het moest een keer uitkomen. Dat gebeurt altijd.'

Naderhand liepen Wendy en Finn alleen door het donker, weg van het vrolijke geroezemoes van de kerkgangers. Jude en Adele haalden hen in en liepen mee. Het regende niet meer.

'Wendy,' zei Adele zacht.

Wendy kon geen antwoord geven, want er viel niets te zeggen. Ze was een en al droefheid. De straat glinsterde, afgespoeld met donkerte en stilte. Er stond geen wind meer. De drie vrouwen begaven zich langs de weg naar de plek waar Judes auto stond te wachten. Adele trok aan het achterportier en hield het open voor Wendy. Ze knikte naar Finn. 'Laat hem er maar in,' zei ze.

Wendy deed wat haar werd gezegd. Adele sloot het portier achter haar en ging voorin op de passagiersstoel zitten. Wendy zat op de achterbank met Finn aan haar voeten op de vloer. Ze aaide hem zachtjes, onophoudelijk, en Jude stuurde de auto de weg op. De radio stond aan; de zang van een kerstkoor zweefde rustig de auto binnen.

Adele draaide zich om op haar stoel. 'Het spijt me, Wendy,' zei ze zacht. 'Het spijt me zo. Ik had het nooit willen uitspreken.'

Wendy legde haar hoofd tegen het glas en keek tussen de wolken door naar de sterrenhemel. Schitterend, ver weg. Al dat vuur, al die krachten, zo veraf dat het maar stipjes waren. Koud, glinsterend stof.

Terwijl de auto door de smalle straten reed verlichtten de koplampen de stille groene gazons, de lage heggen, de winkel op de hoek. Er hing een gehavende, natte rode kerstslinger aan de leuning van een veranda. Losgeraakt, dacht Wendy. Aan beide kanten van de weg was het asfaltoppervlak veranderd in een vijver van regenwater, en het wegdek ertussen was een lang, smal eiland waar ze overheen moesten rijden.

De koormuziek stopte en in de stilte ging Judes telefoon opeens luid over. De auto zoefde soepel over de zwarte weg en de witte vormen van de boten glansden op het stille water. Een nieuwslezer las kerstberichten voor. De Kerstman was opgedoken in een Zweeds rendierenpark; in Bethlehem vonden ontmoetingen plaats tussen moslims en christenen; hulpdiensten waren al bezig met opruimen na het zware noodweer. Jude stuurde de auto de oprit van Sylvies huis op en pakte haar telefoon. De auto stond stil en de motor was uit en toen maakte Jude een hartverscheurend geluid.

De koplampen maakten twee bogen van licht op de bleke stenen van de muur voor hen. Jude las, ontdaan, met haar telefoon in de ene hand terwijl ze met de andere de bovenkant van haar hoofd vastgreep. Ze had het contactsleuteltje nog niet omgedraaid. Adele pakte de telefoon en las zwijgend het bericht, dat van Daniels nummer afkomstig was: *Mijn vader zal niet meer bij bewustzijn komen. Blijf uit de buurt van mijn familie. Nicole Schwartz.*

Adele gaf de telefoon door aan Wendy. De vrouwen bleven in de benauwde auto zitten, gevangen in de catastrofe. Jude, die hen nog nooit nodig had gehad voor wat dan ook, draaide zich om en keek van het ene gezicht naar het andere. Naar Wendy's gezicht, toen dat van Adele, toen weer dat van Wendy. Haar tong kwam tevoorschijn om haar onderlip te bevochtigen. Hun ademhaling was hoorbaar.

'Ik snap niet wat dit betekent.' Ze zei het vol ongeloof tegen de voorruit. Toen keek ze hen weer aan. 'Wat moet ik doen?' Haar stem klonk zwak. Ze had altijd geweten wat ze moest doen: op Daniel wachten. Met Daniel praten.

Het was Adele die het heft in handen nam. Ze googelde op haar eigen telefoon, swipend en scrollend. Het stond op Twitter. Filantroop en voormalig voorzitter van Westpac, Daniel Schwartz, was ineengezakt op een familiefeestje en had waarschijnlijk een beroerte gehad. De intensive care van het Royal North Shore Hospital.

'Geef mij de sleutels,' zei Adele. 'En wacht hier.' Ze stapte uit en holde in het donker de trap op.

Er kwam koele, zilte lucht door het open portier. Er golfde een wilde stroom van angst en smart door Wendy heen. 'Jude,' zei ze. Finn zat rechtop, hij was nu wakker. Ze legde haar hand op Judes dunne, stijve schouder. Jude zou ineen kunnen krimpen of het uit kunnen schreeuwen, maar ze verroerde zich niet. Ze draaide zich niet om.

Adele was nu terug, aan de bestuurderskant van de auto. 'Ik rijd wel. Met mij is alles in orde.'

Ze hielp Jude uit de auto, reikte Wendy een stapel droge kleren en handdoeken aan, loodste Jude mee naar de passagierskant en liet haar plaatsnemen op de stoel.

'Gordels vast.' Haar stem straalde een kalme autoriteit uit terwijl ze zichzelf achter het stuur vastgespte, de auto achteruitreed en soepel de oprit af stuurde.

Wendy sjorde aan Finn, duwde, manoeuvreerde en spreidde zo goed en zo kwaad als het ging een handdoek onder hem uit. Hij maakte een moment lang een doordringend, hoog geluid en viel toen weer in slaap.

Anderhalf uur lang reden ze over de grafietkleurige snelweg, waarvan de witte lijnen onder hen verschenen en verdwenen, terwijl het bushland langsraasde. Adele was een goede chauffeur: zelfverzekerd, betrouwbaar. Niemand vroeg wat er zou gebeuren als ze in de stad waren.

Wat er gebeurde, was wat er altijd al te gebeuren stond voor Jude. Wat er gebeurde was dat ze de auto om vijf over halfdrie 's nachts aan de straat parkeerden, Finn wakker maakten en hem – nog half slapend – aan een paal vastbonden. Ze liepen met Jude, die verkrampt was van ellende, een helverlichte ziekenhuishal binnen, toen naar de kleine ruimte van de lift, toen door een brede gang naar de wachtkamer bij de intensive care, waar een verpleegkundige aan een balie achter glas zat. Ze was meelevend en het speet haar, maar ze stuurde hen weg.

Zijn familie was bij hem. Alleen naaste familie, het speet haar enorm.

Om twaalf minuten voor vier zaten ze er nog steeds, op de mintgroene vinyl stoelen in de lege kamer. Jude staarde naar het geometrische patroon in het donkere tapijt. En toen kwamen Daniels vrouw Helena, zijn dochter Nicole en zijn zoon Ben door een paar brede witte deuren. Ben leek zo op zijn vader dat Judes adem hoorbaar stokte.

Zonder de vrouwen een blik waardig te gunnen liep Daniels gezin met de armen in elkaar gehaakt langs de wachtkamer naar de gang, de lift, de hal en door de schuifdeuren naar buiten, de donkere straat in.

Nog steeds werd Jude niet toegelaten. Ze liepen weer naar de balie, een voor een. Adele gooide haar charmes in de strijd. Wendy drong aan, soebatte. Jude, ten slotte, smeekte. Ze werd weggestuurd.

In de wachtkamer huilde ze, luid en ongeremd, met haar gezicht tegen haar dunne, sierlijke vingers terwijl haar lange lichaam werd gewiegd en gesust in de armen van haar vriendinnen.

In de vroege ochtend reden ze Bittoes weer in. Adele zat nog achter het stuur en reed aandachtig heuvelafwaarts over de kronkelweg. Ze sloeg links af, naar het strand. Het regende niet meer, maar in de verte hing een donkere wolkenpartij over de oceaan, meer onweer, maar dan ver weg. De zee voor hen was diepgroen en het licht aan de hemel was bleek, nu ze stilstonden op de parkeerplaats.

'Kom,' zei Adele.

Wendy doorzocht de stapel handdoeken en spullen die Adele de vorige avond uit de gang had opgehaald en in de auto had gegooid, en trof hun badpakken aan. Jude deed zwijgend wat haar werd opgedragen.

Ze stapten uit de auto de vochtige lucht van de eerste kerstdag in. Er was niemand in de buurt terwijl ze behoedzaam hun kleren uittrokken en hun zwemkleding aandeden. Adele trok een afgezakt bandje van Wendy's badpak omhoog over haar linkerschouder.

Ze liepen achter elkaar over de gegroefde, zanderige gang naar het open strand. Finn hobbelde met hen mee. Toen ze het water naderden en Adele hun handdoeken op het zand liet vallen, kromp hij niet ineen, gaf geen blijk van onrust. Hij liep langzaam om de drie vrouwen heen, stopte even en maakte nog eens hetzelfde rondje. Toen plofte hij neer op het zand, krulde zijn lange, sjofele staart en legde zijn kop op zijn voorpoten.

Adele keek naar Finn, en hij zag haar. Hier waren ze dan.

'Kom,' zei ze nog eens, en ze nam haar vriendinnen mee naar de waterkant.

De oceaan was fris en koud tegen hun huid, en de vrouwen hapten alle drie naar adem toen het water hun dijen bereikte, hun buik. De zee was troebel; er zwierden lange, donkere slierten wier door het water.

Adele dook onder het oppervlak, en toen ze vanonder een kleine golf omhoogkwam keek ze om naar Judes gezicht: geschokt, levend. Bang. Ook Wendy leek angstig bij het zien van de groeiende deining in de verte.

Adele liet zich op haar rug drijven, haar blik op de lucht gericht. Toen zwom ze terug naar de beide anderen, naar de plek waar hun voeten de bodem raakten, met het water op borsthoogte. Ze strekte haar armen en Jude pakte haar ene hand en Wendy de andere. Ze voelde de greep van hun handen terwijl ze op hun tenen stonden en de stroom hen optilde, omhoog van het zand.

Wendy keek uit over de diepgroene vlakte van de oceaan.

Ze wist dat de dierenarts eerdaags moest komen om Finn rustig op haar bank te laten inslapen.

Lance was met Sylvie naar bed geweest. Sylvie met Lance. Het was waar en dat betekende dat andere dingen niet waar waren –

dat Wendy Lance ooit had gekend. Dat ze Sylvie had gekend, of zichzelf. Dit zou voor altijd in haar geheugen gegrift staan. Ze wist niet dat ze over een aantal jaren aan een ander strand zou zwemmen – nadat ze met Jamie en zijn man in een kamer in Praag had zitten praten, nadat Claire haar had geholpen haar huis leeg te ruimen, nadat haar boek was uitgegeven en met lof was ontvangen – en dat haar dan enkele naakte feiten duidelijk zouden worden. Deze feiten zouden zich losmaken uit het zeewier in het troebele water: dat Lance niet altijd ongelukkig was geweest. Dat hij en Sylvie niet uit wreedheid hadden gehandeld, maar uit eenzaamheid. Dat zij, Wendy, een heleboel fouten had gemaakt, maar dat het simpelste gegeven overeind bleef: ze had van Lance gehouden, en Lance van haar. Het zou het zuiverste, sterkste besef zijn dat ooit in haar zou neerdalen.

Maar dat was nu allemaal nog ver weg. Nu ze hier op kerstochtend de uitgestrekte groene zee aanschouwde, moest ze haar leven en de levens van haar kinderen weer van het begin af aan leren begrijpen. Vanaf dit punt.

Het water omvatte Jude stevig rond haar borst, strak en koud. Ze keek naar de horizon. Tussen de hemel en het water lag een ragdunne lijn. Daar was Daniel, en daar zou zij nu ook moeten leven, met een zweem van hem achter haar ogen, in het kraakbeen tussen de botten van haar borstkas. Ze zou op enig moment terugkeren naar haar appartement, misschien morgen al – het was vermoedelijk haar appartement niet meer – en afwachten.

Adele voelde haar huid samenkrimpen door het zoute water. Sylvie was dood, Liz wilde haar niet meer, de toekomst was onzeker. Ze was veel kwijtgeraakt, voelde ze. Maar hier in het water omklemden haar angstige vriendinnen haar handen. Ze hielden Adele vast of hun leven ervan afhing. De deining zwol aan, groeide en groeide. Jude en Wendy vreesden deze nadering, de hoge aanrollende muur van water, maar Adele greep hun handen stevig vast en riep: 'Niet bang zijn. Duik eronder als ik het zeg.' Ze zorgde ervoor dat ze wachtten, het sterke instrument van haar lichaam vol overtuigingskracht, en ze telde af en zei: nú.

En ze lieten alle drie los, gingen kopje-onder en voelden zich gedragen, opgetild door de machtige stroom van het krachtige water, waarna ze – verbazend behoedzaam – weer op hun voeten werden neergezet. Ze haalden adem en wreven in hun ogen, grepen elkaars hand weer vast en wachtten op de volgende golf.

Woord van dank

Dit boek is aan veel weldoeners te danken. De belangrijkste onder hen is Judy Harris, begunstiger van het Writer in Residence Fellowship van het Charles Perkins Centre aan de University of Sydney, een multidisciplinair onderzoekscentrum dat zich richt op de verbetering van de wereldwijde gezondheidszorg. Het gaat om een beurs die is bedoeld om kunst en wetenschap samen te brengen, en ik had de eer om de eerste begunstigde te zijn. Mijn oprechte dank aan Judy en de directeur van het onderzoekscentrum, professor Stephen Simpson, voor hun vertrouwen in mij en in het programma. Dank aan de vele onderzoekers die me verwelkomden en hun hulp hebben aangeboden, met name professor David Le Couteur, professor David Raubenheimer, dr. Lise Mellor en Joel Smith.

Een deel van dit boek heb ik geschreven in het Stella Grasstrees Writing Retreat, en voor dit mooie en genereuze geschenk ben ik dank verschuldigd aan Carol en Alan Schwartz, de Trawalla Foundation en de Stella Prize.

Verder dank aan mijn agent, Jenny Darling, uitgever Jane Palfreyman en redacteur Ali Lavau voor hun begripvolle, deskundige begeleiding gedurende vele jaren, en aan Christa Munns, Louise Cornegé, Christine Farmer, Jane Finemore, Matt Hoy en iedereen van Allen & Unwin voor hun steun.

Voor de nuttige gesprekken en overige fijne ondersteuning dank aan Elizabeth Alexander, Tegan Bennett Daylight, Lindy Davies, Sandy Gore, Naomi Hart, Vicki Hastrich, Lucinda Holdforth, Heather Mitchell, Eileen Naseby, Jane Palfreyman, Ailsa Piper, Prue Sargent, Carolyn Swindell en Linden Wilkinson.

Altijd en bovenal dank aan Sean McElvogue.

Het weekend

Meld je aan voor onze nieuwsbrief om op de hoogte te blijven van de nieuwste boeken van Ambo|Anthos *uitgevers* via www.amboanthos.nl/nieuwsbrief.